安徽散文

2023 夏之卷

主编 ◎ 潘小平　许泽夫
执行主编 ◎ 钱红丽

Anhui Sanwen

时代出版传媒股份有限公司
安徽文艺出版社

图书在版编目（CIP）数据

安徽散文.2023.夏之卷/潘小平,许泽夫主编.—合肥：安徽文艺出版社,2023.9
ISBN 978-7-5396-7834-4

Ⅰ．①安… Ⅱ．①潘… ②许… Ⅲ．①散文集－中国－当代 Ⅳ．①I267

中国国家版本馆CIP数据核字(2023)第147756号

ANHUI SANWEN.2023.XIA ZHI JUAN

出 版 人：姚 巍
责任编辑：宋潇婧　　　　装帧设计：许含章　徐 睿
....
出版发行：安徽文艺出版社　www.awpub.com
地　　址：合肥市翡翠路1118号　邮政编码：230071
营 销 部：(0551)63533889
印　　制：安徽乡愁文化产业科技发展有限公司　(0551)67689980
....
开本：787×1092　1/16　印张：12.75　字数：239千字
版次：2023年9月第1版
印次：2023年9月第1次印刷
定价：68.00元
....

(如发现印装质量问题，影响阅读，请与出版社联系调换)
版权所有，侵权必究

编 委 会

编委会主任：章玉政

编委会副主任：程　浩　马婵娟

顾　　　问：沈天鸿　赵　昂

主　　　编：潘小平　许泽夫

执行主编：钱红丽

编委会成员：赵　凯　徐　迅　钞金萍　苏　北

马丽春　刘政屏　程保平　徐艾平

贾鸿彬　张建春　罗光成　赵　阳

宋同文　宇　轩　蔡兴乐

写在前面

散文应该是一场语词的盛宴

黑陶是新散文写作的代表人物,吴越江南在他的笔下呈现出一种浓烈和粗粝的面貌,这让他的散文和妩媚多情的江南才子文有了很大的区别。通过"美丽的汉字",黑陶构建了一个跟自己切身生活有关的、私人性的"文学江南"。他曾长时间地徘徊于苏、皖、浙、鄂、赣等地带,进行文化地理和风俗民情的田野调查,他的足迹和他的创作早已超越了江南的界域。黑陶的散文语言有着鲜明的个人特色,且极富泥土的质感。他以他那"具有黑陶特色的汉语修辞",完成了黑陶文本的自足性建构,为散文写作提供了极具个人化的审美经验。

黑陶曾将自己的散文写作,归纳为对"精度、速度、密度、信度"的追求,读《彻底了解自己之后,便明白这个世界》,能够看到他在"信度"与"精度"上的实践。从20世纪80年代开始,散文写作的主体构成日趋复杂,社会各阶层,尤其是原本不善于表达自己、不能够表达自己的阶层,广泛地参与到散文写作中来,使散文写作几乎没有了门槛。散文语言"注水"严重,很多就是文字的堆积,毫无思想性和文学性可言。甲乙的《冰河记》,带给我们巨大的惊喜,河流成冰的瞬间,声响与意象汹涌而出,挟带着钢锭的颜色、晨曦的微亮,冲击着我们的视听,仿佛一场语词的盛宴。而"安静得犹如一排黑衣教士"的冰上禽,和"老僧入定般一动不动"的冰上人,呈现出一幅寂寥、清冽的冰河景象,色彩对比鲜明,极富画面感。从本质上说,散文是一种"雅文学",

需要有意境和氛围的营造,要有气息和气韵萦绕于文字间。许俊文的《物候记》,延续了他一贯的文风,一景一物、一牵一念,都细致入微,而"失孤的灯塔女人"甚至给人一种"魂飞魄散"的美感。张建春的《自然的眉眼》,是唱给大自然的赞歌,当"春天老熟得进入了尾声"时,叶绿、果青、花红,还有鸣叫的鸟和金色的甲壳虫,都一一展开了"自然的眉眼"。张建春的散文写作起步较晚,而能在短短的十年时间里,跳出资料写作和史料写作的藩篱,拥有自我感知、自我表达,让我颇有些意外。写作固然需要天分,但也靠勤奋,靠不断学习和不断实践。很多散文作者,甚至是散文作家,写了一辈子都没有入门,文字没有气息,没有节奏,没有感觉。散文一定要打上鲜明的"自我印迹",让笔下的一切,人物、事物、景物、风物,都经过自我情感与情绪的浸润。内蒙古青年作家安宁的《在草原》,展示了一位年轻女性最柔软的内心和最温暖的笔触,在她的笔下,万事万物都是那么纯净、纯粹,安然、安详,如草原一般广袤、苍凉,回荡着忧伤的美感。安宁的散文再次告诉我们,散文应该是一场语词的盛宴。

在"夏之卷"中我们要特别推介的,仍然是"最先锋"栏目。先锋散文普遍能够超越我们的散文审美和阅读经验。江飞的《时光之光》,文字犀利、奇兀,意象纷呈、纷繁,以个体生命为底色,又以个人的方式呈示,从自我感知出发,最终回到万物喧响的生命世界。作者是学术出身,思维缜密,学养丰厚,阅读《时光之光》,犹如穿行于感觉与冥想之间。詹永东的《朝阳庵的声音》,其先锋性虽然不像江飞散文那样充分,但仍能明显地感觉到,在对世俗生活的描述之中有一种独特的内节奏和一个不易被感知的内视角。先锋散文的最大特点,是对传统"范本"的挑战与背叛,具有先锋的认知和先锋的语感。许含章的《站在原地》,是对残酷青春的追述,无助、无奈、慌乱、茫然。这是一种笼罩于青春期的非现实的情绪,而它与传统散文最大的不同,还在于语言呈现出的密度和速度,是更年轻一代写作者的语境和语感。赵传兴的《九十度的疼痛》,让我们看到了基层作者的实力,其个人体验的"一过性"和文字的历险性,都远远超出了我的期待。

2023年8月

目　录

写在前面

　　散文应该是一场语词的盛宴 ················ 潘小平 / 001

开卷

　　彻底了解自己之后，便明白这个世界——导演侯孝贤的七段话

　　··· 黑　陶 / 002

不染尘

　　冰河记 ·· 甲　乙 / 009
　　物候记（外一篇） ································ 许俊文 / 016
　　自然的眉眼 ·· 张建春 / 022
　　巷子，村庄的书签 ································ 葛亚夫 / 030
　　废园（外一篇） ···································· 余芝灵 / 034
　　庄子里的夏天 ····································· 黄晓宇 / 039

最先锋

时光之光 …………………………………… 江　飞 / 043

朝阳庵的声音（外一篇） …………………… 詹永东 / 049

站在原地 …………………………………… 许含章 / 054

人间世

在草原 ……………………………………… 安　宁 / 058

九十度的疼痛 ……………………………… 赵传兴 / 064

回校记 ……………………………………… 程保平 / 070

西街手艺 …………………………………… 蒋　林 / 077

山村瓜事 …………………………………… 江红波 / 085

大头饺 ……………………………………… 许若齐 / 092

不如听戏 …………………………………… 储劲松 / 096

让猫居我家 ………………………………… 孙子夜 / 102

剔银灯

书画名家的"债务" ………………………… 钱念孙 / 107

吃尽性别福利 ……………………………… 闫　红 / 112

孤独李清照 ………………………………… 杨菁菁 / 117

诗经三叠 …………………………………… 许冬林 / 122

与美同行四十年——与安徽出版人交往印象记

　　………………………………………… 宛小平 / 129

皖地风

诗仙、诗圣与诗佛 ················ 赵　焰 / 133

泊塘三记 ······················ 鲍官明 / 140

梅城的"梅" ···················· 潘　艺 / 146

故乡的秋 ······················ 凹　凸 / 149

金蔷薇

致亲爱的金：万劫不复和溢美之词 ····· 余述平 / 152

我把高原指给你看（组章） ·········· 陈劲松 / 160

鸟叫声在棠梨林里越发明亮（组章） ···· 张道发 / 165

甘南散记（组章） ················ 牧　风 / 169

山水行吟（组章） ················ 刘福申 / 173

八斗岭

时光的诗篇 ···················· 陈巨飞 / 176

虎跑泉寻幽 ···················· 刘志定 / 180

我行日夜向江海 ················· 赵俊超 / 184

寂寞是团烈火 ··················· 程勇军 / 189

"会虫"三弟 ···················· 温跃渊 / 193

黑陶

作者简介

1968年出生于"中国陶都"江苏省宜兴市的丁蜀镇。苏州大学中文系毕业。母亲是农民,父亲是烧陶工人。在家乡的火焰和大海之间,呼吸独异的江南空气。出版作品主要有"江南三书":《泥与焰:南方笔记》《漆蓝书简:被遮蔽的江南》《二泉映月:十六位亲见者忆阿炳》,以及散文集《百千万亿册书》《夜晚灼烫》《中国册页》《烧制汉语》,诗集《在阁楼独听万物密语:布鲁诺·舒尔茨诗篇》《寂火》等。曾获三毛散文奖、万松浦文学奖·散文奖、江苏省紫金山文学奖、《诗刊》年度作品奖、中国田园诗歌奖等奖项。

开卷

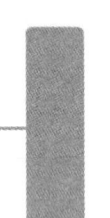

彻底了解自己之后，便明白这个世界
——导演侯孝贤的七段话

黑 陶

1

> 电影不是用讲的……你一直拍，一直拍，你就会拍出电影来，而且会越拍越好。

侯孝贤，1947年出生于广东梅县，4个月大时，随全家迁居台湾，在高雄下辖的凤山长大。1966年服兵役，3年后退伍，考入台湾艺专电影科。1973年毕业。

侯孝贤这段话强调艺术创造中实践的重要性。说得再多，知道得再多，不如埋头去做。在具体实践中，你会不断得到经验，自行校正不足，并且会越做越好。

侯孝贤自称是乡下野人。"对我们这些'野人'来讲，从来不知道一定要遵循什么，我们是感觉对了就行。其实感觉对，就是你自己的累积，跟你的人文素养、背景有关，感觉就会自然呈现。看着对，感觉顺，就行，其实无所谓是否有一个严格的观点。"

而且，他对理论这类东西保持距离："当你想弄清楚自己是因为什么道理创作的时候，我感觉是绝对弄不清楚的。你要弄清楚了，你就不会拍了，你就不会创作了。""假使我电影理论知道得多的话，我可能就拍不了了，而且会越拍越惨。"

我突然想到文学江湖上的一个流行说法："想要成就一个作家,让他去鲁院(鲁院,即鲁迅文学院,中国作家协会下设的一个作家进修培养机构);想要毁灭一个作家,让他去鲁院。"一个写作者,如果他有足够的自我定力和自我消化力,那么相关的理论知识、文学讯息会有益于他的写作;反过来说,过多的理论以及对所谓"文坛"过多的了解,往往也会让某些写作者完全丧失原初带有野性的写作能力和写作激情。

在香港浸会大学的演讲中,侯孝贤举例："就像我说李锐,现实的经验是非常丰富的。他写得非常丰富,但突然来了一个评论,可能是一个好朋友慢慢介入他,慢慢他受到影响,要写一个意识形态,他不会写,写一个在现实世界没有的东西,他也不会写,而且要硬写。他第一部还是很棒的,但后面就没了。所以基本上,理论跟创作有这样的关系。"

侯孝贤认同朱天心讲的一句话:创作是从背对观众才开始的。

可以再补充一句:创作也是从背对理论开始的。

2019年诺贝尔文学奖获得者、奥地利作家彼得·汉德克同样强调动手的重要性:"我也不知道方法是什么。你需要尽快动手去写,不要等太久。"

"你一直拍,一直拍,你就会拍出电影来。"——这也是对写作的解放。

2

> 从《风柜来的人》开始,我的创作就慢慢回到自己的经验了。
>
> 《风柜来的人》就是我整个创作的开头,终于回到了我自己的位置,一路下来,到现在都没有变。我仔细一想,我的重点还是在于对人的这种兴趣,尤其是边缘人。
>
> 就像《风柜来的人》……其实就是所谓的一个成长的感觉而已。

1983年,侯孝贤37岁,执导完成《风柜来的人》。在侯孝贤的电影生涯中,这是一部具有重要意义的作品,因为这部电影,"就是我整个创作的开头,终于回到了我自己的位置"。

其实,在此之前,作为导演的侯孝贤,已经拍过四部符合观众期待心理的电影,而且市场反响热烈:《就是溜溜的她》(1980年)、《风儿踢踏踩》(1981年)、《在那河畔青草青》(1982年),《儿子的大玩偶》(1983年)。

一般人,肯定就会按照这个既有名又有利的路子,一路骄傲得意地走下去。然而,正是这个侯孝贤,却在这种时候停了下来,甚至,彻底改变了风格。

《风柜来的人》,因为这部电影、这种改变,从此一个电影商人消失了,同时,一位电影艺术家诞生了。

至于侯孝贤产生这种变化的原因,是源于自身的累积,是灵光一现的自我意识,是出现了朱天文,还是上天对他的眷顾,实在难以说清。

读到侯孝贤的这段话,每一个从事艺术的人都应该停下来,问问自己:我,找到"自己的经验"和"自己的位置"了吗?

回到自己的经验和位置,这点太重要了。众多所谓从事艺术的人终其一生,也可能从未找到过自我,一直貌似辛勤做的,只是在从众,只是在回应公众与市场的期待。这样的人,是"艺术匠",而永远不可能是"艺术家"。

侯孝贤偏爱表现"边缘人",拍电影追求"韵味",他反叛好莱坞式的"冲突"或"戏剧化":"因为我感觉冲突没有什么好描写的,啪啪两下就没了。"

"我的片子里面大都是探讨人,至于对社会结构和政治的批判,我不太重视。"从《风柜来的人》开始,侯孝贤以自我为中心,"一路走来,到现在都没有变"。

侯孝贤的这种电影,就是我理解的"创作电影"或"作者电影"。

3

从自己的经验彻底了解之后,便知道人的世界是怎么回事。

自我是世界的全息。彻底了解自我,在某种程度上,也可以说就是彻底了解我们置身的世界。

"认识你自己",何其重要。

我看过博尔赫斯80岁时的一个访谈影像。在访谈中,他引用并认同两位作家的观点:黑塞,"一个人容纳一切人类";惠特曼,"我包含诸众"。博尔赫斯认为并非只有一个自我,他自身包含了"数以百计的我"。他说:"我们就是众人,我们就是我们的祖先,我们可以是所有活过的人。甚至,我们为什么不能是未来的人呢?"他总结:"我们是所有过去的、现在的和未来的人类的总和。"

博尔赫斯此段阐述,与侯孝贤的话互证并高度契合。

彻底了解"自己的经验",不仅可以"知道人的世界是怎么回事",而且"自己"本身,也是可供创作的一个浩瀚宇宙。在此,个人的特殊性与世界的普遍性得到统一。

4

> 其实是我们在童年,在成长的过程里,面对这个世界已经有了一个眼光,是逃不掉的,不自觉的,其实那个时候(童年)已经认识世界了。

童年与艺术、童年与艺术家的关系密切。

童年,以及承载童年的特定地理空间(故乡),决定了一个艺术家的思想构成,以及他未来艺术世界的核心特征。

"世界的宏伟,深深扎根于童年"。一个艺术家宏伟的艺术国度,同样深深扎根于童年。

不管你愿不愿意,童年决定了我们生命的基因编码。童年的环境、吃的食物、最初遇见的视觉形象、嗅到的气味、触摸到的物件的质感,从根本上给了我们特殊的思维方式和看世界的眼光。海边成长的人,波浪和潮汐是他认识世界的起点;诞生于高原漠野的人,雄浑酷烈的大自然成为他的人生底色;而在南方生活,他的生命,他对万物的类比,则离不开蓊郁的植物和水。童年是艺术家生命的源头,当然也是他情感和艺术的源头。从这个源头,可以寻找到艺术家独有的奥秘。

艺术家的童年,还是他创作直接可以挖取的无尽矿藏。童年,拥有"我们难以估量的记忆",童年如同被遗忘的火种,永远能在仔细探究者、热情想象者的心中,重新点燃起熊熊大火。

童年,还是一种心灵状态。这种以原初的心态与新鲜眼睛认识世界的状态,对艺术家而言,非常重要。"童年深藏在我们心中,仍在我们心中,永远在我们心中,它是一种心灵状态。"法国哲学家加斯东·巴什拉如是说。

"我们在童年……面对这个世界已经有了一个眼光。"确实,从我个人来说,我认识这个世界,是从父亲烧窑的火焰和农业收获之夜母亲头顶大海般汹涌的深蓝星空开始的。童年和故乡,使我的文学获得了他人所无的独特元素。

> 童年
> 像寂静又久远的天空
> 永远在等待
> 一只手
> 神奇的触摸……

5

之后就会有同学受了欺负来告诉你,同学说报你的名没用,还是挨打,我就出去,去找,找到就打,你打他发现他不会还手,不知道为什么,原来你已经有累积了。

侯孝贤不是那种循规蹈矩、一帆风顺成长起来的艺术家。他12岁时父亲去世,16岁时母亲去世,17岁时祖母去世。他说,经历了这种种,你眼前看到的事物,你的眼光就是很客观的。这种特别的眼光,是在无意中、不自觉间养成的。

侯孝贤可以说是"不良少年"改邪归正的典型。"因为我以前得了啊——家里面的存折被我偷了赌博,家里面可以当的、可以卖的都被我拿去,然后床底下有一堆我们那帮人的刀,各种刀,以前有一阵子还每天磨刀,磨完之后放在身上,跟两个人去街上巡。过那种日子时,我一天到晚出事,因为是我哥哥带我,人家来找,我就跑掉,人家就要带我哥哥去警察局扣手印。"

现在的侯孝贤身上,依然有若干抹不去的少年痕迹,依然率性、义气、野气,譬如喝酒:"我通常喝了很多酒但不会醉,我喝白酒是非常厉害的,送人安排好了,我回到家,躺在浴室里面,衣服没脱,水在冲,被我太太叫醒。"

"前一阵,我去北京的第一天,跟社科院文学部有个非正式的座谈……谈完了之后就去吃饭,就在社科院里面,那个菜还真好吃,我不知道那叫什么菜,喝了三瓶二锅头,差不多是两三个人喝的。喝完以后去卡拉OK,我只记得我醒来是隔天早上在我自己的床上。我醒来就看我的衣服摆法都是正确的,完全没有出任何错误。我就问蓝博洲是怎么回事——这段失忆了。"

6

后来的人在学超现实的时候,他们认为那个太容易了,于是他们就直接去画,学很简单的素描基础就去画。他们不知道那些大师初学的底子,是会把他们吓坏的……魔幻是从写实开始的。

艺术没有捷径可走。凡是认为有捷径可走的,要么是欺人:哄骗完全的外行;要么是自欺:自诩的艺术之阁,很快就会在沙上垮塌。

我曾经在上海,见过凡·高和徐悲鸿的素描,那种比照相还写实的功夫,令我深深惊叹。

同样,侯孝贤拍电影是狠下苦功的——

"像《千禧曼波》……这部电影源于所谓的迪厅文化,那时我正好也进去混了一年多迪厅然后才拍的。"

"现在我要拍一个唐朝的故事——《刺客聂隐娘》……所以我近来一直在看《资治通鉴》,我想把底子都弄清楚。"

"魔幻是从写实开始的。"基础和底子非常重要。任何艺术,首先要掌握、精通其技艺层面,不唯如此,更重要的还要有"品"和"学"。正如晚清杨守敬论中国书法的学习:"一要品高,品高则下笔妍雅,不落尘俗;一要学富,胸罗万有,书卷之气自然溢于行间。古之大家,莫不备也。断未有胸无点墨而能超轶等伦者也。"(《学书迩言》)

7

其实中国内地……比欧洲还要大,光内部,人家说内需市场,内部就足够你去学习了,学习不完。

中国广大,故事无限。苍茫高原,深蓝海洋,有冰雪的北方,有火焰和植物的南方,无穷无尽的都市、城镇和乡村,无穷无尽熙熙攘攘的人……这其中,潜藏了多少书和电影,潜藏了多少激动人心的绘画和音乐!

"我是在乡下长大,看了很多古老的书,有点东方的味道,我基本上是影像思考。"有着清醒自我认识的侯孝贤,仅在一座岛屿上,就构建了一个属于他的电影王国。

"中国之辽阔之巨大感染了我。"土耳其作家奥尔罕·帕慕克这样感慨。这对于任何一个生活在这块东方土地上的艺术家来说,中国给予他一种很深的激励。

问题是:我们自身有能量吗?我们是否有足够的个人能量来表现中国,并从中国出发,进而创造一个属于自我的新世界?

注:侯孝贤,著名导演,1947年出生于广东梅县,在台湾凤山长大。文中所引侯孝贤话语,原载《恋恋风尘:侯孝贤谈电影》,侯孝贤著,卓伯棠编,新星出版社2018年5月第1版。

不染尘

冰河记

甲乙

河流成冰

起初,夜晚能听到河流结冰的声音,一如巨大弓弦拉响。

我为找到形容冰河音响的象声词费了不少心思,想到过嘣嘣、梆梆、砰砰等词,都觉不太准确,最后选定"泂泂"。"泂"读作 jiǒng,释义为清澈、深邃、悠远。

而在最初十天半月后,冰层结构趋于稳定,泂泂声听不见了。时序渐近数九隆冬,天地沉寂,冰河静如处子,罩着梦一般的幽蓝。

整条河道变成一块巨大的玻璃。受不同作用力,河冰表面的裂纹纵横交错,如一道道冰上闪电。

夜晚的冰河星光闪烁,有神秘的幽邃感。这是远方与诗。而在白天,阳光照耀冰河,折射的光斑炸裂两岸,碎片绽放天地。冰河凶猛,我无法和它对视。

这两年,我住在北京顺义的减河边。减河环绕半部城垣,一年四季总有居民在河边逗留,钓鱼游憩,歌吟欢笑。这河那么有趣,系连了人们的目光。

我常沿着减河行走,一直走到减河和潮白河交汇处。站在五环桥上,朝东是潮白河,河口有一架大风车。西侧减河岸上,则有两座廊亭,名曰"清风""碧波"。远岸耸立着三尊潮白陵塔,瓦灰色塔顶在蓝天下闪动银辉。

为了拍摄冰河日出,黎明时我来到河边。河面晨曦微亮,对岸的树林升腾一缕霜白,天际映出大杨树上的鸟窝。等到日出,一个红绒球从杨树根部拱起,光影随即簌落河面,似有千百只火鸟跳跃。

立于河岸,我感受到一河凛冰对两岸事物的强大影响力。这是冷兵器时代的象征。冰河有钢锭的颜色,也有俯仰的威势。

仍有许多居民沿河行走。有人看着河冰手痒,想试试臂力,就把砖头石块往冰面上砸,但冰河纹丝不动。某位大力士掷下一块上百斤大石,也只是砸出个白印。

冬季特别晴朗,碧蓝的天空将冰河映衬得白玉无瑕。再加上桥梁的投影反射天光,似蓝绸带掠过冰河。这种蓝能够透彻心扉,我称之为"冰蓝"。这是世界上最爽的蓝。

桥 底 下

从减河到潮白河,河上有十多道桥,分别是公路桥、铁道桥和步行桥,还有一道桥闸。新俸伯桥两百多米长,算是跨度最大的桥。

跨河大桥在隆冬冰河上,看似冷面无言,但凶险莫测隐藏于桥下的昏暗。在那里,冰层和流水互搏凌侵,展示了冬季到来时冰封过程的诡谲和芜杂。这是冰河轮回演变的原始草图之一。

随着河冰越来越厚,桥下的冰由各种外力挤压而犬齿交错。这些外力,一是由桥上日夜驶过的各种车辆带来,使得桥体不停震颤,传导到桥下,影响坚冰的合成。第二则是地形使然,桥洞里小气候一般稍暖于别处,结冰要素不均衡,局部的水就仍在流动。如果有人贸然上冰,会有沉溺的危险。

白天还好,当寒夜降临,桥下的冰层幽暗而诡异,冰与水逐日上演空间争夺战。为了占据有利位置和释放凝冰产生的张力,不免相互倾轧、折叠。一时间冰壑危悬,撕裂拱起又凭空折断。围绕着桥墩,冰如火舌一样旋升攀爬。这些痕迹白天清晰可见,让人心凛。

我最喜欢观察的,是桥下有几分抽象的冰层。冗浑的暗褐色流冰被桥上方挤进的阳光鞭出一条条波纹,近乎幻影般无尽流淌。

快乐的水禽

精灵古怪的禽鸟逍遥于河上,给凛寒世界带来欢欣,也给冰河释出一丝灵性。

一个冬日,河面微冻,我在旧俸伯桥上看河中水禽。它们周身是黑色羽毛,头顶有个白骨朵儿。一位老者告诉我这是白骨顶鸡。它们常年生活在河上,乍一看和家鸡近似,只是嘴巴扁平,脚蹼不像鸡爪那样张开——这和常年划水有关。它们能够短距离低空飞翔,飞起时翅膀拍打河面,激起一连串水珠儿。它们平素以小鱼虾为食。冬天河流上冰,缺少食物,会溜进附近树林子啄食霜粒和草籽。一般生息在潮白河一带,偶与黑水鸡、绿头鸭为伴。

据我观察,入冬后的白骨顶鸡主要分布在新旧俸伯桥之间的一块水面上。因为两座桥离上游泄水闸很近,寒冬时这里有一片不冻水湾,成为水禽的冬日乐园。

冬日上午,白骨顶鸡喜欢聚集在新俸伯桥北侧水面,而在黄昏,它们大都回到旧桥这边的芦苇丛,似是从游览地回到住所。

相互追逐嬉闹是它们基本的生活内容,这也是精神层面的群体意识。它们拥有潜水技能,一抖身子,消失在水中,水面留下一个漩涡。不大一会,在稍远处,又潜弹直射般冒出水面。起初我以为这也是嬉戏,后来发现它们每次起水,大多叼起一条银色小鱼,同类正待上前抢夺,它们已把小鱼囫囵吞肚了。这是真正的捕鱼高手。

它们还会啄食波流中的一种藻类。这些水藻生长于河底,秋冬时节,细小的叶子脱离根茎,随水漂泊,就成了水禽取之不尽的食材。

白骨顶鸡喜欢伫立临水冰岸。黄昏降临,它们安静得犹如一排黑衣教士。冰岸半融于水,有一道赤亮的边际线,逶迤飘弋,几如幻美的云形波纹。一眼看去,这是一幅多么生动的古典寒禽图。

去冬降了两场雪。雪覆冰河,一时间肃穆洁白,柔滑如毡。十几只白骨顶鸡排成一列,单腿独立于冰雪上。黑色羽身在冰原衬托下,成为一幅精美的剪影。

我想靠近拍摄。白骨顶鸡受惊扰,兵荒马乱地在冰上奔逐,爪蹼点点,翅翼扑腾,转眼匿入水中。

这一图景生动火爆,转瞬即逝,我很难用手机摄录。但也有极个别禽鸟给我提供了难得的契机。

一只白骨顶鸡仍逗留冰上,不管不顾地啄食某位善心市民抛撒的小米,并不在意我靠近。直到同伴不断示警,它才抖动翅膀逃离,姿态很不利索。

我发现它一脚伤残,瑟缩于肚腹下,行动时只能单脚跳移。它真是不幸。我后来再去没见到它,不知它是否还在冰天雪地间活着?

大寒次日，又一场暴雪漫天洒落，冰河成了宽广雪原，自近而远，一览皆白。旧俸伯桥下，白骨顶鸡嬉闹雪洲，洲的岬角延伸致远，柔美恬静。白雪皑皑，由河及岸，竟无一丝杂质。一时间天地无语。

冰河最有神采的时辰是早晨和黄昏，白骨顶鸡在晕红金赤的冰波水幕中，拉出一道道耀斑亮线。它们的羽毛金镶银饰，霞珠灿亮，一时宝光灼灼。河上越冬的蒲草，一簇棕红，花穗摇曳。

春天到来，日光渐渐回暖。嬉戏在水中的数百只白骨顶鸡一团喧嚷。冰河则镜光雀跃，云影倏忽飘过。至此，生命挣脱冰寒禁锢，世界有了回春气息。

早上 8 点多钟，我在桥上引颈张望，突然一阵扑棱棱、呼啦啦之声，上百只白骨顶鸡集体飞过旧俸伯桥下十多米宽的冰面到新桥那边，靠近大风车的水面。随之成双成对，那是它们的伊甸园。

随着河冰日夜消融，水禽化整为零，追随融冰春水，不问波流远近，去到毗连的减河、潮白河、怀河、小中河各处，觅食嬉游，繁衍生息。最远的会到达潮白河与大运河交汇口。

那是梦一般的去处。

下一个冬季，它们还会回来。

冰 上 人

时而看到在冰河上行走的人。我对他们很好奇。

一次午后，我信步走向减河上游，一直来到减河和小中河的交界处，看见一个人，从芜漫空旷的冰河上走来。一开始，只是一个小黑点，缓缓移动，离得越来越近，直到我看清他的五官。

这是个身体壮实的男子，年纪四十岁上下。他拉着装钓具、折叠椅的小轮车，在河湾停下，拿出一把钢锥，开始凿冰，很快凿出一个冰窟窿。他往里撒食打窝，再拉伸钓竿，把线钩沉入水中。然后钓竿入怀，静等鱼儿上钩。

我走出多远，他还老僧入定般一动不动。整条冰河边他是那么惹眼，像一枚度量世界的黑色砝码。

钓者是隆冬冰河的一部分。他们大多聚在彩虹桥、草桥附近的河冰上，每个人守着一个冰窟窿静待鱼获。寒风扫过河面，冰冷刺骨。他们仍然长时间守候。

钓者有时过于痴迷,不觉会有危险临头。某天上午,我在潮白河右岸,遇到一位胖保安气咻咻跑来,嘴里嘟囔个不停。我问发生了啥事,他说刚才有个钓鱼人掉冰窟窿里了,刚喊蓝天救援队来捞他。

后几天我又碰到胖保安,问上次那人怎么样了。他说,救援队折腾了好一会,那老汉给捞上来了,冻得够呛,送医院住了一晚上,然后这人坚决离开了。

另一次,我带着孙子在河岸边敲打裂冰,一位老男人带着一条黑犬从冰河对岸款款而来。这人真够可以,也不怕摔一跤起不来。男人和黑犬从远而近,横过冰河。我和他攀谈,得知他是本地居民,六十七岁。他几乎每到严冬季节都走一趟冰河。他说,这谈不上什么危险。因为他清楚冰层厚薄、跨冰路径。在冰上走动,他心里敞亮。

他这话我信。我见到一位身材细瘦的环卫工,每天都会上冰捡拾游人丢到冰面上的纸屑杂物。这是他的工作,他在冰上很淡定。

三九寒天,减河老铁道桥那边出现许多上冰玩耍的人。男女老少都有,有的携家带口。小男孩在冰上跌跌撞撞,年轻父母紧随保护。少女们坐上自制小冰车,相互推搡嬉闹,一溜多远,欢声一片。也有情侣牵手走过。一位老汉则走到冰河中间,抽烟闲看。

我也终于横过了冰河。来北方生活十多年,深冬多次见人跋涉冰河,只是没有勇气尝试一把,有点遗憾。兴之所至,上冰一试,在百多米宽的冰面上走了一个来回。

两 河 口

深冬,在金牛山公园东南,我和孙子合力登一座陡峭山峰,发现远方两条宽阔的大河,在平畴寒林间比肩伸延,冰封雪罩,壮丽无匹,不由得为之惊叹。

几天后,我寻到两条大河交汇处。这里地处牛栏山引水大桥。从桥上俯瞰,视界中两河环抱,雪原茫茫,岸冰如翼。询问一位本地老汉,始知左为怀河,右为潮白河。怀河自怀柔流来,而潮白河出自密云。它们在河口各自顶雪而出,堆裹隆起如长云垂野,白练闪烁,其瑰美难以形容。

两河之间有一梭形洲岛,其上尽高树,林隙亭台绰约。随两河相汇,洲岛亦不再伸延,三者相互揖让,河面遂宽展如海,邈远旷然。

我在大桥上走了一个来回。桥分左右二桥,桥西为下坡屯地域,桥东属榆林屯村。桥长近千米,这也可见出两河汇流的总体宽度。

从牛栏山大桥往北三四公里,是史家口桥。桥址在史家口村东,桥头间置水泥方墩,仅留小型车进出通道。桥下是怀河,河道比下游牛栏山引水大桥汇口处要窄。岸边白冰如阵,冰豁处可见流水波纹。

我向对岸张望,那和怀河并流的潮白河呢?视野中只有寒林村舍,见不到潮白河一点踪影。

我过史家口桥,往东去寻找潮白河。经过一段乡村公路,入怀柔境内。看到左侧低地有一串湖泊。湖面结冰,原本栖身水中的树木,从冰面探出半截枝冠,形如诗画。

我猜想这是潮白河的外延水系。去秋雨水多,上游水库泄洪,水量充沛,流域面积扩展不少。水位上升,低地淹浸,遂绵延成湖。

我继续向东。公路狭窄,且没有人行道,飞驰的汽车不时擦过身边,扬尘而去。约一个小时后,一条大河现于眼底。这就是潮白河。我翻越公路护栏下行,穿过一片荒草到河边。河滩上遍处鹅蛋大卵石,上有水淹后沉淀的灰色泥印。

河沿大块浮冰拱起,张扬跌宕,嵯峨如峰,呈洪荒之象。河道从东北方向蜿蜒而来,又逶迤远去,开阔敞亮,势力勃然。

我向下游瞩望,冰河茫茫。注视良久,内心涌出许多向往。

融冰漾波

寒冬过去,二月到来,冰河有了消融迹象。走在河岸上,不经意间,冰河又响起泂泂声。和早期冰封不同,现在是河流解冻的音响,听上去有一丝舒缓柔和。

先说一场春雪。这是冰和水之外,一个美妙的第三方。雪让冰河蒙上一层雪毡,遮盖了冰的反光,人或鸟走过,留下清晰的印迹。

白天日光照耀,冰层表面的雪开始融化,尤其北岸贴靠堰堤处,消融的雪水像丝线一样缭绕,雪原现出沙浪般的图案。

春雪为序曲,冰河终消融。这是造化的大戏之一。冰层在分解裂变中回归河流,春水日趋丰盈。绿蓝摇曳的万千水波,抒发从禁锢复出的欢欣与奔放,不停地抽打残冰。这是春天的乐章。

冰水相缘处,冰层呈现消融的百般形状,图示错综复杂的断层褶叠。这里有冰河最初的纹理成像,也有若干气泡残留的球状冰斑,还有大小不一的冰碴子,以及榫接其间的裂隙线。

日夜间的变化也了然于目。白日的柔柔春水,夜间又冻出一层薄冰。而新一天来临,阳光线束美妙地透冰而过,于水底摆动光影,犹如水禽掠过。冰缝里游窜的黑色水滴入夜后被冻结成冰珠子,早上成了一串串冰葡萄。

局部的精彩最让人叹为观止。白昼里被水流掏空的冰层底部,上部的冰盖仍存留着,成了神气活现的洁白冰帽,恰招来一只喜鹊栖息其上,东张西望,若有所寻,趾躄羽翅倒映水中。

复兴大桥下的一大片河冰,其边界被水波不断消解,豁现出三层断面,第一层冰给水蚀刻出锯齿形花边,下面悬空处挂着一排小小冰溜子。第二层仿佛细浪牵引,逶迤在冰的断层上。第三层冰的折痕隐约可见,类似荷叶皱褶。

在另一处,可以看到水在冰面慢慢漾出一条裂缝,进而形成穿透冰层的圆圆水涡。水涡一鼓一收,动中有静,犹如冰河在呼吸。这情景让人说不出地心动。

牛栏山大桥下,怀河和潮白河汇口处,河冰演化为流水。而净水的橡胶坝最是春意喧腾。湍湍之水从坝顶翻越,沉落低处,激起束束水花。阳光烁烁其上,更增添强烈动感,似万千金鱼摆尾荡波。

春来河水绿如蓝,雪融的水特别清澈。此刻即使有风,也是温暖着河流的春风。

(甲乙,本名叶卫东,籍贯安徽安庆。著有散文集《去黑山》《通往河流的门》《寄存在故乡的时光》《去江南散步》《鲜花地》以及中短篇小说集《夏日的漫游者》、网络随笔集《心随网动》等。现居北京。)

物候记(外一篇)

许俊文

说不清从何时起,我对物候的变化产生了兴趣,初秋一枚辞枝的黄叶,秋末成群结队的草蜂逃离原野、扑打着草房檐口,抑或残雪消融,蚯蚓翻出的一坨坨新泥……总之,物候最初给我的感觉是神秘的,它远远超出我的认知和想象力。

我小时候养过一种麻色羽毛的鸟,这种鸟习惯把巢筑在阳坡的浅草地上,至于它们什么时候产卵、孵化幼鸟,则是一笔糊涂账,后来还是白茅提醒了我。初夏时节,地里的麦子抹上一层嫩黄,白茅抽出如雪的花穗,小雏雀即将出巢了——物候就这么灵验,屡试不爽。再后来,我对物候的观察范围逐渐扩大,惊蛰泥鳅翻塘,春分冬麦起势,寒露蓼花吐艳,在节律的轮回中,捕捉大自然的蛛丝马迹。自从操瓢文学,我便将自己对物候的观察所得写进作品,于是有了《乡村的风》《节气》《在一朵雪花上轮回》《在一滴露珠里行吟》《请不要打扰夜晚》等,物候与文学攀上了亲戚。

早年戎马倥偬,脱下军装后又多次转徙,人生的轨迹飘忽不定,使我的物候观察时断时续。记得在苏鲁接壤地带当兵时,我连续多年在沭河边的一个固定位置观察"初霜"与"解冻"。20世纪80年代初在淮水之滨记录芦芽何时破土、飞白,小蝌蚪需要多少天才能变成青蛙。可惜那些珍贵的观察日记都散佚了。但是,只要生活稍稍安定下来,我便从头再来——积习难改啊!

十四年前移居江南小城池州,住在牧童遥指的杏花村,我开始观察杏花。烟雨江南地,杏花要比我的老家皖东早开一周左右,早不了多少,也晚不了多少。让我费思的是,一株位于杏花大道老石油站门前的杏树,论树龄、土壤和附近的环境,与周围其他杏树并无差异,但它的花期要比其他同类提前两到三天,暖春也好,倒春寒也罢,年年如此。

有一年的2月底,突然窜来一场风雪,我估摸那株早杏的花期可能要推迟了,谁知它竟像掐着时间赴约的情人。我翻翻往年的观察日记,只差几个时辰。一株杏树放在宏大、深邃而阴晴冷暖无法把握的时空中,居然能把自己的花期控制得如此精准,的确让我敬佩。然而,就像世上没有十全十美的人和事,那株年年抢着开花的杏树,果实却小如泥丸,成熟期也晚了许多。有了那株早杏作参照物,每至杏花季,外地朋友预约来江南看杏花,我会准确地报出具体日期。

一个人,并非出于职业需要,把观察物候这件无关生活轻重的事,断断续续延续了几十年,连我自己都觉得匪夷所思。也许起初只是出于好奇,继而引发兴趣。而兴趣这东西最靠不住,犹如烟花易冷,你得不断地给它输入能量,渐渐形成积习。积习似一件用皮肤做的衣服,不是想脱就脱的。

家搬到市郊后,给我观察物候带来了许多便利。此时的我虽然老了,但好在心无挂碍,有了更充裕的时间跟大自然相处与交流。

新居悬在七楼,轩敞的西窗正对着平天湖,每天早上起来的第一件事,就是凭窗看湖。此时的平天湖很安静,我也安静。安静人看安静湖,那种感受是无法用语言表达的。相看两不厌,唯有平天湖,有那么一种欲说已忘言的味道。

经过连续几年的观察,我对平天湖的性格、脾气已了然于心,有个什么风吹草动,都逃不过我的眼睛。比如,不用听气象预报,只需瞄一眼湖水颜色的深浅,水边芦苇摇摆的姿态,就知道当天刮的是什么风,有几级。开始只是猜测,并将猜测的结果与官方权威发布的数据相对照,不到一年工夫,两者的数值几近吻合。大地上的一切事物,看似不可捉摸,变幻无穷,其实都是有征兆、规律可循的。比如风的量级,你可以通过对一株特定芦苇的长期观察,从它摆动频率、幅度的大小,感知风力。当然也会偶尔看走眼,那多半是光照和雾岚从中作祟。

现时,我的观察物已从杏树转移至他物上。在湖的东岸,闲置着许多从农民手里流转过来而未开发的土地,给外来物种加拿大一枝黄花提供了可乘之机。三年前,它们还只是零星地点缀在本土草木中间,东一株、西一簇,彼此孤立无援,然而不出两年便一统江山,以压倒性优势奠定了物种的霸主地位。这种夷物,繁殖力和适应性特强,毁土占地,凡是成片生长的地方,土壤的营养被其榨取殆尽,本土植物压根儿就不是其对手。有关部门虽调集力量斩除过,但因对此物的物性不是很了解,总是不能斩草除根。我根据自己的观察,记录下一枝黄花生长史,建议在它们开花后七日左右刈割,一来所有该开的花都开了,目标暴露无遗;二来趁其籽实尚未成熟,斫之断子绝孙。今年霜降前后,一场围剿一枝黄花的行动在关键节点上展开,一时间横"尸"遍地。

物候在大雁身上的表现尤为突出,而平天湖又是南迁候雁的驿站,自然也是我观察的重点。翻开观察手记,候雁的行踪一目了然:

2017年10月11日19时,晴。初雁至。目测有七八只。

2018年10月10日20时,小雨。闻雁声,未睹其迹。

2019年10月15日21时,月色皎洁。雁始至。其阵横空,众,不可细数。

2020年10月9日18时,阴,欲雨。雁自东北来,其声嘹唳,绕湖数匝,去。

今秋大雁来的早于往年。10月3日晚上,我在湖边散步,清风拂面,秋意正浓,第一梯队雁群便早早抵达平天湖,连续几个黄昏与夜晚,雁鸣声不绝于耳。这一次,它们留了下来,白天飞往西南的升金湖和长江的落雁洲,傍晚再回到平天湖。这种现象我还是第一次见到。雁恒自东北来,常往西南去,很少有返程的,除非个别体力不支或受伤的孤雁。相较于前几年,辛丑年的雁群明显少了许多,过程由此前的一个多月缩短为一周。我好生纳闷,难道大雁改变了南迁路线?

到了11月初,一股超强寒流席卷西北和东北大地,降下近百年同期罕见的大雪,远隔数千里的江南一夜进入寒冬。就在我将雁事淡忘之际,11月2日黄昏时分,数支超大雁群背负着青霜,凌空排挞而来。想必是追星赶月太急,体力透支过多,它们一见了空旷的平天湖,把与生俱有的警惕丢之脑后,欢叫着俯冲而下,像游子一头扑进母亲温暖的怀抱。在我写这篇文字时,时令已进入小雪,然而北方的雁群还在一拨一拨地往这边赶,嘎嘎的叫声响彻整个夜晚。夜半醒来,借着寒星的微光,湖面上起起落落的雁群身影依稀可见。

处在雁道上的平天湖是仁慈的,它默默地迎来送往,直到最后一支雁群离它而去。

物候里面藏天道。我在大自然的一个又一个轮回中,感知每一种生命的花开花落。

荒　灯

许多过往,就像湮灭于尘埃的灯,其中的一两盏,被意外点亮。

那是一个寻常的夜晚,我重新捧起伍尔夫的小说《到灯塔去》。这本书,很多年前读过。那时自己三十多岁,不清不楚地喜欢上了文学,见书就买。至于读或没读,鬼知道。

伍尔夫在写作《到灯塔去》时，或许有太多想要表达的东西，却无法完整和准确地表达出来，她选择了意识流。这与我的阅读习惯不大合辙，因而读得索然寡味，没看到一半便放下了。这一放，如许岁月流逝，当它再次来到我的手上，书与人俱老矣。人自不必说了，书纸泛黄、变形、憔悴，书脊的胶水也已失去黏性，轻微翻动，书页便像散脱的竹简。

这一回，总算断断续续地把它读完了。

《到灯塔去》给我的感觉，说不上好还是不好——萝卜青菜，各有喜爱。但它让我对神秘的灯塔有了某种隐秘的期待。

时间已经过去很久，连那座村庄的名字都忘了。这里，我借用伍尔夫的"灯塔"，姑且就称其为"灯塔村"吧。

它配这个名字。

那日，医生兼作家的桦开车来找我，说是闷得慌，身体里的光与郁气都出不来，约我去山中转悠，看看古灯塔。我好生纳闷，灯塔不是大海和江河的眼睛吗，怎么会跑到闭塞的大山中去了呢？

桦言之凿凿，有古灯塔，我们找找看。

就我们二人，入山后沿着一条崎岖小路，拐弯抹角地且走且看。好像是暮春，山下的杜鹃已成残局，高山上的杜鹃却轰轰烈烈。这个时候，一条荒寂的古徽道于纷披的草木中若隐若现。当时我们未作多想，便拐了上去。

皖南的古徽道我曾走过几条，极难行，上山，膝盖顶着下巴；下山，腿肚子打战，眼睛不敢斜视。实话说，没有一条我是走完全程的。

这条古徽道开辟于何年，答案只能根据徽商发迹的历史推测，想必应在明清之际。它是什么时候被废弃的呢？说不清。一条穿山越岭的羊肠小道，一旦人和骡马消失了，毁坏的速度可想而知。形象点说，就像一根被遗弃在荒野的烂草绳，任凭风吹雨打。

最先觊觎这条古徽道的是草木，它们仿佛记仇。当初的开路者，刈草、斫木、凿石，必要的损毁可以想见。现在倒好，草木、荆棘的后代从路的两边挤压过来，隔着一条缝隙握手言欢。雨水的破坏力更强，一些路段被山洪冲毁，青石板七零八落，给人一种骨骼散架的印象。

桦在前面探路，我则捡了一根枯枝当作拐杖，尾随于后。我们走走，歇歇，看看路边的闲花，间或瞭一眼白云。

路越来越难走,忽上忽下,时左时右,逼仄的地方只容一人侧身而过。恐高的桦不敢侧目陡峭的悬崖,眼睛只盯着脚尖,用"蚁行"再恰当不过了。我呢,借助于"拐杖",也走得心惊胆战。

灯塔,就在这时出现了。

它立在山道的一个急弯处,主体是一根两米多高的石柱,柱顶上有只类似马灯的玻璃罩子,严严实实地罩住一只粗瓷大碗,那想必是盛放灯油与灯芯的灯盏了。立柱上的字迹已漶漫不清,我一次又一次踮起脚辨认,方认出"乾隆三年"四字。算算,距今已有两百五十多年了。

这是一盏名副其实的"荒灯"——荒芜之灯。

灯塔的周围布满荆棘与高过人头的野草。坚硬的花岗岩石柱也抵挡不住经年风霜雨雪的剥蚀,该脱落还是脱落。我看见一只鸟落在蒙尘的灯盏上,磕头磕脑地鸣叫,声音有几分嘶哑、哀切。附近一位砍柴老人告诉我们,那是"叫魂鸟"。

空山寂寂,它为谁叫魂呢?

灯塔旁有一个微微隆起的土堆,土堆之上,生长着灌木和杂草。若不是老人指点,我们看不出它是一座坟茔。那一抔矮趴趴的黄土之下,竟埋葬着一个凄恻哀婉的故事。

逝者没留下姓名。灯塔村人都管她叫"灯塔女人"。就这么叫了两百多年。叫着叫着,一座曾经烟火兴旺的山村空了,只留下这位孤独的老人。

"灯塔女人"命运多舛,她的男人是一介挑夫,受雇于一位商贾,常年往江浙沿海运山货,在一个黑夜失足掉下悬崖摔死了,后来,她的两个儿子又以同样的方式殒命。然而,死亡并未能吓阻那些谋生与谋财的脚步,结伴而行的商旅,仍然在这条充满凶险的山道上继续着他们的营生。

失去亲人的"灯塔女人",可谓肝肠寸断,每当夜幕降临,便站在后来竖立灯塔的地方,等待自己的男人和儿子归来,她那悠长、凄婉的呼唤声,犹如一滴冷雨滴落在无际的枯草上,没有任何回响。

她委实成了一只叫魂鸟。

她所有的呼唤都是徒劳的。

她整整呼唤了三年。

村里人都以为这个女人疯了。

第四年,这个女人变卖了家当,捐了一座灯塔,立在她天天伫立的悬崖边。又种植了一亩地蓖麻,用作提炼灯油。她把自己对男人和儿子的思念通过一盏油灯,传递给山道上那些往来的陌生商旅。

一豆荧荧,四季皎然。

从此,"灯塔女人"似乎找到了心灵的寄托与皈依,人变得沉默,不再锥心呼唤自己的亲人,而是每天爬上一架木梯,给灯盏添油……

其实,她添的不只是油,是焚膏继晷的坚守,直至化为灯塔旁的一堆黄土。

这是她的遗愿——死后与灯塔厮守。

时间如逝水一去不回,我们不可能进入"灯塔女人"的时空,但是,面对沧桑的灯塔,似乎能够触及她柔软的内心那束光。

黑沉沉的大山深处,油灯的光虽然微弱、渺小,却给夜行人送去一份温暖的提醒与叮咛。寒来暑往,那些从这条山道上走过的人,挑担的、牵马的、背篓的,想必会记住这盏稀世之灯。我揣测,那些曾被这盏油灯之光照拂的人,是幸福和幸运的,无论他们走向何方,也无论富贵与贫贱,在他们的记忆里,总会有一盏灯散发着莹洁的光。

我和桦站在低处,久久仰望着灯塔。在我的心里,有一个恒念,只要这尘世还有黑暗和不幸,灯塔的光就不会熄灭。

(许俊文,中国作家协会会员。著有散文集《留在生命里的细节》《回到草中间》《俯向大地的身影》《语文试卷里的名家美文——许俊文卷》等,长篇儿童小说《红蜻蜓绿蝈蝈》,长篇报告文学三部。曾获安徽省政府文学奖。)

自然的眉眼

张建春

晨　啼

春天老熟得进入了尾声,也是最美的时光,叶绿、果青、花红,大自然布陈了春天所有的环节。空气是香的,是幽远的,是可以当作纱巾来抹拭的,比如抹拭去眼角的烟云,抹拭去口角淡淡的苦味。

凌晨3点47分,我被一串悠扬的鸟的啼鸣声唤醒。这应是站在高处枝头的歌唱,嘹亮婉转,不停地变换着柔和的音色。鸟肯定是快乐着的,是在演绎一段故事,是在表述一种诉求,是在完成一个传送;也可能是悲情的,像是人间的《梁祝》,但绝对是倾心而美好的。

我起先有些恼怒,春眠一刻值千金,我的"千金"被鸟的啼鸣冲散了。可鸟的啼鸣太动听、太有内容了,我索性披衣下床,坐在书桌边倾心地听起来。

推开窗户,鸟的啼鸣更加清脆了,直扑我的心怀。是什么样的鸟呢?我询问自己。窗外仍是黑的,树的枝头是模糊的,鸟隐身在这朦胧、模糊里。

是画眉?是铜嘴?是白头翁?是绣眼?我一一否决了。它们的声音我是熟悉的,我甚至能嘬着嘴唇,哨出它们的声音来。不知又如何?我在心中反问,无论怎样,这啼鸣是悦耳的、动听的、有内容的。鸟的啼鸣没有停歇片断,我有些担心它会不会和杜鹃鸟一样啼出血来。

早起的鸟儿有虫吃,可这鸟起得太早,眼前的天空不明朗,虫子们还在梦中,显然这早起、啼鸣的鸟是不为虫子的。

我不是猜测,鸟我不知是什么鸟,可鸟啼鸣的枝头是香樟树的枝头。香樟树几乎不生虫子,香樟树上无虫可吃。

此时正是香樟树开花的日子。樟树花香如金银花的香,却比金银花雅致、浅淡了许多。鸟啼就在这花香里散发,或者说花香萦绕着鸟的浅吟低唱。

鸟的啼鸣一串接着一串,有些急迫,有些焦虑,有些落魄。啼鸣的鸟是独唱着的,我的心猛地一惊。惊诧中,我竟有了渴望,渴望有回应,哪怕是一句回应。遗憾的是没有。我竖起耳朵,没听到只言片语的回应。

鸟的啼鸣声、香樟花的香气,竟让我有些恍惚,我有了小梦一场的追念。

若干年前,每天早晨,我的窗户外总有悦耳的歌声,歌声轻柔,却又刺耳得很,在一个个早晨把我青春的梦吵醒。

是吵醒而不是唤醒,那时的我青涩,免不了敲敲窗户发出警告,甚至会骂上一两句。歌声会因之戛然而止,但过不上一会,仍会唱起,只是更轻柔、更抒情,如是催眠曲,我也会因此小寐一会,算作青春的补偿。

一天,两天,十天,半个月,更多更多的时间,早晨的歌声总是响起,我有些好奇了,试图见见这个唱歌的人。

薄雾天,歌声又起,我悄悄穿衣下床,心怦怦乱跳,我将揭开一道面纱。

歌声仍在,雾低迷地散步,让我大吃一惊的是没见唱歌的人,而歌声也在我开门的一瞬间消失了。

是被雾卷走了吗?我有些疑惑,但我深信不疑,我相信我的听觉,绝对有一个人对着我的窗户在唱歌。

是唱给我一个人听的吗?

在另一个春光明媚的早晨,我又一次去掀开歌者的面纱,可我再次失望了,歌声依然,歌者却再次隐身了。

我多了些心思,平时碰见了人,我总是多打量几眼,可是唱歌人?我问过左邻右舍,可听到清晨的歌声?回答我的都是在梦中呢,哪来的歌声。

很多很多日子,早晨的歌声在我窗前轻拂,小鸟般啄动玻璃。这或许就是个聊斋故事吧,我在这故事中反而睡熟了。

追念的小寐在鸟急迫的啼鸣中清醒了,我拾起鸟的长句、短语,我想把这些长句、短语碎片般拼凑起来,心却是乱的。面对这神秘的文章,我无能为力。鸟的世界,只有鸟能解得通。

天渐渐亮了,我要结识凌晨就啼鸣的鸟。鸟的啼鸣,在一阵急迫如雨点的歌唱后忽然停息了。我趴在窗口,将目光投上树梢,只见一道鸟影闪电般插入天空,之后就是春天的寂静和风送樟树花的香味。

若干年前,我窗户外的歌声也是这般突然停止了,毫无征兆。

我不知窗户前啼鸣的鸟,也不知窗户前唱歌的人。

啼鸣的鸟飞入苍穹,唱歌的人走了,没入了茫茫人海,据说她爱穿一袭白色的长裙。

一匹金色的甲壳虫

它有理由骄傲,它是金色的,金色的光芒从它的甲壳上发出,和晨光交汇在一起,几乎辉映了这一方小小的天地。

金色的甲壳虫是圆润的,具有流线型的圆润,圆润中散发着不可抗拒的光泽。夜露曾在它的甲壳上停驻,小心地清洗去它身上的灰尘,拭去蒙在它眼睛里的烟雾,它的旮旮旯旯、沟沟缝缝都是明净的,甚至布满了花香。

它卧在一朵盛开的玫瑰花的杯盏里,杯盏中的酒让它微醉。金色的甲壳虫是在玫瑰花微启口唇时跌落而入的,它是一个早行者。早起的鸟儿有虫吃,早行的虫子喝甜蜜。甜蜜是酒,金色的甲壳虫微醉。

金色的甲壳虫在微醉中以触须轻挽太阳,大声感叹:今晨,这玫瑰花是我的,谁也抢不去!

玫瑰花实在是美,绸缎一样的花瓣,眉眼一般的花蕊,花香也是美的,这美一次次敲响晨光的门。

谁能和我抢呢?谁够格?!金色的甲壳虫爹出金光,同时发出挑战。

金色的甲壳虫在骄傲中,自视是位了不起的诗人,比如:今晨,这玫瑰花是我的,谁也抢不去!不就是诗吗,虫界谁能发出这样的抒情?

金色的甲壳虫沉缅于自恋中,忽忽地又来了一句:这是我的私家花园,美而多情,请不要踏入。金色的甲壳虫再次抒情,并深深地亲吻玫瑰花的甜蜜。甜蜜醉心,金色的甲壳虫真的陷入了陶醉中。

太阳将玫瑰花的香气四处散发,晨风传送着玫瑰花的美丽。成群的蜜蜂赶来了,金色的甲壳虫傲视群蜂,特意将自己金色的身体亮将出来。果然,蜜蜂们被金色所震惊,一个个掠过金色甲壳虫的领地,去别的枝头采摘花粉。金色的甲壳虫孛了孛翅膀,它分明感到了翅膀上的湿意,这肯定是蜜蜂们倾慕的目光打湿的。金色的甲壳虫甚是得意。

一匹无心无肝的蚂蚁,毫无征兆地闯入了金色甲壳虫蹲守的玫瑰花。黑黝黝的蚂蚁卑微又弱小,但还是让金色的甲壳虫大吃一惊,不过也就是一瞬间,金色的甲壳虫伸出自己的双手,它的双手也是金色的,金光四射。蚂蚁愣了下,可还是搬起了一粒花粉扛在了肩上。陡地,金色的甲壳虫打出了组合拳,蚂蚁落荒而逃。"哼,这玫瑰花是我的,谁也抢不去。"蚂蚁没忘记将花粉带走,甲壳虫没当回事,不过是粒尘埃而已。

中午时分,玫瑰花开得更艳,花的香气更加浓郁,金色的甲壳虫沉醉在自己的家园中。就在这时,金色的甲壳虫闻到了一股花香之外的味道。

那是一只青色的甲壳虫,趴在玫瑰花的外围,羞涩地望着金色的甲壳虫。金色的甲壳虫明白,青色的甲壳虫是在向自己示爱。金色的甲壳虫傲慢地眯着眼睛,"一只青虫,青涩着呢。"它打开翅膀,让自己的金黄狠狠地撞击着青色甲壳虫的眼睛。青色的甲壳虫垂下眼帘,泪染双目。

之后,灰色的甲壳虫、紫色的甲壳虫、白色的甲壳虫、蓝色的甲壳虫,列队般地一一来过,金色的甲壳虫如对待青色甲壳虫一样,用自己的金色调打发走了它们。

"天涯何处无芳草,我会拥有的。"

一匹红色的甲壳虫从天而降,直入金色甲壳虫玫瑰花的窠臼。红色的甲壳虫似火,它要燃烧金色的甲壳虫。金色的甲壳虫躲让,一再亮出自己的色彩,红色的甲壳虫也不谦虚,让自己红色的旗帜哗哗飘扬。金色和红色对峙,大有势均力敌的态势。

金色的甲壳虫还是占了上风,金色是黄金的金,还有什么比金子珍贵?金色的甲壳虫大声宣示:"这是我的私家花园,美而多情,请不要踏入。"

红色的甲壳虫羞红了脸庞,它因此更红了,红得和玫瑰花一样。红色的甲壳虫无疑伤心了,它喃喃自语:不过,就是一场爱,纯粹的爱,何来色彩?

傍晚时分,一个年轻的母亲牵着三岁的儿子散步,玫瑰花吸引了母子。儿子说:好香好漂亮的花。母亲说:玫瑰花。送人玫瑰,手留余香,爱情花哦。儿子问:什么是爱情?母亲闻了一下花香,久久没有回答。

儿子突然在金黄色的甲壳虫的面前停了下来,轻轻地从玫瑰花的蕊中拈起了它。

妈妈说:注意了,别被咬着。金色的甲壳虫还没反应过来,已被小孩子装进了小小的纸盒里。纸盒黑暗又逼仄,甲壳虫东撞西撞,它身上的金色一缕缕褪去,成了一只黑不黑灰不灰的甲壳虫。

就在这时，寻蜜的蜂子拥了过来，曾属于金色甲壳虫的私家花园，现在成了蜂子们的采蜜场和夕照下的晚宴地。

与蚂蚁书

蚂蚁出没于我们的身边，随处可见的蚂蚁时常被我们忽视，而正是这种忽视，显得亲切、自然，犹如最好的朋友，不须客套，不用去虚情假意地打着哈哈。

我敢说，人生下来最早打交道的昆虫一定是蚂蚁，如果你自小就和大自然打交道，并且贴着土地生长，目光肯定逃不过一道黑色的闪电，这闪电来自土地，即便它的动作是缓慢的，稚幼的目光还是会被它吸引，且一直追随着它，躲进土地的深处，或许是幽深的洞穴，或许是一道窄窄的缝隙。那时我们还不知道一个窝藏的家族，它们用自己的秩序和大自然的密码联结，将弱小的生命延伸成链条，紧紧地扣住生存的咒语。

蚂蚁是弱小的，弱小得任谁都可以欺凌，反正丧失在我手中的生命，第一个就是蚂蚁。蚂蚁在我的眼前晃来晃去，即便童年的我，还是记住了它。人的攻击性让一匹蚂蚁遭到了灭顶之灾，我杀了它，手指轻轻一捻，它就化作了比尘埃多不了多少重量的一小团。之后我用尿淹过它们的家园，用一粒石子堵过它们的家门，用一把不大的铲子掘过它们的家园，甚至用放大镜仔细观察它们的爬行后，又残忍地用聚集的光杀死它们。最大的恶作剧是用"臭蛋"（驱除虫子的樟脑丸）在蚂蚁的周边画上不大的圆圈，看着它们走投无路的样子，把小手拍得通红。到了来日，累断了腰杆的蚂蚁早已奄奄一息，我发自内心的欢呼已记不住了，但生命最后的哀求却牢牢地在我心中生了根。

蚂蚁紧贴着我们的生活，它们时常会为我们嘴边掉下的饭粒聚集在一起，共同地把美味抬起，一起朝着它们的家走去。那时我就想，它们一蚁吃上一口，不就把劳累化作轻松了吗？我的答案在许多年后才找到。家的重要，如同我们把最卑微的柴火捡回家去，放进灶洞里，熊熊燃起火光，一人的温暖不足以照亮周边的天空。

我的床头曾经有一窝蚂蚁，它们与我的睡眠在一起。我时常在昏暗的灯光下观察它们，固有的线路和交头接耳的低语，让共有的收获沉甸甸的，有时是一粒橙黄的豆子，有时是一羽半死不活的蚂蚱，有时是一只鸟的翅膀，它们齐心协力，顶着相对它们身体而言的庞然大物，生生地将其拖进自己的巢穴。我开始理解蚂蚁啃骨头的要义，理解勤劳的至深含义，还有团结的力量和个体的弱小。床头的蚂蚁也有走错路线的时候，在我沉沉的睡眠中走向我的口角,我的梦呓吸引了它们,它们是否在打探着我,一个沉沉睡去的人该有怎样的明天?相信我不曾捻死它们,即便口嘴丝丝地痒着,它们让我记住了不舍昼夜的辛劳,它们的误打误撞,倒让幼时的我比别人多了些警醒。

懂事时读刘邦和项羽的故事,蚂蚁当了回主角,当刘邦用饴糖在项羽必经之路写下"项羽死路一条",成千上万的蚂蚁蜂拥而至,用弱小的躯体铺就了项羽的死路,项羽面对"天人感应",拔剑刎于乌江岸边。受骗的蚂蚁、受骗的项羽让我夜不能寐,我想借一匹快马飞驰江边,告诉项羽这是一场骗局,但蚂蚁赶在了前头,它们比我疾走的思绪要快得多。这夜一地月光,我床头的蚂蚁仍旧匆匆忙碌,眼角的泪不自觉地流了下来。为项羽的悲凉,也为经不起诱惑的蚂蚁。

前几年去新疆,一路荒凉,面对千里戈壁,我忽然思念起了蚂蚁,这到处都有的生灵,在这里一只也找见不了了。透骨的干旱,加之狂放的风沙,让所有的生灵都没了声息。我突发奇想,在这里该有成群成群的蚂蚁,它们搬起被烈日炙干的沙砾,一路南行,开拓出河流和绿地,将一丝丝清凉的风引进此处……好在手机信号依旧丰满,我给远方的亲人发短信:想家,想一地匆匆忙忙的蚂蚁。

女儿幼时和我一样,常常和蚂蚁较真,她做得最多的是把蚂蚁攥在手心,让孤独的它在手心和手背爬来爬去,并且喃喃地和蚂蚁说话,或者把好吃的食物放在手心,想让蚂蚁品尝,蚂蚁拒绝了,女儿急得快哭出了声。女儿把蚂蚁放在地下,和食物放在一起时,囚禁的蚂蚁在最初的懵懂后,匆匆和周边的蚂蚁打着招呼,一会儿,美食边团团围住了众多的蚂蚁,食物被抬了起来,奔向了对蚂蚁来说也许是遥远的家……我难以明了女儿此时此刻的心境,但我知道,这小小的场景会对她的一辈子产生影响的。

如今的蚂蚁和我们离得远了些,过去出现在堂屋、厨房甚至卧室中如同家人的蚂蚁,时下难以寻找到踪迹,令人难免多了些惆怅。早晨我去阳台浇花,不经意间发现了花盆下的一群蚂蚁,我大惊小怪地呼唤妻子,妻子白了我一眼,她说这窝蚂蚁在我家阳台上至少生活两年了,她强调的是"我家"。

和鱼对话

我喜欢水,也吃过水的亏。丘陵地带缺水,反而对水重视,家乡"扒"了一口口塘,安放在丘陵深处,想尽千方百计把水留住。我孩提时爱玩水,家乡人把玩水称为"和水",耐人寻味。常在水边走,终湿了脚,一不小心滑进了村子里最深的一口草塘,水汩汩地向肚子里灌,如不是邻家姑姑眼疾手快,拽着我的头发揪上一把,我可能在六七岁时就喂了鱼虾。

村子里是有玩伴葬身水底的,二牛比我大上一岁,会水,却落进了水的窠臼,捞将上来,肚子鼓圆,村人牵来老牛,把二牛脸朝下"担"在牛背上,让牛迈起碎步,想把他肚子里的水"控"出来。二牛还是死了,带来的是呼天抢地的哭声、悲痛欲绝的父母。我由此后怕,如不是邻家姑姑揪上一把,我也会和二牛一样,被水呛死。也因此记住了一句俗语:家门口塘知道深浅,淹死的都是会水的。

吃过水的亏,怕水,却向往水,因为水中有鱼。鱼无翅膀,但能在水中飞,如村子里南来北往的燕子、喳喳叫的喜鹊,温顺、可爱、有趣。水中鱼多,也没见放养过鱼苗,水存上一两个月,就能看到鱼游动的影子。有鱼的水,自然是"和水"的大理由,逮鱼总让我乐此不疲,把水搅浑了,鱼虾浮动,浑水捕鱼,一逮一个准。逮的鱼吃得少,放在盆里、瓶里养,喜欢它们游水的姿势,轻巧、松泛、优雅,一看大半天。后来有把力气了,就在后院挖上浅浅的坑,蓄上水,养捕来的形色各异的鱼,可惜坑中水被太阳蒸发、干透,养的鱼多被猫儿、鸟儿们叼了去。

略大时又迷上了钓鱼,一根竹竿、一条纱线、一枚大头针,就成了引鱼上岸的所有工具。塘口美,野花喷香,荷叶田田,水中鱼头满,垂下钩子,就有鱼儿咬饵,轻轻一拽,一条贪嘴的鱼就在塘埂上活蹦乱跳。那时做梦,常在钓鱼中,醒来了,脸一抹就直奔塘口,也不管寒凉酷暑。直到一天我钓上了一条鲜红的鲤鱼,它鼓着眼睛看我,甩动尾巴抚摸我,我心陡地软了,放了它。放生的红鲤鱼没有匆匆游去,它围着我的钓竿团团打转,似乎有许多话要向我说。我屏住呼吸侧耳去听,果然鱼在低语:我的世界,你为何要打扰?一片天地那么纯真,又为何垂下诱惑?我无语作答,闷了半天,才憋出一句话来:我喜欢鱼,送你们美味呢。言不由衷的话,相信红鲤鱼听到了,它摇摇头,箭一般没入了塘的深处。事后,我以为这是一场梦,鱼怎么会说话呢?不过,从此以后,我再没把自己的钓钩垂进故乡的塘中。

"子非鱼,焉知鱼之乐。"许多年后,我读到这句话,心悠荡不已,对于鱼我亏欠得太多,竟有了需要救赎的感觉。前几天女儿买来了红金鱼,女儿知我喜欢动植物,想给我一个惊喜。我却为之惴惴不安,鱼之乐又将在我的困囿中。但也因此有了和鱼再次对话的机会。

周末家中静悄,我放下手中的书本,对着鱼缸和金鱼对起话来。我问,你们快乐吗?

鱼儿摇头,它们变形的身体早没了野性的活力。金鱼问我,你快乐吗?我一时语塞,反问自己,快乐吗?我随之哈哈一笑,大声回应,子非我,安知我不快乐?鱼们在我的笑语中,加快了游走的步伐,透明的玻璃撒进了金子般的光彩。

喜欢水,喜欢鱼,肯定是一辈子的事。人是水浸润的,也是从水中走出的,慕鱼而织网,莫如说,是想用目光缠绕一段生命。离开故乡许多年,我忘了许多事,但那些在我身边盘桓的鱼忘不了,常在心中挂念我钓上又放生的红鲤鱼,不知它可安好?对它的发问,我至今仍没给出完整的答案,还在为之追寻。

(张建春,中国作家协会会员、中国诗歌学会会员,小说、诗歌、散文作品散见于国内报刊,有《向阳草暖》等六部散文集、诗歌集出版。)

巷子，村庄的书签

葛亚夫

夏天，谷堆洼的风皮得很，上蹿下跳，哪里凉快，就往哪里钻。

巷子通向南塘，大小十多棵树，旁逸斜出，清凉、招风，惹人怜爱。巷子里人多，热闹。家禽和牲畜也闻风而动，赶来凑热闹。它们知道春江冷暖，也知道人间冷热，紧紧跟在人后面，人走一步，它们挪一步，往地上一趴。

鸡鸭鹅身体压得低，似乎要钻进泥土，还不时向后伸伸腿脚，扇扇翅膀，就像人伸懒腰、打哈欠。猫要优雅得多，斜倚着身子，半抬着头，微眯着眼。不远处，是狗，哈喇子都拖到地上，汇成一湾亮晶晶的小心思。牛羊要老实、沉稳得多，闭着眼，嚼着嘴，反刍潦草的心事。当然，也有不老实的，几个翘着霜黄尾巴的公羊，正是"毛头小伙"的年纪，龇牙咧嘴，闻闻这个，蹭蹭那个，处处招人嫌，这个骂，那个打。也有人不老实。话说着说着，就有了异味，净往身体上扯。光棍建国，就是最活跃的一个。

巷子五六米宽，东边是小四家，西边是小翠家，中间是棵大榆树。每天，庄上一半的人，都坐在这里。男人三五成堆，打牌、下棋……女人攒三聚五，手里摘着菜、做着活，嘴也不闲着，说些花花草草的琐事，不时笑得前俯后仰。这时，建国涎着脸凑过来。他从不打牌，只在别人后面转悠，指点江山。女人看他过来，就抽屁股下的鞋扔他。建国不躲，不走，不生气，不说话，眼睛直勾勾地往女人衣服里面勾。的确良的衣服，的确凉快，也的确薄。女人一笑，衣服下的乳房，就鱼潮水般，张着嘴，往水面上游，随时会跃出衣服。耳濡目染吧？风到了这里，也开始起劲嬉闹，变得不正经起来。一会掀掀你的裙子，一会撩撩她的褂子，一会又不知躲哪去了。无论有风无风，建国都满头大汗。十多岁的小四不！他眼里只有饭碗。

小翠刚结婚,房子是新盖的婚房,青砖青瓦,是当时的高配。对面,小四家还是土坯房,三间堂屋、三间厢房和一套院,在小四爹娘结婚时也算高配了。十年河东十年河西,如今,显得寒酸落魄得很。村人都不自觉地靠着小翠家的砖墙。就连小四都是靠砖墙吃饭。吃完,靠着墙,闭眼迷瞪一会。因为,他马上还要上砖窑厂干活。

读到四年级,小四就辍学了。他家孩子多,四是他的排行,也是名字。他父亲干啥啥不行,造娃却很行。从奖励生,到罚款生,他都没落下。可以说,得不偿失,九个娃的奖励,被最后一个娃给罚干净了。就像大旱天压红芋苗,那口气一直缓不过来。小四辍学,也能给他家润润嗓子。上砖窑厂后,累是累,但小四好歹能吃口饱饭了。砖窑厂和谷堆洼的时间安排,有两个小时的时差,所以,当小四吃饭时,村人都在歇饱。

小四吃饭的样子,和年龄完全不符。他目光凝滞、沉稳、若有所思,绕过手里的塑料盆,不知在看啥、想啥。我曾趴在他背上看过,有时看见几只觅食的蚂蚁,有时看见几只舔腿的苍蝇,有时什么也看不见。我跑到他盯着的地方,扮鬼脸,打招呼……他视若无物,眼里没有一丝波澜。他低头扒几口饭,齿舌剧烈搅动,忽地停下……我有时甚至怀疑,坐在这里吃饭的不是小四,是小四在窑厂码的砖成精了,附了他的体。

打牌的打牌,下棋的下棋,嬉闹的嬉闹……这些都与小四无关,他甚至不在这。

女人都夸小四正干,好好干几年,攒了钱,给他说个媳妇。建国凑过来,说还等啥呀,自己还光棍呢!先给自己说一个。女人骂他,懒货!自己都养不活,祸害他娘一个就够了,就别祸害其他女人了。建国说,话可不能这么说,他好胳膊、好腿、好力气,喜欢还来不及呢,咋叫祸害呢?还别说,建国也就在自己家懒,啥活都不干,但出了自家门,那可勤快得很!村庄里,那些没男人或男人不在家的,女人随口一句话,他就过去帮忙了,她们家的活他可没少干。农忙时,建国比谁都忙。开始,他娘还指着他的鼻子蹦着骂,他爹也拎着拌草棍追着打。后来,累得也不睁眼看他了,就当没他这个儿。

建国虽不受女人待见,但女人缘很好。农耕时代,他那老犍牛般的身板和力气,谁不稀罕呢?他跟谁都能接上话、开得起玩笑,甚至男人张不开嘴的,他也信口就来。像巷子里的风,他就是男人和女人之间的桥梁,走到哪都惊起蛙声一片。男人嘴里骂他贱骨头,背后又羡慕嫉妒恨。女人明着骂他不正干,暗地里又巴不得他在。枯燥的夏天,建国不断创造、制造着笑点和乐点。没有男人比得上他,像头老犍牛,他有的是时间和力气。

卖冰棒的人来到巷子,也会停下,扎起自行车,蹭凉,喘口气,看看牌。建国从家里找来酒瓶、鸡蛋等,换冰棒。建国不吃,给女人吃。女人也不客气,接过去就填进嘴里,嗦得有滋有味。冰棒化得快,露在嘴外的,就滴到衣襟上。女人下意识地擦,领口跟着向下。建国就凑过去,眼睛往怀里钻。女人笑着骂建国,就是个一辈子断不了奶的货!叫娘,就给你吃。女人顺手揽过小四:"小四,你跟建国说说,可好吃!"小四扑腾着,弓着腰,手脚用力,想向后退,但又使不上劲。建国还真凑过来问,好不好吃?其他女人一起上手对付建国。男人也不打牌、下棋了,过来帮女人的忙。很快,建国就老实了。

砖窑厂在学校对面,隔着小谷河。每次上学,我都站在厂对面,试图找小四。小四说,他在窑洞里码砖,把砖坯子一层层往上码,就像列竖式。他分不清乘法竖式和加法竖式,但码砖比谁码得都齐、快。他无比骄傲地说,暑假里,他原来的数学老师也去码砖,但还没有他一半快,只能给他打下手……我也想过,不上学了,就跟小四去码砖。一天挣十块钱,不出三年,就能盖起砖瓦房,再娶个婆娘,就齐活了,啥都不缺了。那时太幼稚,多年后,当我真的"齐活"了,才发现,啥都缺,活得不像个人。

小四的砖瓦房一直没能盖起来。三年后,新盖的砖瓦房成了他大哥的新房。又两年,一家人东借西凑,给二哥盖了新房……尽管在学校里小四的数学从没及格过,但是,他在窑厂码砖和靠墙吃饭的间隙,一定认真算过。就算等他攒够了钱,盖了房,那时候,他也到了建国的光棍年龄,还哪里有姑娘会留下跟他结婚,住他的新房?

建国也经常嘲弄他:你跟一个老水牛似的,拼了命地干,打了粮食自己又吃不上;拼了命地下崽,长大了也是给别人攒钱。你就干吧!再正干,也是替你那几个哥忙活,到头来还不是跟我一样?打光棍的命!我就不干,命的底牌我早看清了……

小四懒得搭理他,他有自己的算盘。小四觉得,建国才是那头老水牛!不分昼夜地拼命干。白天白干,在人家地里白忙!晚上黑干,在人家家里瞎忙!小四放工晚,晚上的事,他比谁都清楚,只不过睁一只眼、闭一只眼。建国这些年比村里任何男人都努力,但是呢?粮食都打到别人粮囤里,老婆、孩子都是人家的,睡在别人热炕头。

但是,小四想不通,小翠住着砖瓦房,明明啥都不缺呀!

那晚,小四走到巷子,实在迈不开腿了,就靠着小翠家的墙歇一歇。小翠是他心里的女神,明亮耀眼,他从不敢看她。他整天梦想着,盖一座小翠家这样的房子,娶一个小翠这样的老婆。所以,无论多累,往小翠家墙上一靠,他很快就身心轻松,满血复活。他这样跟我说时,眼睛澄澈,目光晶莹,小谷河的水一样,没有一丝污染。

那晚,月光很亮,树荫很浓,把他裹了一层又一层,像个药丸。但是,药丸只能治别人的病,医不了自己的病。小四迷瞪着,听见小翠家的门响了三声,一长两短。月光下,小四看得清清楚楚,敲门的是建国。门裂开一道缝,建国闪身钻了进去。然后,是各种一波未平一波又起的喘息声和拟声词。小四热血沸腾,双手抖个不停。以后,只要一急,他的手就没再停下来。别人问起,他总是说在砖窑厂干活落下的病。

那年,小四刚刚十八岁。他走了,出去打工了,他真的看不到自己的希望。

十多年后,小四回来了,拖家带口回来的。他高了,胖了,像换了一个人,而且口音也变了,操一嘴蹩脚的普通话。他是回来盖房子的,他要亲手实现儿时的梦想。房子盖在小翠家对面,三层,一进院。上梁时,小四在饭店包了桌,宴请全庄老少爷们。全庄也没有多少人了,还没有当年一起打牌、看牌的人多,一桌就稀稀拉拉地坐完了。

晚上,我和小四坐在巷子里聊天。我们依然下意识地靠着小翠家的砖墙。对面,小四家的土坯房早已灰飞烟灭。小翠家的砖瓦房也老态龙钟,墙根爬满绿苔,墙身缠满爬山虎。小翠和老公离婚后,房子便荒下来。小四问我:建国呢?建国早走了,在小翠走的那年,好像还要早点。他躺在自家的老房子里,尸体都臭了,才被人发现……

小四不说话了,目光凝滞,叼着烟,看向前方。他看得太认真,烟都忘了点。我打起火,给他点上。他说:你信不信命?我在南方打工时,听一个高僧说过,人一辈子是一个定数,就像这根烟,就这么一拃长,吸完了就没有了。建国太贪,吸得太急,半辈子就把一辈子吸完了。我说:没见过建国吸烟呢?小四笑笑:你没见过的多着呢!

那晚,我们聊了一通宵。确切些,是小四说了一夜。他把多年前夜色里的村庄,我从没看见过的村庄,一件一件地在烟头点亮,熄灭。天亮了,巷子从夜色里走出,又消失。旁逸斜出的树没了,嬉闹说笑的人没了,家禽和牲畜也没了……谷堆洼的章节和内容都没了。巷子,这张村庄的书签,也失了魂、落了魄,无处安放,无从辨识。

(葛亚夫,男,笔名洛水、麦垄等,安徽省作家协会会员。各类作品散见于《诗歌月刊》《绿风》《解放军文艺》《中国校园文学》《台港文学选刊》《读者》等报刊。)

废园（外一篇）

余芝灵

废园。一片荒芜。衰草连天，柴门朽腐，荆棘蔓延。许多知名的不知名的虫子，在空气中涌动。或是断壁残垣，或是屋子尚存，房梁上却结满蛛网。那些曾经整日呢喃的燕子，也不知客居何处，但可以肯定的是，它们再也不会回来。至于你是谁，从哪里来，为何来此，又将回到哪里去，废园一概不知，一概不问。你一进去，即刻被它们淹没。所有的时光皆隐，你打不开任何一扇门窗。

不知道，人一生会多少次回头去拜访废园。但一定会回去的，这是宿命。这是你最初的地方，是你的星星点燃的地方，是你的梦想起航的地方，是你初始啼哭的地方，是你蹒跚学步的地方。你吐出的第一个字，你念出的第一行诗，都在这个地方。你一定会回去的。回去的时候，心思一定千回百转。这不是伤感与忧愁这类字眼能概括的。当你看到梦想中的王国，在时光的侵蚀下变成了废园，你一定泪水盈眶。坐在柴门槛上，你久久地，久久地，不出一语。你不是在拜访废园，你是去拜访在时光中丢失的自己。你是要对自己的身世做再一次的确认。这个如今是废园的地方，或许，的的确确是你的源头。

秋风劲吹，吹乱了你的头发，也吹乱了你的衣服。你的心里，似乎刹那间也充满荒芜，被杂草掩埋。你贴着地面，谛听。你想听到自己的婴孩时代。你想听到流泪的水晶心。你的眼，劈开重重的草与荆棘，你在寻找。寻找你失落了的东西。你曾经在园子里，埋下了太多太多的东西。你要将它们一一地寻找出来。你在确证，它们曾经真实地在你的生命里存在过。

恍惚间，听到隔壁传来清越的笛声。还是曾经的那支笛，还是曾经的那个吹笛的人。随着清越的笛声一起传过来的，还有若有若无的梅香。是绿梅。你有一瞬间的迷醉。随即，你感觉到骨头里有深刻的凉。炊烟袅袅，你闻到五谷的香气。你在想：这香气持久些吧，再持久些。接着，又有兰花，一枝一枝，次第而来，像一个个清丽的女子，它们或归位于青花瓷的瓶子，或开放于庭院。相同的是，身上都有绝尘的清香。堂姐姐要嫁人了，嫁到山外边去。可是白皮哥哥怎么办？坐上花轿的堂姐姐，穿上崭新的红色嫁衣，哀哀地哭，都说这女娃儿舍不得娘呢。草丛里有蛐蛐儿在凄凄地叫。灶膛里的山芋烧熟了……你不知道你置身何方。

吹皱一池春水的风，已老得白发苍苍。你下意识地摸了摸双鬓。断了的琴弦，喑哑了的木马，干枯了的梅枝，墙角芳草覆盖的废铜烂铁，破败了的门楣。这些被你早已丢弃的，在一瞬间全部复活，长满芽苞，如潮水般迅疾涌来。可是，你根本找不到那池春水。那面镜子找不到了。其他的物什，因着这春水的缺席，找不到证词。它们迅疾涌来，又迅疾苍白着脸，潮水般退去，不留痕迹。

秋风劲吹。你只能坐在门槛上发呆。久久地发呆。你落入了时光的虚空里。或者说，黑洞。你想把自己从破旧的门楣里捞出来。可是，你任它下沉，下沉，下沉。下沉到从未有过的虚空里。所有的门，都渐次关闭。你打不开任何一扇了，你确信。你泪流满面。园子里鸟巢破损，鸟雀也早已飞离。你发呆的当儿，会时常啪哒掉下一根鸟巢的黑枝子。

这样的回访，在你一生中，不会是一次两次，甚至不会是千次百次。你无数次地回去，无数次地被废园拒绝。你从走出这扇门，就再也回不去了。你只能任芳草疯长，并一年一年地枯荣。

废园里有井。月夜里回去，你总习惯性地摸去井沿看看。你想从井里边找到一轮完整清晰的月亮。但是，没有。你揉揉眼睛：这不是幻境。月亮真实地挂在天际。而井里确乎没有月亮。你想：或许是沉到井底了吧？你想找到辘轳，将那轮月亮摇出来。无奈，辘轳也早已化作了飞烟，遍寻不见。

每次从废园里回来，你都像是进行过一场彻底的清洗。你越来越轻，越来越薄。然而，回去是你的使命。无论秋风有多老，秋风的额上长出多少的白发，你还是会一遍又一遍地回去，回到废旧的园子中去。

"过去都是假的，回忆是一条没有归途的路，以往的一切春天都无法复原，即使最狂热最坚贞的爱情，归根结底也不过是一种瞬息即逝的现实，唯有孤独永恒。"（马尔克斯《百年孤独》）"村庄，是一个人的归宿。"这句话是谁说的？然而，这废园，早已不是村庄了。废园的周遭，也都芳草萋萋，处处荒凉。废园，它只是你早些年停留得较多的一个驿站。你完全可以在穿越万水千山之后,将它忘掉,彻底忘掉——没有哪一轮月亮,不如废园的月亮。你却不能。

人不能两次踏进同一条河流。尽管那条河流,曾经那么清澈,有鱼有虾,有曼妙的水草,还有美丽的蜻蜓。再踏进去,那些事物已然老去。再次踏进河流的人,也成了一阵秋风。

安坪里

安坪里。写下这几个字,就感到有袅袅的清气在升腾,升腾。无数的花朵竞相开放,不管不顾,不计成本,你的眼睛是顾了这朵顾不了那朵的。千百只鸟儿,总因沾染了花的香气,啼声也就格外地清脆与芬芳了。

古老的栎树林子里,藤蔓交错,不抵死缠绵都不足以说明其刚烈的性子。有的相互纠缠,不给对方一点余地;有的攀着百年的老栎树,拼死相缠。栎树的顶上,有一只巨大的鸟巢,是鹊巢。曾经也住过乌鸦。栎树林子里,总有菌子,很多。也有地木耳。我母亲总在林子里拣。小的时候,吃了好多好多的菌子。时隔经年,好像那香气还存在胃里没有散去。栎树的树龄谁也说不清楚。祖母不知道,父母不知道,我就更难知道了。怕是有好几百年吧。并排着有三棵,鸟巢在中间最大的一棵。都坐落在我老家房子的对面。也正因了这三棵栎树,我父亲当初死活不愿意到城里去住。说是风水好,发旺。他要在家里守住这一方风水。栎树的上方,是明灿灿的阳光、漂移的云朵与湛蓝的天空。远方是绵延起伏的群山,弯弯曲曲,层层叠叠,绿叠着绿。一条潺潺流淌的小溪穿屋场而过,终年不绝地唱着远古的歌子,明媚而略带忧伤。凭是怎样干旱的年份,它也从不曾干涸,永远清澈见底。水质清洌甘甜,水也好像总是不多不少。水里有鱼有虾,身量都极小,还有山螃蟹,也长不了大个头。它们都长得通体透明,无忧无虑,从来不想向人隐瞒什么。身上有几根触须,都一览无余。水底有万千细小的石头,泛着不同的光泽,都光溜溜的、圆润润的。在我看来,每一粒石子都是一块美玉,它们有着玉一般的质地、色泽,玉一般的温度。水边总有青绿的水草。水草上有飞飞落落的蜻蜓,它们一律有着鼓出来的绿眼睛,当然也可能是墨色的。棕叶长在水边的湿地上。竹子长在水边的山坡上、石缝里。一年四季都绿莹莹的。山的绿,水的绿,把天都映绿了。

屋后有大稻场。晒麦子晒豆而后用连枷脱粒。稻场的前后左右,都是菜地庄稼地茶叶地。一律呈梯形,像起伏的海浪,只是这浪不是滔天巨浪。几户人家,就像星子一样散落在浪涛中。炊烟最浓稠的时候,也就九户。实际是由余、贺两家分支出来的。余家四户,贺家五户。重重的山,山上有数不清的兰花,数不清的药草、果子和数不清的毒蛇、数不清的鸟。山,世世代代护卫着我们,环抱着我们,我总是感觉,山后面只可能是山。此外,还能是什么?也只能是天了。杉树、松树、栎树、樟树、梨树、桑树、枣子树,许多都长成老爷爷的样子,有粗壮的树身,有沧桑的老脸,有巨大的老年斑,有浊重的咳嗽,也有慈爱的笑容,有惯看风云变幻的好脾性。任我们怎样地淘气,上上下下,掏鸟窝,刻痕迹,扳断树丫,树们都不会有半点怨愤。我们也常常上到竹梢上又垂下来,不费丝毫的力气。竹子的韧性是极好的,我们却似乎比竹子的韧性还要好。而果子,我们是从来都不会等到它成熟了再摘,一小半吃了,一大半扔了。

打猪草,拾柴火,捉鱼虾,捞泥鳅,挖药草,捡茶籽,偶尔做饭,是我们小时候的业余功课。年岁大一点的女孩,会学着做鞋,打毛衣打手套打袜子,以备将来出嫁之需。更多的时候,我们漫山遍野地奔跑,不断地奔跑。除了山还是山,一直在山上。那时候,山里面经常有野鸡野兔,被我们的脚步声惊扰,迅疾逃走,倏忽不见。间或有黄鼠狼,有豪猪、野獾子、麂子。而我们在山坡上到底做了些什么呢?无非是找东西吃,刺莓、野葡萄、猕猴桃、山楂。此外,是捣鸟窝。再就无他。天空说广大也广大,说狭小也狭小。好像跑上三生三世,也跑不出山里,跑不出草木,跑不出鸟啼,跑不出山的追逐。

逢至哪家做粑吃,就家家都有粑吃。哪家杀猪,也家家都有肉吃。做了粑的人家分送几个给各家各户。杀了猪的人家将猪下水洗净,大杂烩炖熟,一家送一碗,那股热气直冲肺腑,香死了。

那时候,余家与贺家纷争不断,也或是本家与本家之间有矛盾,都是为些鸡毛蒜皮的小事情。谁家的鸡猪牛去地里吃了庄稼了,谁家的瓜呀果呀莫名其妙不见了,谁家的汤匙呀碗呀凳子呀借了不还了,等等。那时各自常常为这些小事情生闲气。现在想起来,都是稀松平常。家家都有许多人张嘴吃饭,日子紧巴。

争归争,吵归吵,可是每逢过年,却都到同一个祠堂供奉祖先。我一直奇怪,为什么余家与贺家会共同拥有一个老堂轩,却各自供奉各自的祖先。堂轩分上堂轩下堂轩,中间用天井隔开。天井里常年长着阴湿的苔藓,极滑。一下雨,雨水从天井里落下来,路过的人,总是淋了一身,却还嘻嘻哈哈,好像得着了什么宝贝。各家的丧事也都是在堂轩里打理。漆黑的棺材放在堂轩的白布帘子后头。小孩子总是很害怕的,谁也不敢到帘子后头去。堂轩里有余家公共的石磨。逢着下雨或过年过节,石磨整天就吱吱呀呀响个不歇。

山村里的夏夜,到后半夜时,照样凉爽得不行,何况还有夜露侵身。而冬天的时候,我们喜欢掷雪球,在屋檐下扯冰串,也喜欢在火炉钵里烧花生玉米吃。春天则漫山遍野地采摘兰花。秋天就到处扒松毛。

原以为这样的日子会过到地老天荒。祖祖辈辈都这么过来的。面朝黄土背朝天,日出而作日落而息,倒也安静恬然,虽然油水不厚,但肚子总还是能填饱的。也没有多少不满足的。

可是后来的风越刮越大。先是公路不断加长,后来就长得快到家门口了。风也将越来越远的消息不断传达到山里。后来,人们就争相丢下锄把,搭长途汽车火车轰隆隆地去外面看世界。看着看着,就不想回来了,就想在外面长住了。年轻人更是一刻也不想待在山里。安坪里慢慢地就只剩些老人与孩子,再后来,孩子,孩子的孩子,也都一个一个往山外跑,光剩些老人。老人死的死、老的老,最后,安坪里就成了空屋场,一点人的气息都没有。但树们房子们鸟们花草们以及未来得及迁移的隔年生的庄稼们,仍然在老地方,或枯或荣或生或灭。鸟巢里的乌鸦与喜鹊也不知什么时候消失不见了,巢也日渐破损。

我也曾经做过梦,希望这个屋场永远永远地存在。我的父母可以在那里颐养天年。我不怕跑。只要他们健康,我愿意月月跑年年跑。我希望永远走在那条开满野花的山道上,直到他们化为泥土化为草木化为清风白露。就是在他们离开了以后,我也可以常常回到那个叫作安坪里的地方,蹚流泉听花开看日出日落,日复一日升起炊烟。只是,父亲一走,一切都不可能再回头了。父亲一走,母亲被我们接到了城里。原来还住在安坪里的二叔二婶与小叔叔,全部搬到山外去了——儿子们都在山外购了房子。而贺家人,早在我们余家悉数搬出之前全部搬走了,只剩空房子在。安坪里,从此再无人烟。老堂轩的山墙也塌了一方。

当然,也可能没有人烟只是暂时的。或许以后,我们老了都会搬回去。谁知道呢。

安坪里,到底是个什么所在,为何就叫了这么个名字,我一直没怎么弄明白。要是父亲在世,问问他,或许可以得知。以前,我总是不怎么在意这个名字。如今在意了,却没地可问了。尚健在的二叔叔与小叔叔也并不知道安坪里的来历。

(余芝灵,安徽宿松人。已出版散文集《只为去看月亮》《旷野里的歌唱》。)

庄子里的夏天

黄晓宇

雨慢下来，接着天地之间，隔夜的阳光都静静腐烂成雪青颜色。

是夏天，又紧挨着梅雨季，所以许多年岁蹚过来，这块土地上的人再没有不熟稔这样晴晴雨雨的天气的。

赶着连日阴雨的间隙，偶尔偷露点日头，余了几天事要办的大家纷纷跨上电瓶车小三轮沿着蜘蛛网一样摇摇欲坠的小道去旁的人家。

小学时候学校在邻村，上学了，小学生抄近路从庄稼地里走，绿油油一片冬小麦抽出筷子高，人来也看不住，硬是踩得土地板扎得麦子再也钻不出来。大家唱童谣："大周小学，阳光灿烂。进去一看，破破烂烂。盖个房子，倒了一半。……"一面唱，一面蹦蹦跳跳着走。五年级，教育局来学校做检查，教学质量不过关，于是撤销了四、五年级，大家转去镇上学校念书了。路没有人再走，很快长满了荒草和庄稼，谁也不记得那里曾经有过一条路了。

去镇上，去县城，前些年修了水泥路，没过几年，被来来往往贩粮食的超重大货车碾坏了，预铺在底下的石子翻出来，路坑坑洼洼，逢上下大雨便积住水，齐着小腿肚，浑浊浊的水，也看不出深浅，大家小心翼翼地涉过去，"淇水汤汤，渐车帷裳"。

田野里涨水，水像撒在地上的豆子，赤条条地四处乱蹦。

池塘里的鱼闻见了新水的味道，一股脑逆着水流往上游蹿。人披了雨衣出去捉鱼，或者挑着竹篾笼子去捕泥鳅和鳝鱼。

树叶子漂在水上，沉在水底。

村子里有许多树，所以站在大路上看不见房屋，都让树遮住了。都是阔叶木，然而夏天树叶子也飒飒落下来,很多很多,捂着院子,像跟人做过不许露出地面的约定。

树叶子长着一样的外貌,没有姓名。因此有时候忍不住想,等到晚上人都睡着了,树叶子会不会像鲤鱼一样,从一棵树游到另一棵树上栖身。但地上的树叶死掉了,风吹日晒,褪掉了颜色,灰白灰白的,就像户外贴了半年撕得只剩纸片的红色春联。

院子里井旁边有棵柿子树,打着花苞,结出纽扣大小的青柿子,风一摇,柿子与叶落在井里浮着,被水桶拎上来。

晚上弟弟一家去县城买东西,请我跟爸爸妈妈吃火锅。

弟妹说到下午抱着孩子去串门,有抑郁症的邻居想抱,递过去以后心里头多忐忑。说那个姑娘有一回病症犯了,吼在她家玩的人,之前还纵火烧过房子,把家里衣服从楼上一件一件扔下去。

弟弟说起来以前的一位工友,我不认识的一位乡邻。母亲说好带他出去打工,后来忽然改嫁了,平常照顾他的奶奶死了,他开始变得不说话。老板也是沾亲带故,但并不心慈,最后他转成精神分裂症。"以后人是废了。"弟弟又重复一句,"废了。"小学同学的父亲得了绝症,待在外地的女儿家,说是不愿回来。"死还能再死在外边吗?"妈妈感慨。"他说要埋在那边,不然埋在家里,他家孩子妈以后肯定去女儿那边过,就把他一个人丢在家里了。"爸爸回答。"都成一把灰了,还有什么丢不丢的。"妈妈又感慨一声,"你说人这一辈子计较什么。"

又说其他村另一个我不认识的精神病人,跟我差不多大,成天在路上转圈,后来转圈掉在水里,淹死啦。

叮叮当当小瓷碗和筷子碰撞的声音,撕开包装会收一块钱消毒费的那种。

远方发生的事情,红红的辣油滴下来,又回到远方了。

爸爸晚上去院子后面给鸡喂食,废弃的猪圈旁边散落了许多水泥砖,遇到一条拇指粗的刺斑蛇。爸爸喊我:"快拿板锹来。"我从院子里抄起铁锹跑过去,爸爸一锹把蛇拍得不动弹了。

第二天,爸爸去玉米地里打药,回来从衣服口袋里一个接一个地掏出三个老鼠般大的小野兔,给我喂。后来我喂死掉了两只,剩下一只放掉了。

家里从大咪死掉就没养过猫。只有一只黑色的大狗,名字就叫大狗。垂耳朵,右前爪白手套,已经喂了十六七年。往年冬天家里养鸭子或者鹅,爸妈在外面放鸭鹅时大狗就跟过去,中午人回家吃饭了它在田里看着。又伶俐,前些年地里被毒死一头母猪,它三天两头和村里其他狗去地里,其他狗吃肉,它不吃,两只狗一块出去,它一只回来。村里折耗了六七只狗以后,人都不让自家狗和它玩了。十几年里生的小狗崽死的死,送人的送人,家里一只没留下来。大狗老了,不怎么爱跑了,除了吃饭就找个凉快的地方趴着,妈妈说估计难熬过这个冬天了。

我小时候也养过刺猬,放在直径两三米的大缸里养,缸底下垫了棉絮,缸口用防雨布遮起来。过了没多久,刺猬生了几只小刺猬,捂住手电筒看时手掌带着透明的粉红,像是能看到内脏似的。后来小刺猬被老鼠咬死了。

爸爸养了很多禽类。新买了小鸭子,黑墨骨朵般簇聚在一起,喙摸起来凉凉的,喂食的时候家里的鸽子一直在旁边偷吃。鸽子也不怕人,修颈小圆肩,看起来像个英伦绅士,彬彬有礼的样子,但会大摇大摆地走到家里吃东西,一撵,旁的像母鸡一类张着翅膀慌乱飞奔着跑,鸽子仍然踱着步出去。

鸽子的脚是纤细的嫩红色,一开始念李商隐的时候,特别想把"断无消息石榴红"改成"断无消息鸽子红"。大狗一走起路来,爪子和水泥地摩擦,有雨水打在树叶上那种碎碎的嚓嚓声。隔几天见不到我,一回家,大狗两只前爪扑在我肚子上站起来,哼哼唧唧地摇尾巴撒娇。

下午凉快的时候我去外面转,听那首《笼之中》。

一大片脆生生的青,都是栽了稻秧的水田。蚊子嗡嗡结着阵飞,知了和青蛙分不清在哪里混响般地叫,稻秧抽穗了,扯一根,剥开嫩青的壳,白色的乳汁与奶液一样的米浆沾在手上。

要漫出来的水,要一生里最多的热和光。

到了秋天,收到袋子里,各家生火造饭吃的银舍利。

我去看村里给老祖宗新修的墓和墓碑,他们生养了七个儿女,然后变成这个一百多口人的小村庄。看那些谱系刻字,"开枝散叶"四个字一时栩栩。

回家的时候路过邻居废屋,孩子出门打工,老两口也忙活,算是积攒下一些钱,在镇上买了房搬走了。木头门槛上积住厚厚一层灰,不知道是哪年的春联横批黯白黯白地挂着,"迎春接福"。

种田忙不到多少钱,年轻人出门打工的打工,搞养殖的搞养殖。谈婚论嫁了,姑娘家都要在镇上或者城市里住。

于是稀稀拉拉,年轻人一个一个都搬出去分门别户了。

开枝散叶散出的树,叶子纷纷扬扬,鲤鱼一样游跑了。

爸妈说再过几十年,大概这个村子就没了吧。

雨一下大了,无论哪里,雨下得都是。

打谷场上原先板扎扎的土被浸泡得松软如蛋糕,鲜绿的藻藓盖住了土地,海底一样。土地之上,浅浅的雨水四处游动。

这有鲜血,有眼泪,有汗水,却怎么也没有被弄咸的,薄薄的一层大海。

天黑下来,于是家家户户都点亮了灯。

妈妈用扫帚把进家的雨水扫出去,像电影里船只遇见风雨,把倒灌的海水舀出甲板。

许多灯光在水流里一漾一漾。

浮在海上的尘世与人间。

妈妈给我看头发,原先白发是成根长的,现在有一片头发长出来几乎都白了。

不声不响地,爸妈就在这人间老去了。

(黄晓宇,男,1990年生,滁州定远人。2019年毕业于安徽大学中国古代文学专业,获文学硕士学位,现为安徽教育出版社编辑。在《黄河文学》等报刊发表作品十余篇。)

最先锋

时光之光

江 飞

一

  时光是不祥的预兆。它会在深夜里悄无声息地袭击你的梦境,像一束锋利如刀的光,又像一个沉重又轻飘的身影,你能感觉到被压迫的窒息感甚至痛感,却无法看清,更无力驱赶,比如母亲告诉我的那个似梦非梦的情境。

  母亲坐在沙发上,一脸严肃。她说,昨天半夜有一个黑影突然从身后紧紧箍住她的身体,她的一只手、脖颈、喉咙到整个后背都不能动弹,她挥舞着另一只手,想呼喊父亲快把它赶走,然而寂静漆黑的空气里没有丝毫的声音。父亲就睡在母亲身旁,他说他什么也没有听见,其实我知道,即使他糟糕的听力和我一样也不可能听见,因为母亲的呼喊只在心底,或者说只在梦境里,正如她内心深处尘封的许多心愿一样。后来呢?我问。后来突然就轻松了,我晓得它走了,我还睁眼想看看它到底从哪儿走的,门窗都是关着的,我清醒得很哩,母亲说。我吁了口气。然而,母亲最后仿佛盖棺论定似的说了一句,你奶奶今年恐怕爬不过了! 毫无疑问,母亲是相信她的预判的,我试图说服她相信这可能只是身体疲惫或胳膊被压迫造成的,不料她接着说,你二舅在你外公死之前不也做过这样的梦吗。我自然清楚这样的不祥常在亲人离世前发生,神秘却一一应验。

我看着母亲,她左边嘴角的手术印痕还依稀可辨,在我心里,她和奶奶一样,都是离死亡很近的人,她们的身体和精神时刻承受着疾病和对疾病的恐惧、无力和侥幸。但遗憾的是,她们成为不了盟友。当然,她们也不是敌人。我只能像父亲一样,面色凝重,默默无语。

立秋之后,其实还是盛夏。细微的秋声被逼仄到深夜抑或清晨,像是不合时宜的某种心理安慰。看看书,打打球,陪女儿看看动画片,想想忽远忽近的心事,日子就哗哗地过去了。盛夏转眼就变成了剩夏,过去的也就过去了罢。

所有的一切都能过去吗?旧的淡去,新的覆盖,淡去的并未消逝,只是染上些经年的灰尘,仿佛一截一截变白的头发罢了。我怕它变成全白,更怕拔了生疼。我常常回想起十八岁之前那些破碎而美好的时光,从书页里逃逸出来,像灰蒙蒙的清晨校园喇叭里传出的歌声。那断断续续的歌声在许多人的耳畔轻轻碾过,碾碎我们的美梦,也叫醒我们昏沉沉的心。许多年以后,我似乎依然能寻着那歌声的方向,找到散落异地的那些朋友。他们和我一样,高考之后便去往各自乐意或不乐意的城市或乡村,南方或北方,不同的是经纬坐标,相同的是一座城接纳一个人,一个人守望一个城。偶尔我们会在"中国校友录"上遇到,也如陌生人一般,寒暄后彼此隐身于人群。记忆仿佛被摔碎的一地镜片,折射着时光和各自模糊的面孔,再也无法黏合。

一切坚固的东西都将烟消云散,就像一座城湮没于历史的光影之中。然而总有些柔软的东西是不会消逝的,比如那个叫"天城"的地方,我们曾经相聚又离别的母校,记录着一段青春的回忆,像一颗青涩却坚硬的果实。那天和高中同学Z、W相约回到那里,看望班主任管老师。1998年我离开那里,转眼已经二十余年了。小镇早已模样大变,新路代替了旧路,店铺林立,比往日繁荣,然而也比往日更加陌生。学校的校门早已重建,且变了方向,挺气派的样子,然而我还是难忘那窄窄的校门,那长长的斜坡,以及那个周六下午骑着自行车飞一般冲下坡回家去的少年。管老师一如往昔地瘦,然而气色精神格外好,见到我们更是异常高兴,对那几届学生、那些陈年旧事记忆犹新。我们走在二十余年后的校园里,池塘还在,实验楼还在,教学楼还在,宿舍楼还在,校门外的小超市还在,在新建的操场楼宇之间显得更加破败,喜悦掺杂着怅惘,模糊混淆着清晰,时光哗哗的声响仿佛流水冲刷我们的脸庞,昔日少年已是青年,昔日青年已是中年,物是人非。那些或喜或悲或激昂或低回的故事早已像那些各奔东西的同学一样消散在岁月里,只剩下空洞的名字和各自下落不明的生活。一路上,我们谈论着过去的艰苦、过去的勤奋,谈论着今天的教育、今天的少年。告别的时候,我们都有些醉了。等我再回头,只看见小镇模糊的轮廓,与往事慢慢重合,又渐渐分离。我像傍晚的天空一样,面色凝重,默默无语。

小城的某个十字路口,堆满停车叫卖的西瓜,它们是盛夏的果实,圆润饱满,却早已熟透。我远远望了一眼蹲坐在树荫里的皮肤黝黑的瓜农,觉得好像还是以前的那位,然而我也只是踩着夕阳的余光视若无睹地走了过去……

二

许多年前的那个下午,我坐在一间离206国道不远的小房间里,没有窗户,我像墙壁一样安静。门敞开着,可以看见一辆又一辆急驰而过的重型卡车,满载着异县的货物以及尘土,从遥远的黑暗里颠簸而来,看上去就像个笨拙的玩具。两车相向,前窗玻璃彼此反射出耀眼的光芒,刺得眼睛难受。就在那一瞬间,我突然就想到了黄家驹,那个曾经、现在以及将来我都心仪的歌手。他像盛大的焰火,照耀着曾经的那片天空,光芒四射,然而转瞬即逝。

场景应该迅速切换到江南,某个乡镇,某个狭小的中学校园,一个十五六岁的青涩少年,在教室、食堂和宿舍间穿行,像只来自井底的背负梦想的青蛙,为跳出深井而不停地向上努力。那段时光的整个基调是灰暗的、匆忙的,没有色彩,也没有喘息。唯一温暖的就是在晚饭后的一小段时间,因为那时候广播里会响起比起床号好听得多的音乐,印象里放得最多的就是《真的爱你》了。"无法可修饰的一对手,带出温暖永远在背后,纵是啰唆始终关注,不懂珍惜太内疚。沉醉于音阶她不赞赏,母亲的爱却永未退让。决心冲开心中挣扎,亲恩终可报答。春风化雨暖透我的心,一生眷顾无言地送赠。是你多么温馨的目光,教我坚毅望着前路,叮嘱我跌倒不应放弃,没法解释怎可报尽亲恩,爱意宽大是无限,请准我说声真的爱你!……仍记起温馨的一对手,始终给我照顾未变样。理想今天终于等到,分享光辉盼做到……"一遍一遍,一天一天,听得多了,就禁不住猜想:那个在广播站播放歌曲的同学,是否和我们一样,总是自然而然地把这首歌当作是难以说出的爱的表白,不是献给母亲,而是献给梦中或心中的"她"。因此,每次听到这首歌的时候,我便停下手中的活儿,认真地听完,并在心里小声地哼唱。当时的我是多么希望有人能够听到我心底隐藏的歌声啊。可惜,没有。

喜欢黄家驹是受了表弟的影响,他是个骨子里充满着摇滚理想与精神的人。当时他正读高中,搜集购买了整抽屉的摇滚乐队的磁带,结果全都"丧命"于他父亲愤怒的斧头之下。后来他还是上了艺校,学打击乐,毕业的时候却进入了IT行业,刚开始还兼职教些学生学音乐,不久后似乎就放弃了。这之后生活更是像变奏曲一样,难以预料,他的妻子去世,留给他三个月大的儿子。我不知道他是如何度过那段时光的,我没有问他与音乐有关的事情,虽然我知道在他家的衣橱里还有两个精致的手鼓,我想还是就让它们躲在那里吧。我们一起喝着酒,听着《老男孩》,听着听着,便老得说不出话来。

想起以前乡下老屋的墙上,总是贴满了各种漂亮的明信片和我们喜欢的歌星的大幅照片,过年之前我和哥哥也总会兴奋地布置我们的小屋,更换这些照片。无论如何,他们帅帅的模样、时尚的服饰和破败的墙壁以及我们菜色的脸都极不相称,然而当时却是不知的。起风的时候,照片簌簌作响,灰尘飘飘而下,我注视着他们,像是注视一个遥不可及的梦。现在,那些偶像早已在记忆里老去,甚至死去,只剩下一些断断续续的歌声以及残缺不全的歌词。偶尔我会在KTV的昏暗里唱起,偶尔会在某个不经意的时候听见,却感觉那分明已是另一个世界的回声。

这么多年了,依然辗转在泥色的梦里,就像《大地》中那个"朴素的少年"。远在千里之外的哥哥,仿佛与我心有戚戚,回忆起那段难忘的卡带岁月,满是黄家驹的声音,黄家驹的声音顺着导线慢慢地流进耳鼓,那时我正眺望着对面筒子楼里躬身炒菜的家庭主妇,可渐渐地,我竟看不清她肥胖的腰身了,这就是黄家驹带给我的声音,他使我恍若置身于一片狼藉或一望荒漠中。这是一次充满激情和痛苦的旅行,我身体中的困扰的东西在一层层减轻。而现在,家驹正在另一个地方唱歌,另一个地方是什么地方?在他的忧伤天堂里,他又在唱些什么歌呢。是啊,他在哪里,又唱着怎样的歌呢?我不知道,表弟不知道,哥哥也不知道。

三

雨来的时候是在夜里,那时分的银杏叶估计还在做着黄灿灿的梦吧。雨夹着风吹来,原本亮黄亮黄的银杏叶转眼变成了灰黄、憔悴的样子,摇摇晃晃地就落了下来,仿佛一个秃顶的中年人懵懵懂懂地从青春回忆中醒来,留恋并怅惘着。无论如何,北京的秋天算是结束了,很短,短得就像一枚树叶的茎脉,一把雨伞的把柄。

雨伞早已不知去向,似乎它从未出现过。没有雨,伞就是多余的,甚至在人群中,我觉得眼神都是多余的,每个人都在匆匆地从一个地方去往另一个地方,双脚拖着身体,身体驮着漂浮的心,心驮着无休无止的欲念的重负。偶尔会遇到初恋模样的人站在银杏树下,悄悄地咬着耳朵,或者热烈地拥吻,又偶尔会碰见两个曾经情投意合的男女分道扬镳,甩手而去。一切就好像事先排演的话剧,或水到渠成,或不欢而散,主题有时与爱情有关,有时却与爱情无关。

　　世俗的爱情总在尘烟里被时光打磨,已然成为淡定的顽石,比坚硬的生活还要坚硬,比不得小说里的浪漫或残酷,也比不得戏曲里的曲折或动人,比如《牡丹亭》,"情不知所起,一往而深。生者可以死,死者可以生。生而不可与死,死而不可复生者,皆非情之至也"(《牡丹亭记题词》)。生生死死,死死生生,明知虚假,却还是信以为真。正如我在听白先勇讲座时所猜想的,那些坐九个小时听昆曲青春版《牡丹亭》的美国友人,他们多半听不懂"赏心乐事谁家院",感兴趣的也未必是"人鬼情未了"式的爱情,而是刻意营造爱情氛围的中国手绣服饰、拟古乐曲、高科技声光音响以及程式化的唱腔、舞蹈吧。其实这样想是颇为无趣的,然而我还是忍不住担心:这样的昆曲已非我所想象的真正的雅乐,这样的爱情也似乎成了后现代娱乐或商业的作料。远远地眺望一眼白先生,曾经的作家、教师,现在的昆曲文化传播者,刹那间,感觉这中间仿佛隔着从台北到北京的距离。

　　这距离算不得远,千百年前的爱情都可以重新来过,更何况那些似乎一直不曾远离的游子呢?对于那些在小西天、铁狮子坟周围盘旋了千百年的乌鸦来说,它们也算不得远道而来的客人,更像是比我资历更老的土生土长的居民。一到这样的时节,就三五成群地相约着来了。"雁过也,正伤心,却是旧时相识",大雁在这里是未曾见过的,恐怕以后也不会见到,常来常往的只有这些乌鸦,依然是去年甚至很久远前的样子,黑黑的,哇哇地叫着,越过我头顶的夜空,让我禁不住体味到生死离别似的寒意。或许它们早已忘记了生命本性,到这里只是为了履行祖先的旧制,或是温习一下故地重游的心绪,然而于我却总是异样的情境。我注视着它们飞翔的姿态,并不比那些美丽的鸟儿逊色,然而终究难讨得人们的欢喜。如此一想,倒真的委屈了它们。好在它们活在天上,天空就是它们肆意的旷野,远离人群的气息,也不必和人或其他动物争什么权力,飞来飞去,飞去又飞来,一年又一年,这种执着像是寓言的暗示,简单却令人敬重。

　　让我敬重的自然还有很多,比如那些收拾落叶的人。我不知道他们的名字,当然他们也不会关心我是谁,我们彼此只是一棵树与另一棵树,或者一片树叶与另一片树叶,在小小的校园,在偌大的北京,都是如此。地面依然潮湿,却没有了枯黄的落叶,零星飘落的几片,像是不合时宜的玩笑,引不起一点关注。我突然想起前些日似乎摘过一片完美的扇形的银杏树叶,随手夹进一本书里,可是现在我记不清是书架上的哪一本了。如果若干年后的某一天,我翻开那本书,再次面对那片树叶,会想起怎样的情景,又会泛起怎样的波澜呢?而它是否也会带着欣喜抑或悲伤呢?当然,也有可能我们永远不会再见,就好像我从没有在那个阳光很好的下午,在那棵金黄色的银杏树下,踮起脚,小心地把它握在手里。

一切都可能只是耀眼的幻觉,只不过很多时候,幻觉比真实更让人记忆深刻……

(江飞,男,1981年生,安徽桐城人,安庆师范大学人文学院教授、硕导,北京师范大学文学博士,复旦大学访问学者,中国作家协会会员,安徽文学艺术院签约作家。著有散文集《纸上还乡》《何处还乡》等。)

朝阳庵的声音（外一篇）

詹永东

农历十一月初六,地藏菩萨的诵经日。山峦寂静,大地无声,风悄然地掠过竹林和茶园,一切都在等待着什么发生。

背负香茗山的朝阳庵自然也在等待之中。三间旧庵堂,毗邻着一间半新的大殿,门外一株百年香樟,硕大的树冠庇护着整个朝阳庵。诵经声起,似乎不知不觉,如春天的某一个夜晚,大地上开始响起蛰伏一冬的虫鸣,又如山村农舍在每一个黄昏升起的淡淡炊烟。

一个偶然。一个被冥冥之中的愿望支撑着的偶然,在这一天把我们带到了这里,诵经声更为偶然地随之响起。回响着诵经声的朝阳庵的大殿,与大多古刹名寺相比,显得昏暗而简陋,七八个信徒相向而坐,在双手合十的虔诚中低诵经文。檀香氤氲,烛光祥和而平稳,身着袈裟的住持间或走近拜台,轻敲钵盂,青铜的声音如流星划过夜空,诵经声由此轻微曳动,复归于平缓。我们的踏入和靠近没有让她们的目光出现丝毫游离,诵经声也没有丝毫顿挫。倒是浑然一体的梵音让我们放弃了交谈,只剩下默默的注视和努力的倾听。她们在另一个世界里。如同劳累一天的人在溪水里洗净农具和双手,回到农舍的饭桌前,十分专注地吃着青菜和米饭,而绝不会想起这顿饭前屋顶之上的炊烟。多少年了,我们总以为自己是一批看炊烟的人,但是,这一天,在朝阳庵,在低回不断的诵经声中,在昏暗的殿堂和偶然从树叶缝隙洒进的阳光中,我们有些恍惚,我们究竟是低头咀嚼的食者,还是站在山顶看炊烟的人?

除了庵堂前那株三四个人才能合抱的百年香樟,朝阳庵的四周几乎都是竹子。踏上庵后的山坡,就是成片的茶园,让人一下子想起台湾那首动听的歌谣《鲁冰花》,只一句"家乡的茶园开满花"就让乡情浓得难以化解。然而,这里的茶园在农历十一月初六的下午尽管也是一片深绿,每一株茶树上却结满了一蓬蓬紧实的茶籽,收缩与内敛到了极致,转而又让人想起它们是在自在中等待着春天的花开。与山坡下的朝阳庵相比呢?朝阳庵肯定是"空"的,自在的"空",又何止一种等待?但在等待中诵经如花。这一点上它们是一致的。一条小道傍着茶园而过,有时会隐入红枫和山毛榉的密林里。越过茶园,便是起伏迤逦的香茗山了。刚刚经历十月小阳春,竹林竟是一片意想不到的嫩绿,枫叶却照例展现着深秋的醉红,山毛榉的叶子有些灰白,间或有几棵老刺槐披一身金黄,不远处的香茗山峰线在阳光下一色地黛青。我们已记不得有没有看到山雀,是低低地飞过茶园呢,还是振翅掠过榉树的树梢,或是箭一样钻入香樟树密密匝匝的枝叶里;更记不得鸟鸣是细细的一片呢喃,还是突兀地滑落几声。朝阳庵的黄墙灰瓦在这样一种掩映烘托之中越发地沉静了。

诵经的声音也没有打破这种沉静,却终于被风带到了竹林、茶园和整个山坡。其实,我们之中谁也不懂半点经文,只觉得上善若水,一股暖流在我们谁也看不见的内部循环,简单、执着,却又带着几分随意。清洌平静的溪流,顺着山坡而下,经过朝阳庵,绕过香樟树,渐行渐远,不知所终。农历十一月初六,想想众多坐落于名山大川中的千年古刹,一定是山门大开,香客如云,诵经之声不绝于耳。朝阳庵似乎是蜷缩在大地的一角,但又有什么关系呢?大地不会摒弃任何一角。

朝阳庵距最近的乡镇也有七八里路,中间只有一条机耕道相连,平时鲜有车辆。暮色就要合围了,诵经之声仍然在绵长地延续,我们的车悄然离开。半道上,迎面走来一个微胖的女尼,见到我们的车,便挪到路边,等着车过。那一刻,我们看到了她气喘吁吁中挂在脸上的汗滴。交错后,仍然可以从后视镜里看到她背负褡裢的背影,匆忙、沉重,却别无选择地向朝阳庵前行。车更加轻快地行驶,车内一片轻松——对于这个世界,对于朝阳庵,对于农历十一月初六,我们都是匆匆过客。就在那个背影即将从后视镜里消失的时候,我突然想起,我们中有谁像她那样别无选择?这个世界上,究竟是谁承载不动自己沉重的肉身?

大地执着。诵经的声音低低回响……

雁过雷池

安徽望江,一个不出名的地方。

出名大多靠人物和风物,或称人气和地气,这里都不过硬。向南守着一段长江,中游,一贯平静,掀不起什么波澜。东西两侧像扇面一样打开淤沙冲积带,主种棉花和油菜。春天最好看,金黄的油菜花向外一直开到长江里,分不清实景和倒影。向内,花海翻过一道道圩坝,起伏不止。北面是不起眼的丘陵,树长不高,多矮松、杂花、灰鸟,平实至极。境内多湖泊,水质上佳,白汪汪地东一片、西一片。城内南门巷口挂着"状元桥"的标志,却没有桥,也没有出过状元,两边的小酒馆、理发店、杂货铺、药房夹杂着向深巷里游走……走出来,又到了江边。

雷池就在这里。

只有时光和大雁年年飞过雷池。时光永不止息地飞,飞到深秋,就引来大雁从容的仪仗了。一些大雁留下几声鸣叫,继续向南而去;另一些,呼啦啦降落到雷池的水边,在渐渐枯黄的芦苇荡里,做窝、孵蛋,度过整个冬天。也有飞机偶尔飞过雷池上空,这都是后来的事,钢铁飞越的是现代和未来,春秋和历史却停留在深处。

雷池成名于东晋咸和二年(327)。和众多中国古代封建王朝君主一样,晋成帝司马衍继位初,面临内臣弄权、外臣作乱的困局。当时,历阳太守苏峻联合豫州刺史祖约起兵反晋,浔阳守将温峤欲回师帝都护驾,顾命大臣、中书令庾亮致信温峤:"吾忧西陲,过于历阳,足下无过雷池一步也。"这就是把雷池推向风云之际的《报温峤书》。东晋不过百余年,而且只守着江南半壁河山。雷池更小,如何能承载一个王朝的风雨飘摇? 公元410年,"刘裕军雷池……率众数万塞江而下,前后莫见舳舻之际"。这一战伤了东晋的元气,十年后,南朝取代东晋,雷池大捷的刘裕史称南朝第一帝。

历史也罢,人生也罢,登场过,热闹过,终究要沉寂。或是在沉寂中活着,等待后来人有意无意地翻弄,醒来,暗示些什么,也许再风光一阵,继而沉寂。重要的是活着! 雷池起于军事(政治),止于军事(政治)。东晋之后,历史再无记载什么军事冲突或政治剧变在雷池上演。至于20世纪的人民战争——渡江战役,其中的一个渡江点,选择的是望江,与雷池貌似有关又相去甚远。雷池被深深遮蔽着,仿佛是一个战争遗址,但少了一份古罗马那样悲怆、厚重的英雄情结。这不是雷池的错误。无论是古罗马、滑铁卢,还是雷池,没有一个地方愿意卷入战争或政治的阴影。因战争的远行而远行的雷池,又因战争而永远行走于历史之中。

那么,自然的雷池是什么样子? 居然无人得知! 年年飞过的大雁留下的是向往,是时光的深度记忆,却无法展现雷池的原生态。《辞海》对雷池的解释为:"古雷水自今湖北黄梅县界东流,经今安徽宿松县至望江县东南,积而成池,称为雷池。自此以下,东流入江,故雷水又有雷池之称。"前一句的定义是正确的,水流积而成池;后一句,雷水东流入江所以又有雷池之称,荒谬得无以复加。还有《辞源》《中国历史地图集》等辞书对雷池的解释也大多语焉不详,相互矛盾,甚至将雷池位移到另一个时空之下。历史,总是留下一团团迷雾,或因政治、学术,或因水文、地质,统统装入一个布口袋,拎起一抖,全然失了真相。即使是迷雾,也仅仅是一个概念,雷池是什么样子,还是无人得知。雷池,太普通了。如果不是东晋的一段军情和一次战役,它会是被历史湮灭的一颗沙砾,尽管也承载着历史。今天的雷池,是一个乡的名称。紧邻长江,淤沙地,还是种棉花和油菜,村庄寂静。没有人为此地骄傲,也没有人对此地失望,一切都在平静地流淌。算算也有几代人了,像大雁一样,开春都飞向各个城市讨生活,回来时,江边的芦苇早已枯黄,只保留着寒风里的一片温暖。骄傲和失望的是官员和文化学者,他们喜欢"雷池"这个地标,又暗自抱怨雷池什么也没有保留。

但是,历史既然给雷池打开了一扇窗口,终究要让后人看见风物。中国的文、史、哲常常是相通的,相互印证又互换论据。公元439年,即东晋灭亡十九年后,南朝文学家鲍照登临雷池,写下千古传诵的《登大雷岸与妹书》,其中对雷池胜景的描述翔实而生动。因相隔区区数十年,应该最接近雷池闻名于天下时的原貌。"南则积山万伏,负气争高,含霞饮景,参差代雄……东则砥原远隰,亡端靡际,寒蓬夕卷,古树云平……北则陂池潜演,湖脉通连,苎蒿攸积,菰芦所繁……西则回江永指,长波天合,滔滔何穷,漫漫安竭!"这是被引用最多的几句。文章极尽铺排之势,蔚然大观,起伏跌宕,透露出惊天地、泣鬼神的文人心志。有后人将此文与范仲淹的《岳阳楼记》相比,委实牵强,鲍照笔下的游子情怀和文人焦虑,与范仲淹胸怀的天下意识,完全是两回事。但鲍照摹景状物的功力,确实不输范仲淹。无论怎样,鲍照"复活"了雷池。并以"滔滔何穷,漫漫安竭"的文学形式,回指和印证了东晋时期雷池之战"率众数万塞江而下,前后莫见舳舻之际"的波澜壮阔。除这一篇《登大雷岸与妹书》,再难找到与雷池相关又真切的名篇。鲍照是孤独的,如果将他登上大雷岸环眺雷池的孤独,上升到现代哲学的孤独,那就是终极孤独!抒写终极孤独的,还有陈子昂登幽州台,还有岑参出大漠……很多很多,曲折而隐匿于中国历史内部。遗憾的是,中国文人的孤独向来只和个人荣辱、家国天下联系在一起,缺少对人和世界的存在之思,范仲淹也不例外。

雷池如何?被鲍照"复活"的雷池只能和鲍照一样孤独。它存在着,先是存在于一封公函中,后又需要一封家书指认。幸亏还有一封家书,如果没有呢?法国哲学家罗兰·巴特有一个核心观点:"表面和深层一样生动有力。"当然,他指的是审美的客观性和语言的揭示能力。绝对地说,不存在没有表面的事物,但人们更习惯相对的世界。于是产生悖论:雷池的表面在哪里?没有表面的雷池又如何存在?只有流沙!像历史沉淀于时光,流沙在雷池沉积,陆地创世纪一样渐渐浮出水面。沧海桑田,对于雷池有些夸张,却十分准确。人,喜欢在陆地上耕耘和生活,并最终忘记曾经沧海,忘记雷池。文化比历史和人都活得长久,并从横向和纵向各个方面包容看似虚无的存在之物。和一切消逝的事物一样,雷池作为文化的留存之物,一种记忆,一个符号,活着!

  但活着,从来就不容易。雷池活成了一个成语:"不越雷池一步。"历史的谜团往往包含歧义,语言的自由又推动歧义的成形和生长。东晋庾亮的《报温峤书》是一个战略布局,令温峤严守浔阳,紧防西陲,朝廷另组织军队平定历阳之乱。当时的雷池安然于战局中部,远离战火,和其他要塞相比,无足轻重。至于庾亮强调的"足下无过雷池一步",只是以此节点说明前方的重要。雷池成为主战场是七八十年后的事,而且,并没有挽救东晋王朝土崩瓦解的命运。然而,雷池却被话语方式悄然扭曲和变形了,且始终置身于这一话语权力之下——象征一种禁忌。一个不该禁忌的地方,成为一种禁忌,终归是沉重的。时至今日,这个文化上的禁忌偶尔还会在现实中泛起。

  秋天越来越深了,雁阵顶住秋风,鸣叫着,相伴着,一群接一群坚定而优雅地飞来。这些飞来的和飞走的,或许是同一群,或许不是,又有什么关系?秋水澄明而浩渺,漫过雷池,高于任何王朝和历史。

(詹永东,20世纪60年代出生,安徽望江人,安徽省作家协会会员。业余写诗、散文、评论,出版个人诗集《七号码头》。先后获张恨水文学奖、安徽省作家协会江淮散文大奖等奖项。)

站在原地

许含章

我从来不是成绩最差的学生之一,即便是在那段劣迹斑斑的日子里。

时至今日,我也很难说得清楚,为什么在疯狂逃课的情况下,我的成绩还能差强人意。我的成绩单上能够让人看上去眼前一亮的科目,都集中在除英语、数学这样的主科之外,诸如地理、历史这样的副科,这让我常怀羞愧之心。所以到了分科的时候我就被分到了文科班,对于我的父母而言,这当然令他们怏怏有所不快,但对于我,这并不是晴天霹雳。

有一本心理学的书说,每一次环境的改变,都会对一个人的人格塑造产生影响,也许。这次分科或说这次分班,会对我之后的人生历程产生什么样的影响呢?我不知道,但我仍然窃喜。

我最心仪的男生,随我分了过去。

当然,"随我"的说法不是那么准确,准确的说法是,他和我一样迫不得已。从看见我的第一眼起,他就开始了对我的追求,他是这么说的。那么你是什么时候看见我第一眼的呢?我问。他猝不及防,支支吾吾,想蒙混过去,当然,他最终没能蒙混过去。

我的高中阶段,常遇见这样的表白,奇怪的是,我那时就不相信。

然而新环境总是让人从心底产生惧怕,于是课间我爱和一个爱说话的女生在一起。她总是不停地在说,滔滔不绝,分散我的注意力。学习比没分科之前更加繁重,为了不"坐以待毙",我们也尝试着做一些浑水摸鱼之事。我的班主任老师是一个衣着保守的中年女教师,她看不惯所有的青春和靓丽,对班级里的女生有一种与生俱来的抵触情绪。她说,你看看你们,你、你、你,还有你!都什么样子啊?谁让你们穿成这样?岂有此理！

她说的不是我,她说的是班级里的另外一个女生,她后来做了电视台的主持人,镜头前变得异常丰腴。那时她不,那时她还纤细如风中杨柳,爱穿成年女性的衣物。比如她常常一袭黑裙,配上黑色的网状丝袜;或是上身一件黑色小西装,下身一条黑色西服裙。她似乎从未穿过校服,哪怕是周一升旗时。为了保持升旗的庄严感和荣誉感,主要还是不给学校带来麻烦,老师一般不让她参加升旗仪式,校长也睁一只眼闭一只眼。不过这并不影响她是除我之外,在班级里最受男生追捧的女生,我们也分别成为最不受老师待见的女生之一。

天气渐渐凉起来了,我的父母被请到了学校,老师对他们的态度不是很客气。在学校,父母是一个固定词组,一个不可分割的整体。学校不管你的父母是不是琴瑟和谐,或是同床异梦,又或是已经分居。实际上他们请去的只是我的父亲,他代表我母亲,忍受着班主任劈头盖脸的质问。这让他很愤怒,一路上脸色铁青。而我暗自庆幸的是,我的母亲此刻不在合肥,她不知去了哪里。

这已经不是第一次了,历史上她曾无数次地缺席学校对她的"传讯"。应该说在我的学习和成长中,她一直都缺席。对此她很不以为然,多年以后还振振有词,她说,你缺什么?你缺什么啊?妈妈三岁就没了母亲!

这是她最常对我说的一句话,每当我或是我爸爸说我缺乏母爱的时候,她都说她三岁就没了母亲。我们当然不会愚蠢到直接说她没有给我关怀和爱护,我们只是委婉地、含而不露地表达出一种情绪。可我妈妈是什么人啊?她火眼金睛,洞若观火,能够捕捉到我们脸上任何一丝不满和不敬。不过她也懒得和我们计较——这是她的原话,她有很多事情。她尤其不屑于谈及我们班的男生,当然主要是那些跟在我身后的男生,她说:没有一个学习好的!

是的,追我的男生学习都不怎么好,学习好的男生一般不大肯花时间去追女生,他们的时间都用来学习。可青春就是青春,过去了就过去了,逝去了就永远逝去。在一生中最美好的季节,难道不应该尽情挥霍吗?世界上有什么比得上短暂的、稍纵即逝的青春,以及短暂的、稍纵即逝的少男和少女!

我妈妈的好朋友傅阿姨的女儿,考了全省文科第一。我妈妈说,你看看、你看看!你蓁蓁姐姐多么争气!我背对着她,翻了一个白眼,不想被她捉到,马上大发雷霆。她说,妈妈读书的时候,是没有男生追的,你呢?你看看你!

我背对着她,翻了一个更大的白眼,小声嘀咕道,那有什么可骄傲的?

她说,你说什么?你再说一遍!我说,我没说什么,我在反省。

高二就快结束了,很快就进入更为惨烈的高三时期。我们班从外地转来一个男生,高,而且挺拔,而且帅气。他一来就引起了我们班女生的注意,有很多女生围了上去。我是不会主动上前的,我低头坐在自己的座位上,无声无息。我妈妈说,毛姗有什么漂亮的呢?她只是文静!是的,当周围的女生都张牙舞爪,我的安静就最具杀伤力。对于总有人说我漂亮,或是说我长得不像她,我妈妈反应复杂,不像她就是比她漂亮,她读书时常因长相被男生们唾弃。我长大后,亲耳听见她一个男闺蜜对她说:潘小平,知道你为什么学习好吗?你长成这样,只能去学习!

有一个人给我妈妈打电话,是一个女的,显然不是我们班主任,因为没听见我妈妈虚伪的奉承声。我悄悄退回自己的房间,把心放回到肚里。不一会就听见我妈妈换鞋,拿钥匙,然后是开门的声音。最好是出去吃饭,最好吃到很晚才回来,最好第二天早上我没起床时,她就已经出去。她最近在拍一部文化专题片,兴奋得跟打了鸡血似的。但她很快就回来了,一脸的怒气。她厉声问,这是怎么一回事?你最好说说清楚!又说,你不要心存侥幸!

是我同学的妈妈,当然是男同学的妈妈来找她,我同学离家出走了,她妈妈一着急,就找到了我家里。我不吭声,很生气。你也不问问谁对谁错,谁是谁非,一上来就把罪名强加在我的头上,你还是不是我亲妈啊?我还是不是你亲闺女?所以接下来,她越问我越不回答,越有抵触情绪。其实完全不干我的事,我是受害者,很无辜的。在和男生相处时,我一向奉行被动主义,我那时就懂得和男生交往越主动越被动的道理。我因此从不主动和任何一个男生搭讪,也从不给任何一个男生留电话,更没和任何一个男生单独溜出去过。我才不会给我们班主任留下任何一点把柄。所以就连我妈妈在训斥我时,也不得不压制她的气急败坏,她说,虽然你不主动,但你也要注意!

我注意什么呢?我哼了一声,从心里嗤之以鼻。

但麻烦还是找上来了,我的这个男同学,据说是因为我离家出走,现在他妈妈找上门来,提了一个无理要求,把我妈妈气得脸色铁青。她说,潘老师你能不能让你女儿,做我儿子的女朋友啊,暂时的,暂时的就行!

可笑不可笑?这样的母亲!

后来我妈妈,无数次说起我这个男同学的妈妈,描述她的浓妆艳抹和花枝招展给自己带来的惊吓。"花蝴蝶似的,"我妈妈以她文学的语言形容说,"像是从旧社会出来的。"最奇葩的还是她对我妈妈说的话,她说,我儿子很娇贵,我就这么一个儿子,潘老师你无论如何要答应!我妈妈说她气得当场笑了出来,她并且加重语气说,你看看、你看看!你接近的都是些什么人!

就是那一次,我妈妈郑重向我提出,我将来找男朋友的标准。"家世清白"是她提出的第一个条件。但什么是家世清白呢?很难说得清。

仿佛被她洞穿,她马上现身说法,说比如说你的这个男同学,家世就很不清白,父亲在外面包二奶,母亲穿金戴银,还出面给读高二的儿子找女朋友,天哪!她夸张地说,这都是些什么人?

不过说归说,她还是催促我尽快联系上那个男生,让他赶快回去。"他妈妈也挺可怜的,怎么就活成一个怨妇了呢?"我妈妈颇为不解,最终的解释是因为不读书,所以只能把人生依附于丈夫或孩子。"读书!读书!读书!知不知道读书的重要性?"

马上就要面临高考,说什么都为时已晚。而且相对于青春的忧伤和快乐,任何东西在我都微不足道,被高大帅气的男同学注目,感觉真好。这时我会想,我妈妈上中学时,是个什么样子呢?她有没有过少女时代,或是在被男生注目时,怦然心跳?

最后一次见到我那个离家出走的男同学,是在大一那年的冬天,我们约在我家小区下面的公交站牌见面。到的时候,雪飘下来了。是那个冬天的第一场雪,亮起来的路灯,将雪花染黄了。我安静地站着,等待他的出现,看雪花飘。他后来去了香港,用无数个虚拟的网络号码,给我打来过无数个电话,接到它们,我再也没有少女时代的心悸或心跳。那些显示河南、山东、辽宁或湖北,来自天南地北的网络号码,传出同属于一个男人的声音,他声音变了,低沉嘶哑。

我站着,站在原地,雪花飘着,我们都已长大。

(许含章,女,毕业于安徽建筑大学。曾供职于安徽文艺出版社,现为《清明》杂志社编辑。)

人间世

在草原

安 宁

河流不息

你若去过巴彦淖尔,走过阴山脚下,一定不会忘记一粒小麦的芳香。那是几十万年以来奔腾不息的黄河浇灌滋养出的河套平原的芳香。

我曾站在内蒙古河阴古城附近的黄河浮桥上,看到过奔涌的黄河。两千多年前与我同样迁徙到这片北疆大地的王昭君,在渡过这段浮桥前,内心一定涌动着对于命运的敬畏与不安。北地大风凛冽,卷起漫漫黄沙,沙蓬草裹挟着尘埃在大地上流浪奔走,天地化作呼啸的野兽,发出震动山林的吼叫。这塞外的苦寒,让一个女子对遥远的故土生出无限的眷恋与哀愁。命运在酷寒中张开巨大的手掌,一段渡桥,化为命运之手的两端。走过去,一切历史都将改变,而那草原上不停迁徙的命运,也将自此相伴一生。命运站在河流的对面,露出钢铁般的冷硬与威严。最终,一个南方的女子,选择了顺从命运的召唤。

而我,站在浮桥的一侧,注视这古老又生机勃发的黄河在风中发出的激越声响,仿佛听到跌落平沙的大雁跨越千年的动人的歌唱。青冢上的草黄了又绿,绿了又黄。树木在秋天从容地死去,又在春天安静地苏醒。河边的芦苇在蒙古高原无尽的长空下,自由地起舞。这空灵不羁的舞蹈,与奔涌不息的河流,追逐着飞沙走石、日月星辰,在大地上永不疲倦地歌唱:长乐未央,长乐未央……

塞外大风日夜不息地吹过黄河,仿佛一头永不被驯服的猛兽,它带走了无数昌盛或者衰败的王朝,却将一个西汉女子的哀思刻进大漠平沙,并跟随一条漫长的河流,抵达她生命中从未抵达的远方。长夜叩响着门窗,河流撞击着两岸,出塞的女子在哀怨的琵琶声中慢慢沉入梦乡。这北方河流掀起的浪涛,与南方江水激荡的回响,缠绕相生,不弃不离。它们从西部遥遥相望的两座山脉一起出发,行经万里江山,共同谱写出荡气回肠的民族生存史。这历史的瞬间,沉入一个弱小女子的梦中。她在击穿黑夜的浪涛声中醒来,知道迁徙的命运早已融入血液,纵使她百般不舍,终将走过浮桥,化为历史悲壮又闪烁的某个部分。

我也曾在一列缓慢行驶的绿皮火车上,在给予我生命的辽阔的华北平原上,看到过黄河。夏日的风黏稠、浑浊、干燥,带着一种巷口枯坐的百无聊赖,人在缠搅上升的热气中,仿佛因缺氧而探出水面大口喘气的鱼。只有站在黄河岸边的人,才能在干热中沐浴清凉潮湿的风。这源自青藏高原又洗去一路尘埃的风,这行经我迁徙并定居的北疆大地的风,这遥远的带着远古祖先梦中呓语的风,飞过巴颜喀拉山,穿过秦岭,越过阴山,行经黄土高原,掠过华北平原,最后在渤海上空缓缓停驻。

我看到窗外的黄河以悬浮大地的轻盈姿态,汇入深蓝的海域,义无反顾地终结自己作为一条长河的命运。它依然以河流的名字,在大地上日夜不息地歌唱,仿佛北方的流浪歌者。但它又神秘地消失于波澜壮阔的汪洋之中,杳无踪迹。它的消失,又是某种意义上的新生。生命以更为开阔的方式,存在于宇宙中的一个星球。它不再记得青海的花儿、黄土高原上苍凉的呼喊,也不记得阴山脚下烈烈大风中的苏勒德、华北平原上翻滚的金黄麦浪。当它忘却生命的形态,以一滴眼泪的咸离开大地,汇入深海,它便凤凰涅槃,获得永生。记忆与忘却、咆哮与寂静、存在与死亡,就这样消除了对立,化为浩瀚无边的宇宙。

这条奔腾不息的河流,就这样裹挟着孕育了我生命的一粒沙子,流经九省,浩浩荡荡,最后在我的故乡——齐鲁大地,注入渤海。当我想起它,我的心便会生疼。这被一粒沙子硌出的疼痛,时刻提醒着我的来处,我出生成长的华北平原;也时刻提醒着我的归处,最终将会把我埋葬的蒙古高原。

漫　步

　　沿着大道在草原小镇走上一圈,也见不到几个人。仿佛人在连日的阴雨里全部消失,化为湿漉漉的大地的一个部分。只有家家户户的院子里,野草兀自繁茂,蔬菜赶着结实,玉米在阳光下发出啪啪的拔节的声响。

　　我和阿尔姗娜、查斯娜,还有郎塔,以流浪汉一样的闲散,漫无目的地在大道上走走停停。孩子们时而奔跑到篱笆下,看一朵探出头来随风张望的野花,时而好奇地研究一会一碰就会皮肤红肿的奇怪的叶子,时而数一数天空上变幻莫测的云朵,时而倾听一会草丛里昆虫的歌唱。她们永远都会有无穷的新发现,好像这条大道的两边,是童话里神秘的魔法城堡。郎塔已是行动迟缓的老狗,但依然跟小孩子一样,爱搞恶作剧,走哪儿尿哪儿。它还喜欢在人家的汽车轮胎上撒尿,趁着两个小伙子刚刚上车尚未发动的间隙,抬起后腿滋上一串尿,便欢快地跑开去,直把一旁的阿尔姗娜和查斯娜笑到龋齿都跟着晃动。

　　阿尔姗娜还发现了一只青蛙,它已被汽车轧死在马路上风干掉了,只剩下干枯的皮囊,以永恒的奔跑的姿态,定格在大地上。我们蹲下身去看了好久,感慨着这只可怜的青蛙,生前曾经怎样每日在庭院里歌唱。原本,它要穿过马路,去对面的菜园里寻找美味的食物,也或许去参加一场盛大的舞会,于是,它怀着对远方幸福的憧憬,穿过危机四伏的大道,却被飞奔而来的汽车瞬间带离了人间。

　　我们一路为这只可怜的青蛙祈祷,希望它在天堂里不再遇到疾驰的汽车。马路上时不时地冲出一两只大狗,朝着郎塔凶猛地吼叫。郎塔胆小,不想惹是生非,只溜着墙根快步地走,并用低沉压抑的吼声表达着内心的愤怒。也或许,它知道自己已是暮年,牙齿松动,毛发灰白,在尘世活不太久,所以就尽可能地节约体力,为主人再多尽一日看家护院的义务。夜晚我在荒草没膝的庭院里蹲着撒尿,它总会悄无声息地跟过来,似乎怕我被坏人侵袭。而不管阿尔姗娜和查斯娜走到哪儿,郎塔都会像老仆人一样忠心耿耿地跟着,守护着她们。

　　可是,再老实善良的狗,也会有发飙的时候。经过一家商店时,一只等待已久的高大黄狗和另外一只身材矮小的土狗,忽然横冲过来,朝着郎塔恶狠狠地咬下去。无意迎战的郎塔终于被激怒了,扑上去便跟两只恶狗撕咬在一起。黄狗的气势瞬间戾了下去,掉头想要逃走,郎塔趁机一口咬住它的脖颈。黄狗大惊失色,迅速挣脱郎塔的利齿。郎塔却早已急红了眼,再次发动猛攻。于是三只狗发疯般地撕咬在一起,任由阿妈怎么恐吓驱赶,都无济于事。阿尔姗娜早已吓得躲到我的身后,惊恐地注视着这一场突如其来的战争,并为郎塔担着心,不停地问我,郎塔会不会被它们咬死?

还好,郎塔打赢了这场战争,两只狗夹起尾巴,灰溜溜地回到自己的地盘,它们嘤嘤地哼叫着,大口地喘着粗气,甩着一身凌乱的毛发,又用舌头舔舐着被咬伤的腿脚,眼睛则警惕地朝郎塔看过来,提防它再次发起攻击。但郎塔并不恋战,它总是见好就收,瞥一眼两只垂头丧气地蹲伏在地上的狗,便英姿勃发地快跑几步,紧跟上我们。显然,它依然被刚刚的一场混战激励着,浑身散发出年轻时威猛的气息,仿佛它又回到多年以前意气风发的时光。

妈妈,你觉得那只青蛙可怜,还是郎塔可怜?阿尔姗娜忽然问我。

青蛙更可怜吧,它已经死了,至少郎塔还活在世上。我这样回答她。

不,妈妈,我觉得郎塔更可怜。因为它太老了,跟爷爷一样老。阿尔姗娜说。

唉!它们都很可怜,所以我们要爱护小动物,永远不要伤害它们。我叹息道。

像保护大自然一样吗?阿尔姗娜追问。

是的。我注视着满天被夕阳燃烧着的火红的云朵和辽阔苍凉的草原,轻声地说。

牧　　歌

阿妈妹妹家的儿子儿媳,带女儿牧歌来省城看病,因我家离医院只有不到十分钟的车程,他们一下火车,便直奔我家。

每个见到牧歌的人,都会心疼。已经四岁半的她,因生下来便是唐氏综合征患者,同时兼有先天性心脏病,所以体重不足二十四斤,身高不到一米,走路也跟跟跄跄,犹如还在蹒跚学步的孩子。除了心脏病,她还有肺动脉高压,因此一年到头生病。每次感冒,常常几个月都无法痊愈。她又不爱吃饭,只喜欢吃一些面条、喝一些牛奶和饮料,所以营养严重不足,以至于她的脑袋看上去大大的,好像要从小小的身体上跌落下来。虽然她什么都懂,智力并未受到影响,但语言能力却受到很大限制,只能含混不清地说一些蒙语,着急的时候,还需打着手势表达。

牧歌的爸爸妈妈虽然是90后,却完全没有这个年龄应有的快乐。两个人都沉默寡言,因长年为孩子操劳,四处带她看病,他们的脸上有着同龄人少见的成熟和忧愁。牧歌的妈妈其木格比我小了十岁,看上去却比我还要苍老。常年在家种地养牛的她,皮肤粗糙,双手皲裂,已经完全是一个农村主妇的样子了。

听其木格说,从北京大医院来的大夫将在内蒙古国际蒙医院待一段时间,为内蒙古五十名患先天性心脏病的孩子免费手术。幸运的是,牧歌排号排到了第三名,如果医生诊断后,可以当时手术,那么对于牧歌一家无疑是人生中的希望。一上午,牧歌几乎没有吃饭,只睡了一会。她睡觉的时候,奶奶和妈妈轮流吃饭,我和牧歌的爸爸面对面坐着,彼此没有太多的话。中途他接了一个电话,大约是朋友,他回复说,我不在家,正陪孩子看病。只这一句,就让我忽然觉得,这个沉默寡言的男人,其实心里满满都是对孩子的爱。

我无意中打开其木格的微信朋友圈,看到里面几乎都是牧歌的照片和视频,记录了从她出生到现在每一次生病、看病,及成长的点点滴滴。我甚至还看到前年阿妈去他们家小住,带去的女儿阿尔姗娜的旧衣服,就穿在牧歌身上。其木格将带孩子去北京看病称为旅游,于是他们便有了很多次出门旅游的机会,并留下了这些文字的记录:

  看我宝贝女儿吃得多香!我女儿瘦得让人心疼。
  看我女儿打针的时候多乖。
  带女儿出门旅游去了,现在在等车。
  我老公受伤了,希望他快点好起来。
  女儿感冒什么时候会好啊!我想念我的姥姥了,可是女儿的病还没有好,真闹心啊!

睡不着,一夜失眠……

我慢慢翻看完所有的朋友圈记录,心里隐隐地疼,而等到阿尔姗娜放学回来,看到牧歌,好奇地丢给我十万个为什么,我的心越发地痛。

妈妈,小妹妹为什么不说话,总是啊啊大叫?妈妈,小妹妹为什么总是尿裤子?妈妈,小妹妹为什么不爱跟我看《小马宝莉》?妈妈,小妹妹切开肚子做手术,要是死了怎么办?

最后一个问题,吓了我一跳,我赶紧嘘一声,告诉她说,不能说死,小妹妹会好好的,做完手术她就能跟你一样健康了……

我知道阿尔姗娜还是不能理解,为什么小妹妹总是生气地摔打玩具,又不肯睡觉,为什么牧歌的爸爸看到蹦蹦跳跳的她站在牧歌面前,眼睛里充满了哀伤。医生说,牧歌的爸爸妈妈如果再要一个孩子,可能还是唐宝,所以他们不敢冒着风险继续生育。而牧歌这样一个生下来就有缺陷的孩子,在他们心里却犹如天使一样,他们爱她,愿意为了她舍弃一切,只为让她和健康人一样。尽管,她可能永远也无法和正常人一样读书结婚生子,并获得平平凡凡的幸福。

就在他们前往医院之前,为了让几天没怎么好好吃饭的小牧歌吃一点面条,两个人围着她又哄又劝。这样的一幕,四年来的每一天,都在他们的生活里发生。仅仅作为旁观者,也觉得心疼,不仅仅心疼牧歌,也心疼这个家里的每一个人,只希望可怜的牧歌能够被上天眷顾,能得到这次免费手术的机会。

可是,即便牧歌是一个让人惋惜的唐宝,但在她的家人心里,她的一颦一笑依然是一束光,照亮他们艰难求医的漫漫长途。注视着他们离去的背影,我这样想。

(安宁,生于20世纪80年代,山东人。在《人民文学》《十月》《天涯》等文学刊物发表作品四百余万字,已出版作品三十部,代表作有《迁徙记》《寂静人间》《草原十年》。曾荣获华语青年作家奖、茅盾新人奖提名奖、冰心散文奖、丁玲文学奖、叶圣陶教师文学奖、三毛散文奖、内蒙古索龙嘎文学奖、广西文学奖、山东文学奖、草原文学奖等多种奖项。现为内蒙古大学教授,一级作家,内蒙古作家协会副主席,中国作家协会第十届全委会委员。)

九十度的疼痛

赵传兴

一

风里带着刀子,砍到哪里,劈到哪里,都硬生生旋下一块疼痛来。树木发抖,房屋发颤,柴草堆吓得头发倒竖,毛骨悚然。

冬日寒冷,那年尤甚。

村里的池塘结上了厚厚的冰,娘不得不用棒槌把冰一点点砸碎。冰有多厚,只有棒槌知道。冰的反击力有多大,只有娘的胳膊知道。娘一棒槌下去,冰龇一下牙,娘就龇一下牙,甩甩被震得生疼的手。娘用了十几分钟,甩出七八十次棒槌,才迫使冰让出一条道来,露出锅大的一片水域。冬日的水是怪兽,躲在冰下冬眠,娘砸醒了它,它就要吃人。去年它就吃了邻居奶奶。邻居奶奶也是把冰砸开,惹恼了它,它乘邻居奶奶不备,拽她入水。等到旁人来救,已经奄奄一息,送回家裹到被子里,邻居奶奶哆嗦了半天,还是没撑住,不甘心地走了。

娘现在就蹲在吞了邻居奶奶的池塘上,重复着邻居奶奶的动作,一棒槌一棒槌地砸着冰,砸出一个锅大的水域。怪兽极为恼怒,不停喷出寒气来吓唬娘。见娘毫不畏惧,怪兽又邀集大风,一个水中作浪,一个冰上推波。娘手上的道道口子被怪兽撕咬着,大风又从背后使劲袭击娘的腰。娘不理睬它们,继续战战兢兢,又小心翼翼地在怪兽大口里刷洗着。

娘端着木盆回到家里,把木盆里的碎布一条条晾晒在晾衣绳上。娘的手早已麻木了,娘的腰也冰冷刺骨。娘走进屋里,三间草屋子漆黑潮湿,家徒四壁,四壁露光。墙壁如手,也有一道道旋开的口子,大的口子可以把手伸进伸出。娘的疼娘知道,墙壁的疼墙壁知道。墙壁疼了,娘给墙壁的烂口子塞上稻草,蒙上塑料布,稻草和塑料布都是墙壁的止疼药。娘的手疼,却没有止疼药可用,只能仍然露在寒风里。

风疯狂地进攻着墙。墙毫无抵抗之力,任由风从门缝、窗缝、墙缝一股脑儿冲进来。风一进来就扑向娘,风是知己知彼的军事家,它找准了娘身体最薄弱的一环——腰,大举进攻。娘不得不退到床上去。床是娘抵挡风的最后阵地。风不得已稍稍退去。

天黑了,风再次从塞了稻草的、蒙了塑料布的墙缝里、窗缝里、门缝里冲进来。娘的身下只有一床破棉花套子,身上只有一床顾不周全的薄被子。爸无被可盖,去邻家与别人通腿了。娘裹紧被子,被子已经抵挡不住了,娘把腰露在外面,做抵挡严寒的长城,护着她怀里的两个孩子:两岁的姐姐和刚出生于腊月的我。天亮的时候,娘的腰寒冷如冰,又添了新的伤痕。

很多年,我都讨厌腊月,甚至仇恨腊月。

二

天渐渐黑下来,我和弟弟的心越来越急起来。

弟弟一直在嚷着饿,我的肚子也早已咕咕直叫了。娘和爸还没回来,鸡一只一只在院子里找食,把院子翻了个遍,也没找到什么,委屈地抱怨几声,就跳到鸡笼里了。猪来闹了两回,又跑到树底下躺着等了会,哼哼唧唧埋怨了几句,就回圈了。我带着弟弟又去屋后看了看,夜幕正缓缓拉开,视线之内,还是不见娘和爸的身影。

娘和爸是早晨五点出门的,肩上扛着长镰、叉扬,胳膊上挎着篮子,篮子里装着一条新毛巾裹着的午饭——几块油馍、几瓣腌蒜瓣、两个腌鸭蛋。娘和爸要向北穿过小村庄,走过一条长长的只容一人通过的田埂,再走过一条庄稼地相拥着的泥土路,再走过一片芦苇、蒲草掩映着的泥土路,翻过荆棘、杂草丛生的淮河大坝,到达淮河的南岸边,再等待村里的小木船够一船人,去往对岸的大河湾收麦子。

我哄着弟弟去奶奶家的那棵老椿树那儿玩。老椿树很粗,我一搂子抱不过来,便和弟弟手拉着手抱。我一边搂着老椿树,一边教弟弟唱儿歌:"椿树王椿树王,你长粗我长长。你长粗了做嫁妆,我长长了穿衣裳。"这是娘教我的,娘说我个头小,晚上没人的时候去抱抱老椿树,个头就能猛蹿一下。我还真在夜深人静时去抱过几回,可是我还是小矮个子。

学了两遍，弟弟就不愿意了，闹着要回家。天已经完全黑下来了，我带着弟弟回家。老远就看见家里的灯亮了，娘和爸回来了。

娘回来了。娘趴在院子里的凉床上，一动不动。娘好像睡着了，也好像死去了。昨天晚上娘回来也是这样的。我们就这么站着，大气都不敢出。我不敢说话，弟弟也不敢说饿了。空气似乎凝固了。鸡笼里的鸡没敢吭声，外面的猪也识趣似的没来。长镰、又扬歪扭斜垮地靠着墙。

站了几分钟，爸从屋里出来，面无表情地说："你们吃面条吧。你娘累了一天，午饭也没吃，让你娘歇会。"爸瘦小，力气瓢，却吃干，累了一整天，还没有累垮。

我们不说话，默默地咬着面条，就着咸鸭蛋。

第二天大清早，娘喊醒我的时候，天还没有亮。娘嘱咐我吃好饭，带好弟弟。娘和爸肩上扛着长镰、又扬，胳膊上挎着篮子，篮子里装着那条新毛巾裹着的午饭——几块油馍、几瓣腌蒜瓣、两个腌鸭蛋，匆匆下地去了。

三

从东头屋到西头屋，从西头屋到东头屋。那几天，娘除了做饭，就这么走，不停地走。走不动了，娘就停下来，喘口气，继续走。

娘没病。是我病了。娘的背后背着我。

我十三岁，读初一，总该有七八十斤吧，相当于一口袋小麦或黄豆的重量。娘也经常扛小麦、黄豆，小麦、黄豆都是沉默的，娘扛的是满满的希望，娘扛得有劲。娘扛不动了，就放下来歇歇。而我，被娘扛在背上，一直在呻吟着，娘扛的是七八十斤的痛。娘累了，想把我放到床上，一离开娘的背，我的五脏六腑就剧烈难受。我大声号，拼命把头往墙上撞。我的举动是刺向娘的剑。娘遍体鳞伤，但是娘没时间抚摸伤口、感觉疼痛，又背起我来，继续走，走。

那时我不知道，娘的心有多痛。娘和爸拉着架子车，满怀希望地拉着我去二十公里外的县医院，又满怀失望地拉着我回来。娘和爸又拉着架子车，满怀希望地拉着我去三十公里外的市区医院，又满怀失望地拉着我回来。早晨五点钟，娘和爸从家出发，好赶在上午下班前到达市医院；下午四点多钟学生放学的时候，娘和爸拉我回家，夜里十一点多才能披着星光到家。一来一回便是六十公里以上。那时我还不知道六十公里有多远，架子车要转动多少次轱辘，娘和爸要用多少脚步来丈量。直到现在，时光已过去了四十年,我仍然没有丈量出六十公里有多远。

刻在记忆里的,是几夜漫漫的行程,一路长长的时光,有过小雪飘飞,也有过明月朗照。最长情的陪伴,终究是架子车的吱吱扭扭声,爸在前面、娘在身边行走着的身影。

娘已无计可施。娘万不得已找了四奶来,给我想法子。爷爷晚上十点多钟悄悄去十字路口烧纸钱,遇到看电视的人散场,一天的忙活遂前功尽弃。从不求人的爸,雪地里挨家挨户求百家饭,去办丧事的人家要免灾汤。娘和爸还有什么办法呢?

那一个多月的时间,娘的身体和内心都超过了所能承受的极限。娘是怎么熬过来的,娘从没有说过。瘦弱的、体弱的娘表现出了超乎想象的刚强。

后来,我好了,娘却病了。

一天晚上,我一觉醒来,听见娘在对爸说:"我的腰不行了。"

四

娘开始了和腰的战争。长期的、艰巨的战争。

腰支撑着娘,又折磨着娘。

娘爱着腰,又恨着腰。

娘找过各种各样的方法,想与腰和解。捶背,打各种针,吃各种药,贴各种膏药。尤以膏药为多,娘贴过的膏药,堆起来就如一座小山了。

但是腰最需要的休息,娘一直给不了她。娘要种地、收割、栽秧、锄地、喂猪、带孩子、做家务。娘要挑井水、洗衣服、腌鸭蛋、搋圆子、炸豆圆、包粽子、和面。这些伤腰的活,娘一样没少做,娘一样扔不掉。

娘的不屈服引起腰的急剧反弹,腰开始变本加厉。娘腰疼的天数越来越多,娘的脸色多是疲倦的、病态的。娘终于熬不住了,娘实在受不了了,去了市医院,那是娘第一次去市医院看病。左检查右检查,医生说娘得的是腰肌劳损,开了点药,要娘多休息。

医生说得轻描淡写,娘却做不到,歇不下来。种地、收割、栽秧、锄地、喂猪、种菜园、带孩子、做家务,哪一样能离开娘呢?娘在和腰的战争中更加处于劣势了。

十年过去。二十年过去。三十年过去。

娘步步退缩,腰步步紧逼。更大的麻烦是腰椎间盘突出也侵袭并占据了娘的腰。娘站立的时候,手总是放在腰上;娘走路的时候,手总是护着腰;娘坐着的时候,手总是在腰上捶着。娘的手,有很多时间为腰服务。娘的嘴,要经常为腰吃药。娘的心,总是为腰担惊受怕。娘害怕上坡、下坡,娘害怕上、下楼梯,娘害怕雨雪天气。娘对腰的畏惧越来越多。

外婆的心,爸的心,姐姐的心,我和弟弟的心,经常被娘的腰牵疼。

五

我总是幼稚地认为,娘的腰是老毛病,娘和腰战斗了这么久,不会有大的闪失。俗话说:弯扁担不折。

我没想到,娘一下子被击倒,来得这么快。2016年暑假,一场脑梗突然袭击了娘,娘住进了市里的医院。而我,却在娘住院的当天,远去了东北学习。

这几年,我一直在内疚,在懊悔,在反省。在娘最需要我的时候,我怎么能一走了之,把娘扔给了姐姐?如果娘有什么意外,我如何向自己交代?娘已是百病缠身的老人了啊。

娘没有怪我。我却不能不怪自己。

娘住了半个月的院,就出院了。住院的结果是:娘的腰弯下去,弯成了九十度。

这是脑梗和椎间盘共同打击的。娘的右腿萎缩,逐渐变细。

九十度的疼痛,有多少吨重,只有娘知道。九十度的疼痛,对身体的打击、精神的打击有多少米深,只有娘知道。九十度的疼痛,对于七十三岁的娘,对于病痛缠身三十多年的娘,不亚于晴天霹雳,不亚于当头闷棍。

娘要站起来,需要用很大的力气,扶着身边的墙、板凳、床或其他东西。娘行走的时候,腰就弯成了一张弓,眼睛向下看着地面,走得跟跟跄跄、歪歪斜斜。娘羡慕着那些能健康行走的同龄人。

生性要强的娘,生怕遭到人家的笑话,不再出门,不再赶集,不再走亲戚。任我们百般劝说,也无济于事。她只是在院子里慢慢走走。我们想给娘买个拐棍,挂着拐出门走走,被娘断然拒绝了。娘还接受不了不能自由行走的打击。六年了,娘依然不能接受。

粽子包不了了,圆子捻不了了,豆圆炸不了了,槐树花蒸不了了。娘不听我们的劝,还硬撑着种着一片菜园子。每去菜园忙活一会,娘都要喘息、捶腰更长时间。菜园子里的菜一年年减少。

娘躺在床上的时间越来越多。娘表情的忧虑越来越浓。娘看我的眼神越来越让我依恋。娘的孤独一天天变得浓郁。

多少年了,我恨着腰肌劳损,恨着腰椎间盘突出。它们吞噬了娘的健康,早早地给娘的额头添上皱纹,添上疲倦和病态。它们减弱了娘的幸福感、娘对这个世界的爱与留恋。它们也给娘的儿女平添了许多担心、焦虑和心情拥堵。

哀哀父母,生我劬劳。而如今,我倒希望这九十度的疼痛再陪伴娘二十年、三十年。让我再享受二十年、三十年娘的关爱、娘的温暖。

(赵传兴,男,安徽省作家协会会员,安徽文学院第九届作家研修班学员。曾获2019年"安徽作家看蒙城"征文二等奖,有数百篇散文、小说发表于各级报刊。)

回 校 记

程保平

教 室

教室是老样子，门窗、黑板是老样子，课桌椅刷成深红色，形制还是老样子。初冬的阳光从窗外射进来，那种清亮依然是我喜欢的老样子。

我坐在教室里，他们一个个排队进来。袁晖老师写板书是质朴有力的；臧维熙老师喜欢竖着写板书，是黄庭坚那种好看的书体；周中明老师安静得像猫，冬瓜脸上架着圆眼镜，正中有个眨巴眨巴的点；沈敏特老师高挑挺拔，操着上海音的京腔说，涓生和子君的爱情是什么悲剧呢？班主任陈老太满脸皱纹和沧桑，简直是低眉地说，男生的寝室比较脏，要整一整啊……

对面也是曾经的教室，当时中文系上课主要在这两间教室。我走进去，一个比我小十多岁的老师在讲《易传》，见人进来就问，是督导组吗？我摆摆手，坐下来安静地听课。那些二十来岁的研究生中有一阵骚动，接着又安静地听课。

下楼，遇到三个女生。我问，假如一个四十年前在这里读书的人站在面前，你们是个什么感受呢？一个黑瘦的女生说，他还没死啊？我答，我就是那没死的人。她们嬉笑，然后像麻雀一样跳跃着去二食堂吃饭。

操 场

操场还在那里，只是铺了塑胶，砌了台阶，在暖阳下当然是昨日的时光。

80级新生搬进301楼时，一直在二食堂吃饭，食堂脚下就是操场。夏天日子长，晚饭后,三三两两,有人去操场走走。高年级的大哥大姐们也散步,但都背着书包,塞满了书和饭盒。也有成双成对的,但都是矜持清高的样子,很老派的恋爱方式。

有一次散步,遇到本系77级的鲍迟。他说,你年轻,要好好读书。又说,跟某老师闹得不快,但具体是什么又语焉不详。后来一天上午,也是今天这样的季节和天气,他以头朝下,从三楼飞身一跃,决然地走了。他走的时候,文东楼法律系在举行毕业演出,有《希望的田野》的旋律在校园漫无目的地飘荡。

进校后不久就军训,好像是我们那前后几届唯一的一次。后来发枪,有同学端着枪,学电影里士兵的模样,喊"杀杀杀"。教官郭参谋是个白净、儒雅的男子,打趣说,别看枪刺没刀锋,那可是三棱枪刺,捅到人是要命的。后来有些日子,《合肥晚报》发消息说,郭参谋带民兵搞投弹训练,为掩护他人牺牲了。

开运动会是本班得意的时候,朱丹的铅球、卓晓静的撑竿跳、刘张林的万米跑,都是一顶一的,但最出风头的还是另两个:李莺是我们组的,高挑又漂亮,她跳高是那种新潮的背越式,跨步、跃身、翻杆,一时长发飘飘,梨花翩翩散落。她是合肥人,我们曾去过她家,她边煮咖啡边说,这是巴西的咖啡豆。那是我第一次喝咖啡,并不觉得好喝。李莺还是女高音,全校会演时,一句"百灵鸟"亮出来,大礼堂顿时安静,一个个都睁圆了眼睛。她毕业后去了澳大利亚,此后泥牛入海,不仅是我,好像其他同学都没见过。

再一个是许尚威,拉得一手好风琴,但百米跑、四百米接力也是拉风的,像射出的箭镞,简直是飘逸。我还藏有一幅照片,是许同学和另三个同学跳桑巴舞,有时候翻看,能想到当年他们的美好、我的笨拙。

许同学后来去香港发展。毕业二十五年同学聚会时,我跟他住一室,换衣时,见他身上是一块块肌肉,就问怎么弄出来的。他说自己一直健身,业余还兼羽毛球教练,每天陪打四小时。再后来有微信了,经常看他晒夫妻远足的照片,很相爱的样子。又见他在同学群每天发问安的贴图,我偶尔"点"一杯咖啡送他。

319室

80级新生搬进来时,301楼是空的,还没人住过。那一年本校招八百人,在安徽,是除安师大外招得最多的,安师大好像招了一千二百人。六七百名男生正好填满301那个四层的小楼。

那天,我走了十几里,兜了不少圈子,才从北门进了校园。到处都在搞基建,将一个校园拆得七零八落。新校区早已启用,本科生都在那边上课,老校区剩下的可能是研究生。据说这里的地皮有不少卖给了开发商,又据说有不少毕业的学生反对,不知道可是。

我在301楼跟守门的大嫂说,我住过319室,是否可以进去看一看?大嫂说,这是女生楼,按规定不给进。根本是没商量的架势。当年女生楼好像是可以进的,只是我没去过。我没长开,跟女生说话都脸红,没理由进去,不想现在管得更严了。

我在楼下眺望曾经的宿舍,变化不大,就是墙外挂了空调机,水杉已经超过楼顶。我们当年住进来时,水杉似乎刚栽,就两人高,便联想到老师教过的古文,昔年种柳,依依汉南,今看摇落,凄怆江潭,树犹如此,人何以堪。

301楼是学校西南角最边的一栋,当年从楼上往外看,是成片的菜地,夏天微风吹来,空气里有淡淡的粪便味。冬天下过霜,田野是岑寂荒凉的,要是下雪了,雪光映在墙上,有清亮的凛冽感。四十年过去,周围长起一片摩天楼,校园成了一个锅底。

当年319室住八人,年龄最大相差九岁,这在当时是普遍现象,老三届、新三届、应届生都往大学里挤。进来一看,班上什么人都有,学生、教师、职员、代理排长、车间主任,还有回乡做大队长的,年龄差了整整一属。

我原以为,年龄差距这么大,60后还不随便学学,就胜了那些50后?殊不知他们除了一张文凭,其他什么都不差,而我们除了文凭,什么都是差的。当年有老师公开地说,77、78级最棒,79级以后,一代不如一代。我听了比较不服。

虽说如此,年龄小的同学还是领略了下过放、扛过枪的大哥哥们的风光。就我寝室而言,老大进来前做过中学老师,是那种安静微笑的样子,按时上课,按时休息,不越雷池半步。老二下过放,回城做摄影师,在《白发魔女》片场还拍过照片,是那种早出夜归的人。老三更邪乎,简直是独行侠,天没亮就出门,以图书馆为家,大家都睡了才摸回来,有时一星期不照面。

三四十年后再看我们的人生轨迹,似有恍然醒来的感觉。当年因为占了先机,才成了所谓人才,后来都有一个不错的职位。又因为勤勉是自觉,是习惯,虽有艰辛曲折、松懈或放下,但都有所收获。八人里出了三个教授,显名或不显,三个官员,七品或从七品,都平安着陆,老有所养,又一次证明了天行健的道理。

奇葩的是另两位,老二和老三。老三是初二的底子考进来的,刚进校时声称自己老了,不学外语,但英语不通过不能毕业,只好跟着学。这一学不仅学了英语,还自学了日语和俄语,不仅学外语,还学高数和计算机。毕业时写论文,在学校放了一颗原子弹,论汉语计算机输入。学校指导不了,只好开介绍信,要他去社科院语言所、中科院计算机所,请求联合指导。后来考研上了中科大计算机系,纯粹的理工专业,毕业后去美国读博,成了计算机界泰斗图灵的再传弟子。回国后又成了阿里巴巴的十八罗汉,再后来另立门户,在中美之间计算机界呼风唤雨,真是把水弄涨了。

老二走的路跟老三差不多,毕业后去安师大教书,还是先前老样子,跟学生同睡同学,居然把生物系的课程读完了。后来去美国读生物工程,发现不好就业,又改学计算机,居然成了IT业的专才,留美成了一个海外华人。

老二是和我走得最勤的同学,每次回国,他都来看我,有次在我家住了一周时间。我这次去母校,在微信里贴了一些文字和图片,老二看到说,很思念那时的时光。我们都同意人在年轻时候要努力些,但也同意,生活才是主要的,开心比什么都好。

大先生们

到校自然想到曾经的先生们,徐文玉、刘元树、朱一清、方铭、徐定祥、傅继馥、孔耕蕻等,说起来一大串。刘元树是系副主任,似乎没教我们课,但听说是大恶霸地主刘文彩的侄子,为此我有见到明星的感觉。毕业时拍集体照,刘老师也在座,那面容和姿态怎么看都像反派的黄世仁,好奇怪。他后来调回老家,据说在南充师院任教,我一直没见过。

再一个是孔耕蕻老师,细白的一个年轻人,教外国文学,操望江口音,一唱三叠地说,海伦的美是个什么美呢?他教书有个特点,不考试,即使考也是开卷,为此深得同学喜爱。孔老师的名字挺古怪的,我怀疑原来是"根红",可能是时代变了,按谐音重构的。他后来读研留京工作,跟在京的同学常走动,据说还是先前那种好玩的样子。

有一次我回母校,老远见朱一清老师双手插在袋里,百无聊赖地晃悠,头顶上圆形的平地闪着肉光。他是接徐文玉先生当系主任的,教我们目录学。我不敢惊扰他,跟在后面走约半小时,他发现了,狐疑地回头看几次,后来干脆等我过来,龇着牙,笑着说,您是?我两手一并,鞠躬,说,朱先生好。

如今他们都老了,有的已经走了。我想记录一点,也算学生对先生的爱戴。

老 太 太

老太太是辅导员,我们喊的时候,总把太太说成tata,但也只在背后叫。为什么是这个tata,可能是受了越剧《红楼梦》的影响,剧中那个慈祥的贾母大家都称老tata。还有一个原因,是她满脸长着皱纹,显老,但当年其实年龄不大,还没退休,比我现在还小一点。

老太太个头偏高,白而微胖,一直穿着朴素,行走细碎而匆匆,说话轻声而慈祥,是一个极有教养的人。她应该属于行政编制,做收党费、听电话一类的杂活,做了我们辅导员后,常到寝室来检查卫生,安排班会,有时候也插在小组里听讨论,并不多话。

班上有个李同学,一年到头想心事,被子也是一年到头都不铺,起床后伸脚摸摸鞋,遇到哪只套那只,反正正反不分。他的脚其实不大,最多四十二码吧,但鞋像一只船,足有四十六码。老太太帮他整被子,商量着说,你这怎么弄的呀,下次要这么铺好吗?李同学站在边上抓头,憨笑,下次还是老样子,老太太只好又做一遍。

我们毕业前,老太太生病,好像住在省立医院,班里同学轮流送饭。轮到我送饭,我就背着饭盒,骑车去医院。那时候我刚学车不久,背上的饭包来回晃动,笼头把不住,车子就走得歪歪斜斜。有一次遇到公交会车,把我夹在中间,差一点出了事故。

毕业后不久或者有几年,老太太去世。我听到消息,就记起了那次送饭,她穿着蓝白条纹的睡衣,盘坐在床上,开心笑的样子,心里是非常疼的。老太太原在北京工作,丈夫是京官,后来离异,她便带着女儿来到了安徽。她的这个病可能跟经历有关。

袁　　晖

袁老师教写作课,板书写得简洁有力、潇洒美好,但一堂课下来,满身都是粉笔灰。他个子高,常穿那种邋遢的劳动服,是典型的工人模样。他抒情地朗诵:年轻人翻过天山,那边是金色的石油城。我在下面听课,就把他幻想成闻捷,又幻想为石油工人,是三重叠加,像毕加索抽象的画。

袁老师又教现代汉语。我们当时所用的教材,就是他和胡裕树先生合编的《现代汉语》。能编教材,在我眼里就是大学问家,但一门课上完,我反而糊涂了。那原因可能是,中学得来的语法知识是张涤华的暂立体系,跟胡裕树的这套不兼容,也可能是我不感兴趣,但修辞学我学得还凑合,那是袁老师的专攻。

对语言学不感兴趣,在当时可能不止我一个。胡裕树先生来做讲座时,课堂吵闹闹的,急得袁老师说,好好听课呀,胡先生可是现代汉语的泰斗。但效果似乎不好。那时候文学的地位如日中天,好的小说、诗歌一旦出来,一夜之间全国人民都知道。从众,对年轻的学子来说,也是无可厚非的。

但有一个人例外,就是张旺喜同学。他毕业后考取山东大学读语言学硕士,又到上海师大读博,顺着袁老师的学术路往前走,到现在做到了北京语言大学副校长、学术委员会主任。

沈 敏 特

沈老师高挑俊拔,戴黑边宽框眼镜,操上海口音的普通话说:涓生与子君的爱情,是经济压力说,还是爱情枯竭说？听讲座的学生挤满了一个阶梯教室。

那是在学校时候的事情。后来,大概在1988年,我在本地做小记者有几年了,有一次沈老师来本地闭关写作,我去看他,问,为什么我越来越觉得困顿和沮丧呢？沈老师眼睛朝前,肯定地答,历史注定要有人扛着,牺牲我们这一代、你们这一代,还有你们的下一代。

沈老师是20世纪50年代末山东大学毕业的,被分到中央人民广播电台。父亲跟他说,以我们这种家庭成分,你去那里上班,会遭很多罪的,不如改行教书。后来他就来到安徽,做了一名教师。他的父亲好像是新中国成立前三联书店的老板。

我后来请沈老师来本地做过文学讲座,还是老样子,挺拔地站在讲台上口吐芬芳,满屋子书香。他送一本书给我,与子书一类,是写给十五岁的儿子的,道理深邃,文笔却不是我想象得好。

章 培 恒

章培恒是复旦中文系教授,被请来为我们开讲选修课《中国小说史》,一周两次,每次两节课,可能上了一个月。

章先生当时约六十岁,小个子,很干瘦,一丝不苟地套在半旧的中山装里,一副大镜框遮住了朝天看的小眼睛。他讲课不用讲稿,手里把玩着几张小卡片,不疾不徐地说。

这是很拉风的派头。小说史不同于小说,一千多年的跨度,光是书名、人名就让人喝一壶。而且那些流派、过程、典故、特点,对后期小说是什么影响,弄不好会张冠李戴的。而章先生却能上下五千年、纵横三千里地扯,《庄子》《山海经》是怎么说的,《文选》《太平御览》又是怎么说的,鲁迅或游国恩错在哪里。最后,他下结论说,这才是历史的真相。

印象深的是他否定《西游记》的作者那一段。章先生说，最早唐僧取经有很多版本，但没有人说是吴承恩写的，后来他出了一本书《西游记》，跟唐僧师徒取经风马牛不相及。再后来有人望名生义，便将今天的《西游记》冠给了吴承恩。

章先生师从蒋天枢，蒋又是陈寅恪先生的高足。师传的重要，由此可见一斑。

侯宝林

侯先生是来合肥开中国语言学什么会议的，跟他一道来的还有王力先生。王先生原打算给我们做一个讲座，因为身体原因没来了。

侯先生做讲座是在学校大礼堂，来听课的人特别多，都想看他怎么抖包袱。但侯先生那时兼了北大语言学教授，要讲学术，比如相声的产生、流程和发展等，开讲半小时，会场的秩序就乱了。

侯先生毕竟是大家，不久就明白了，于是调整思路，说了一个炸鸡蛋的故事：有俩人走到一起猜谜语。甲说，刺啦，打一食品。乙没猜出来，便问是什么。甲说，炸鸡蛋。甲又接着说，再打一谜语，刺啦，打一食品。乙说，好办，炸鸡蛋。甲说，不对，我这回来了个大的，是炸鸭蛋。底下哄堂大笑。终其讲座，我现在也就这点可怜的回忆了。

后来，我还见过一次侯先生。那时我是一名地方台的小记者。有一天，黄梅戏演员吴琼到本地演出，碰巧我们熟，就送了两张票给我，说是侯先生也来了，不妨过去看看。我就提出了采访侯先生的要求。

那天夜里冷，后台空旷，拉风，寒气更甚。见我来了，侯先生从座椅上站起来说，请坐。稍事寒暄，便进入主题，说了个人经历、相声处境，他老了还出来工作，是为了救相声，等等。采访结束，他应邀为我题词：书山有路勤为径，学海无涯苦作舟。书法一般，却一丝不苟，可惜我后来不小心弄丢了。

那次跟侯先生一道来的还有郭全宝先生。见我来了，郭先生点头说，采访啊？又努努嘴，示意侯先生在化妆室里。那次没有采访郭先生，真是一个缺憾。

（程保平，1984年安徽大学中文系毕业，安徽省作家协会理事，安徽散文随笔协会副会长。曾在《天涯》《钟山》《安徽文学》《作家天地》《新青年》《新民晚报》等报刊发表文学作品，出版个人文集《徒然书》，曾获中国广播剧专家银奖、安徽省"五个一"工程奖。）

西街手艺

蒋 林

装 裱

他干活时,许我看。

他挂一条大围裙。大围裙要是不在腰上系一道,一定会在肚子那里悬空。他的腰塌了——许多做手艺的人腰都会塌,况且,他会很多手艺。他裱字画的功夫县里第一,县里最好的书画家都把自己最好的作品交给他打理。别人得了名家字画,也都到他家来装裱。他家在西门大街的街面上住,县里"名流"出现在西街上,一般都是来找"姚大"裱字画的。大,在这里读"大王"的 dai,去声,在某人的姓后缀个"大",是本县对人的尊称。他被称作"姚大",可见他姓姚,还受大家尊敬。本县张竹溪的上山老虎、舒峰的楷书对子、杨稼田的行草中堂,还有省里刘子善的草书"青白釉传色泽美,方圆形似器容珠"、葛介屏的写意"明月松间照,清泉石上流",在他的装裱案板上,我都见过。

我在他面前比较"乖",只看不问,不烦他。

我其实最想看的,是装裱过程中托绢纸这一环。

绢子展平了,用羊豪排笔在上面均匀地刷一层清水,然后用干毛巾揎净。此时,润湿的绢子与干净的案板紧密吻合,无间无隙,无皱无褶。又用一把羊豪排笔,蘸了盆里早已调好的糨糊,在盆边荡荡,然后往绢子上刷。一刷上一刷下,一刷上一刷下,一刷上一刷下,再蘸蘸、荡荡,再一上一下的,从右到左。那糨糊稀薄,没有一点儿疙瘩,就跟胶水似的,但绝不是化学胶水,而是面粉调拌了明矾的糨糊——我还闻到过胡椒的味道。他说:"咦?这小鼻子还怪尖的哩!"

装裱的糨糊是特制的,用胡椒、花椒的汁水拌在面粉里,为了防蛀。加拌明矾也是这个道理。糨糊刷匀了,绢子上一层薄薄的、滑滑的、亮晶晶的,就跟浸在浅水里似的,就跟清水浮在绢子上似的,逗引得我无数次想在上面按手印。

接下来就是托纸了。纸是卷好的一个筒子,小心对齐了绢子,轻轻贴上去,慢慢往后展。展的时候,他手里换了干净的棕刷,也是一刷上一刷下,也是从右到左,纸和绢就被糨糊合成了一体。这还没完,他用棕刷在合体的纸绢上用力垛,几趟下来,绢和纸就被垛得实实在在了,难分难解,成了新材料——绢纸。为什么总是从右往左呢?我怕他烦我,从来没问过。我晓得回家在桌子上自己动手试,我一试,知道了:顺手。

我最喜欢的那个时刻终于到了。他用小指甲轻轻挑起绢纸的两个角,左右手各捏一角,将那酣睡沉醉的绢纸,从案板上轻轻揭起。剥离的时候,绢纸发出长长的一声咪——从一头延至另一头。持续的咪声,就像娇嗔。绢纸就像晨光里一个懒洋洋的孩子,被掀了被子。有一瞬间,我觉得那张绢纸就是我。这一声咪,萌萌的、黏黏的、柔柔的,很能熨帖人。人从儿时就有熨帖心灵的需要,这一点,我发现得比较早。那时人小,想得不是太清晰,表达得也不好。人再小,大概都会从生活现象中找到近似的慰藉,比如这一声长长的咪声,或许就是我喜欢看他干活的原因吧。他把棕刷咬在嘴里——棕刷上有一排牙印,有年头了——他将捏住的两角先按在墙上,然后腾出手,左一刷右一刷,左一刷右一刷,左一刷右一刷,向两边分着,从上到下,唰、唰、唰、唰,绢纸在墙上服服帖帖。这墙当然不是全裸的粉墙,是几块高两米,宽三米的三合板,专门阴晾托过的绢纸。

该歇一歇了。他在大围裙上抹抹手,然后喝一口大瓷缸里很酽的茶水,舒缓一口气,转过头看我,笑了笑。

他一辈子不抽烟,他有哮喘。

他转头看我笑时,我也舒缓了一口气。

我从没见过他刷过的绢纸起皱褶,我觉得不简单。我由此领会了一点手艺之美。

他是街道上一个本分的手艺人,有一身好技术——除了装裱,他还会木匠活,会打婴儿晃窝,会在正月十五扎球灯,会种癞葡萄,会在我肚子上抹燃烧的辣酒治拉肚子……他幼年在山东当学徒,学的拿手活计是印刷。他从前开过印刷坊,后来被公私合营了。他晚年哮喘严重,呼吸艰难的样子,就像整个世界都向他的胸膛收缩。

他曾对长大后的我说:你喜欢的那幅"室雅何须大,花香不在多",等你结婚时再给。但他没能活到我结婚就走了。那幅对子,不知去向。

他是我的外公。

那萌萌的、黏黏的、柔柔的一声咪,常常在我的幻听里出现。

抛　砖

他们抛砖可不是为了引玉。

他们干的活儿和瓦匠差不多,但被唤作茅匠。茅者,茅草也,乡间多茅草而少砖瓦。他们的活儿,多是用茅草或稻草苫盖土坯房。他们的"主战场"是草房,在乡间。跟瓦匠相比,他们显得土里土气。茅匠,听起来好像比瓦匠低个等级。

那时,城里的瓦匠也不是城里人都能请得起的。工钱贵,而且多在业余时间才能干活——城里的瓦匠基本上都属于建筑公司,他们是有班上的。一般居民家的房子漏了,需要小修小补,就到城外喊个茅匠来看,大体上也能应付。

我家就喊过。

那次来了两个师傅。里外一看,说,你家这房子,过去是城里大地主家的粮仓吧?对,你好眼力!我爸说,新中国成立后,这房子归了学校,分给我家住了。太旧了,老是往屋里掉土,掉虫,还掉过蝎子!顶上的小瓦烂了不少,老是漏。茅匠说能修补,把烂瓦换掉,但这小瓦越来越少了,以后总得要把顶子揭开,全换成大瓦才行。我爸说学校里还有一些小瓦,反正都是公家的房子,说好了的,给用。

我家这房子是扶梁扶柱的徽派结构,但是山墙上没有神气的马头,门楣和窗棂也没有精致的砖雕和木雕。皖南的东西到了皖东,删繁就简了。1976年闹地震时,坊间有一种说法,说这种结构的房屋能抗震,即便墙倒了,房子也不会塌。我觉得这是废话。墙倒了,跟房子塌了有什么区别吗?墙倒下来砸不死人吗?我住了三十多年,觉得它破旧、简陋,晴天灰多,雨天回潮,总之是还不如人家的草房。儿时嘛,隔锅饭总是香的。但是,种种不如意之外,倒是有一条好:冬暖夏凉。

房子漏了,就修。

茅匠开工了。成年的茅匠师傅猴上房顶,把烂瓦搜出来扔到空地上,啪嚓一块,啪嚓一块,啪嚓啪嚓——两块。小茅匠在下面和泥。干黄土打碎拌上稻䅌子,划拉一个坑,浇上水,浸一浸再和。混了䅌子的黄泥,黏实。下面的小茅匠和好泥后,搬来瓦筐,两手各撂了四五块,噔噔噔上了竹梯,递给师傅。师傅把这些瓦立在瓦垄间。小茅匠又铲了一兜黄泥,噔噔噔,把泥兜子递给师傅,就能歇一歇了。泥兜子是茅匠的工具,一尺见方的粗布,四角缝了帆布带,各系两个把手。茅匠还有一种典型工具,就是竹耙子。茅匠苫草,最后一道工序就是用竹耙子为草房"梳头"。这是瓦匠所没有的工具和工序。哦,茅匠师傅还要了一桶水,用破笤帚头子蘸了,在需要换瓦的地方掸一掸、润一润,然后用瓦刀舀一坨泥,抹在缺口上,再拿一片好瓦覆盖其上。好瓦的上沿要塞进上面那块的下口,好瓦的下沿又把下面这块的上口盖严。师傅最后用刀把子轻轻敲一敲,落实了,瓦就换好了。瓦片贴在混了稻索子的黄泥上,不会松滑。瓦垄又齐整了。

做这事不难,有材料,又有人爬高上低,一会儿就完事。茅匠做得来。

邻居就个方便,来找茅匠,说他家的山墙裂了大缝,央茅匠去看看。看了,茅匠说,基础没裂,还好,只要从山墙尖往下拆五六匹砖,到大缝的下口为止,砌上新砖就照了。

这活计虽然比我家的复杂些,但是茅匠也能做。

茅匠拉来毛竹搭"跳"。跳,就是脚手架。跳搭到距山墙尖半人高的地方就够了。依然是师傅上去,用瓦刀铲了石灰皮,一块一块把旧砖拆下来,一个黑洞洞的等腰三角形就在山墙上空了出来。哦,茅匠还要在顶梁的这端,撑一根粗毛竹,以防房顶松塌。小茅匠问:上砖?师傅说:上。

只见小茅匠手持一块红砖,向两三米高的那里抛:来了!师傅站在跳上,眼尖手稳,一把接住:好嘞!一个抛,一个接,一抛、一接、一抛、一接,杂耍似的,一块都不得落空。不一会儿,地上的一摞就整齐地码在了跳上。以我打弹子、滚铁圈、砸钢镚的眼光来看,这就是杂技。我对这完美的抛接动作佩服得要死。我觉得这平头实脑的红砖,在师徒俩的抛接之中,会发出咯吱吱的笑声!我觉得当个小茅匠真是神气。

过了一会,妈在那边喊:儿啊,回家吃饭咪!

我家门前的地上,还躺着几枝瓦棱花。看看整修过的房顶,就跟一个蓬头垢面的人剃了头似的精神。

房子漏了,就会想到那两个茅匠。

就会想到他们抛砖、接砖的动作。

我会时常想到那一次的修房经过,想到茅匠,想到许多消失的事物。我对一些温润如玉、让人着迷的事物,念念不忘。

很多年过去了。

杀　　猪

那时,屠夫经常上门服务。

不仅我们学校,西街的许多人家都养猪。县城养猪,自然不像乡里,可以成窝地养;县城居民在自家小院里搭个圈,一头足矣。我们学校也是一年就养一头。单位养猪,不是为了赚钱,主要为改善伙食。小猪崽子是校长亲自从市场上挑选的,约克夏,是个杂种,白皮,与西街居民家的黑皮猪区别明显。春打六九头,猪秧子入圈,嗷嗷叫;两三个月之后就哼哼唧唧了,一副雍容的样子;及至年关,呼呼噜噜的,已是慵懒至极。于是,肥了、够"级"了,大限也就到了。校长一挥手,说:"搞吧!"总务主任立马接茬,说:"我去!"

他直奔食品公司,去请杀猪的。

那时,小孩子之间的流行语有这么几句:

"你爹是干什么的?"

"杀猪的!"

"还杀人吧?"

这是电影《闪闪的红星》里胡汉三和潘冬子的对话。我们熟知这句"杀猪的"是个双关语,每当轮到自己说这句台词,浑身都带劲!到了真杀猪的时候,我们胸膛里那一颗活蹦乱跳的小心脏呀,快活得要死。

大人说"少不看《水浒》,老不看《三国》",越这样说,我们越想看。想一想吧,林冲一怒杀王伦,武松血溅鸳鸯楼,宋江被逼捅婆惜,多豪迈!不过,时过境迁了,哪里有什么白刀子进、红刀子出的大场面?

有,杀猪!

牛皮哄哄的杀猪师傅大驾光临了。

人家那牛皮可不是吹的。不说板车拉来的那一套家伙什阵势不小,就说人家逮猪,堪称出手不凡。肥猪困守在食堂院子里,紧盯着气质和身段明显区别于教职工的屠夫,一脸警觉。它的身体语言极其不友好,随时准备防守反击的样子。或许屠夫身上有一种煞气,老猪能嗅得到?只见杀猪师傅笑容可掬,一边用啰啰啰的温柔声音迷惑它,一边悄然逼近。低吼的二师兄甩着肥臀和细尾,左倒右退、左躲右闪,左右却不能逢源。被逼至墙角,它显得为难而绝望——毕竟人家还没动手,二师兄也不好首先发难。况且,从它们家族的圈养传统上说,似乎也没有猪急跳墙的先例可以效仿。它只是低吼,发出色厉内荏但毫无作用的警告。随着局势的不断恶化,二师兄虚妄的吼声也越来越粗重,它体内的危机感大概快要撑破了猪胆,情急之下,只听它一声长嚎,嗷——其势,颇有猪一鸣、人大骇之效。却见那人根本不在乎它的虚张声势,继续越界,越逼越近。它只得猪头一晃,意欲卖个破绽,拖身而去。那一瞬间,我真心替它难过和羞赧。我觉得,它要是有一柄钉耙在手,就不会这么不要猪脸地想跑,怎么也得大战三百回合啊。

此时,只见杀猪师傅脸色一变、腰腿一沉、展臂一挠,一把薅住二师兄的后腿,一拽、一撩、轰隆一声,便将老猪掀翻了。这个俊俏的身手,堪比燕青掀翻李逵。但我们一伙校园的小子,更愿意拿这杀猪师傅与西街的汉子、水子兄弟相比。那兄弟俩,是我们县最厉害的摔跤手,也擅长撩腿摔人,其中汉子还得过全省第三名。话说回来,猪失后蹄,恼羞成怒,好歹也是条百十来斤的猪汉子,天蓬元帅下凡的,哪能赖地不起,就此服输?但它实在不够矫健,既不会鲤鱼打挺,也不能鹞子翻身,只会嚎啕大叫、乱蹬乱扭,显得万般无奈、狼狈丢脸、悲愤交加。转眼之间,它就被杀猪师傅牢牢按住了。

杀猪师傅一腿跪在猪脖子上,一腿跪在猪肚子上,用麻绳唰唰两道捆死前脚,唰唰两道捆死后脚,然后立起身,喘了口粗气,藐视这个被打翻在地又被踏上一只脚的畜生,大声地说:老杂种,我马上就代表人民判处你死刑!

食堂的老冯和老王帮忙,把它抬到槐树条凳上。这张条凳,是杀猪师傅自备的,槐树皮都没剥,宽大、粗糙、油亮,上有暗黑的血斑,缝隙里还有几缕猪毛。

师傅把食堂的大面盆放在地上,倒了些水,加了点盐,从袋子里抽出尺把长的柳叶刀。他叫老冯和老王再搭手,按紧了猪身子,自己的左臂固定猪头,定睛将尖刀对准猪脖子下一处柔软的地方,说:按紧了!扑哧一刀,就斜插进去了。刀尖最终抵达的地方是猪的心脏。从脖子到心脏,距离最短,阻碍最小,也最致命。这个杂种、这个畜生、这个稀里糊涂的家伙,最后的哀嚎渐弱、渐弱、渐弱了……

白刀子进,红刀子出!师傅压住猪头,扳起猪下颚,将刀子猛地一抽,一股粗实的血流就喷射而出,正好落进大面盆里。

足足一盆!

师傅用肮脏的抹布擦拭柳叶刀,刀刃和血槽都擦得干干净净、寒光烁烁,然后放回袋子。我趁乱想把它抽出来瞧瞧,刚抽出一半,就被师傅看见。他大喝一声:小孩不能玩刀!我赶紧收手。但我实在对柳叶刀这个名字着迷,你听听,柳叶形状的刀,这名字多棒呀。我觉得,英雄豪杰必须要有一个画龙点睛的诨号,比如,赤发鬼之于刘唐,豹子头之于林冲,一丈青之于扈三娘。人未出场,诨号就已经让人凝神。同样,我觉得好兵器也需要一个诗眼一样的修饰语,比如青龙偃月刀、沥泉盘龙枪、倚天屠龙剑。这个意趣盎然的修饰语,如若与兵器名实相符,彼此间就会形成一种相得益彰、顾盼有情、惺惺相惜的效果。譬如形神皆似的柳叶和刀。这两种不相干的意象放在一起,是那么和谐、互补。柳叶,诗化了刀的冷硬;刀,则提升了柳叶的气质。飞花摘叶皆可伤人的那个"叶",应该就是柳叶吧?柳叶刀这个词,柔软中藏锋芒,寒光下有春意,好似一个紧抱双臂、冷眼不语的江湖游侠,往那儿一站,什么都没说,什么都没做,就让孱弱无助者心安了,就让恃强凌弱者心悸了。好刀如好汉,好名号的刀,就像好汉身上飘逸的披风和风中传颂的声誉。

话说回来。多年前,我盯着那把吞噬了猪血后变得冷静沉郁的刀子,心想,若有这么一把利器别在腰后,谁还惧怕走夜路?谁还惧怕从拴狼狗的人家门口经过?谁还惧怕西街那几个专门欺负校园子弟的泼皮?哼!

多年后,知道了英国有一本学术杂志,名叫《柳叶刀》。但这个"柳叶刀"指的是手术刀,并不是杀猪刀。我觉得用这个名号配手术刀,也不丑。就是有一点怪怪的福尔马林味道,削弱了江湖诗意。我觉得一个好名字若是用错了地方,就好比把打虎将的诨号,用在"不爽利"的李忠身上一个熊样。

师傅解开猪的四蹄,用刀在后蹄割一道口子。师傅的嘴凑上去,呼呼吹了十几口气,再扎上口子。死猪的身子更加圆滚滚了。师傅又从工具袋里抽出一根拇指粗、齐眉长的铁棍,用力鞭打猪尸。嘭、嘭、嘭,空气把死猪胀得充分而均匀,以利褪毛。

烫猪的盆就像渔民的小划子一样。食堂烧了两大锅水,倒进木盆。烫了一会儿,师傅取出精致的毛刮子,在猪身上游走,哗哧、哗哧、哗哧。剐了稀毛的约克夏,白得晃眼。

坊间有个说法,我一直想求证。

说猪被开膛之后,杀猪师傅有权将猪肚里的某个物件生吃,无论公私。那东西,有人说是血脾,也有人说是猪油,就是巴在心肺间的一团脂肪。每次杀猪,我从头到尾都紧盯,从没看过这个壮举。猪脾也好,猪油也罢,那能生吃吗?一直没能搞明白。

以后,大概也搞不明白了。

不过,那时的杀猪匠不缺肉吃倒是事实。好像什么时代的杀猪匠都不缺肉吃。胡屠户不是时常带些大肠,周济自己的"现世包"女婿吗?猪下水丰富多彩,琳琅满目,哪能缺了屠夫那一口？

  那个杀猪师傅个子不高，从前壮实，后来胖，脸一直红堂堂的。晚年再见到他，觉得他身子发虚。他大概是县城最后的屠夫。

  （蒋林，安徽定远人，中国作家协会会员，安徽省滁州市作家协会副主席。出版诗集《西门大街》及文集《"蒋"话》《虚度光阴》等，作品曾入选多种选本，获奖若干。）

山村瓜事

江红波

黄　瓜

春雷声声,唤醒了每一种植物,夏日的菜蔬变得五彩斑斓。花花色色的各种东西,满足了村妇的菜篮,给村童带来的喜悦并不很多,因为它们不能手到摘来,张口就咬。

唯一的期待是黄瓜,可是它姗姗来迟。黄瓜不需要专门的菜地,喜欢跟羊角一起爬高下低。或者就在茶棵背后,撒上种子。往年是老茶棵,枝繁叶茂的,像一棵树。边上丢粒籽儿,藤藤蔓蔓,自己缠绕上去,然后从枝丫间悬挂下青色白色的黄瓜。

见到黄瓜最多的地方,就是大路边菜地的篱笆上。鸡鸭喜欢到菜地里捣乱,东扣西刨的,两棵青菜还没长大就被啄掉了。不胜其烦的村民,从竹林里扛回竹丫,钉下木桩,扎一道竹丫篱笆墙,让鸡鸭只能看看菜的颜色而已。篱笆成了黄瓜的天堂,可以肆无忌惮地荡秋千,也吸引着路人。

黄瓜是卑微的,普通的生命繁衍起来,却绵绵不断。南瓜、冬瓜,长起来一口气似乎不长到几十斤,誓不罢休。黄瓜很实在,长个一尺来长,看看自己的小身体,试探着竹丫的承重力,也就停下来。黄瓜长得秀气,数量却多。尤其是那长在路边篱笆上的,这一条那一条,一寸的一尺的,带刺儿光滑的,都有。两天不去,满眼都是。

路边的野花不要采,这是大家都知道的。野花带着一种暧昧的感觉,似乎在调笑采花人别有用心。路边的黄瓜却可以摘,走过路过,口渴了,摘一条不大不小的,双手搓去小刺,在衣服上擦擦,直接开吃。不管地里有人没人,直接摘就是,费不着太多的口舌。很多时候,地里根本就没人,就是主人也不知道黄瓜有几条。

怀念的时节,是盛夏。放了暑假的村童是没有暑假作业的,唯有的事情,是跟在父母的身后,扛着小锄头,在烈日和暴雨下去对付玉米草山芋草。半大的男生却不用去,他们的任务是砍柴,砍一担柴回家差不多是上午十点,就可以在河里悠哉泡一天。

他们的快乐,摸黄瓜是其中之一。出门时天没有亮,三四点钟几个人就一脚深一脚浅地出门,十几里的山路要走,先卖一担柴到木坑尖山脚下的东方红工厂里,然后扛一担回家。那山峦上人家,犬吠声声,路边菜地里有黄瓜,不敢打手电筒,直接摸一条,揣怀里,边吃边走,幸福无比。在回头路上,被人家堵住追问,查无实据,放行! 第二天,继续! 黄瓜是夏天的水果,都吃下肚了,谁去说?

我没有在路上摸黄瓜的机遇,年龄不够,父母不让去。等到后来读了初中,高压线拉进村,买了电饭锅,大人都不去砍柴了,我只能跟着去菜地。他们忙着摘各种菜蔬,而我的小心思,是找找有无半大的黄瓜。太大的,摘回家是菜;太小了,是黄瓜藤的孩子,不忍心。抱着一条,边吃边啃,去菜地想想都幸福。

摘回家的黄瓜,就是一碗菜。削皮去籽儿,一切都在其中。切成大块的,用腌肉炖了,喷香而柔软,入口即化。切成薄片的,撒几粒盐腌制,热油里放入拍碎的大蒜,翻炒几下起锅,爽口。但让我牵挂怀念的,是猪脚黄瓜。

炎炎的烈日,门口的石板都冒青烟,家人才有时间想点吃的。半老的黄瓜去皮切断,掏出瓜瓤,剁碎的腌肉拌豆腐笋衣,塞入其中。锅里炖上一段猪脚,在其半熟时放入这有内涵的黄瓜段,一起炖到黄昏,成为晚上餐桌上的主菜,给它取了一个名字——猪脚黄瓜。端上桌来,众筷起举,吃黄瓜段,享猪脚福。

在这个酷热的夏日,坐在阳台的电脑前,没有一丝风,听着楼上人家空调滴水的哒哒声,我想着山村那篱笆上的黄瓜,回味曾经的味道,阵阵的清风也就随之而来,凉意顿生。黄瓜是山村的水果,是一种朴实的生活。

南　瓜

南瓜,是需要仰望的。它的出现,在童年的记忆里,一直都是在高高的南瓜架上。与那些贴着地面站在泥土中的菜蔬,有着迥然不同的天空。

村口的菜地,只是长长仄仄的一抷。或是小溪边捡几块石头围成畚箕大的一丁丁,种几棵青菜,栽几棵辣椒。南瓜呢? 只是在拐角的边边上,拢成一土堆,插两粒南瓜籽儿。风声雨声,蛙鸣虫唱。先是两瓣胖胖的嫩芽,钻出泥土来看世界,然后挺直腰杆,很快从芽间冒出新叶,带着小刺,绿意盎然。

初生,成长,五风十雨的乡村,南瓜藤的叶子,一如荷叶般亭亭玉立。土地没有它蔓延的地方,也不能与他人争地。土地上有土地上的作物,南瓜有南瓜的去处。南瓜藤长到尺许高的时候,枝叶间开始抽丝,村人早就为它们准备了去处。

扛来毛竹的竹顶,竖在它边上,或是倚着边上的大树,搭起架子。南瓜的丝蔓,是它行走的手脚,靠在架边,攀缘着,向高处寻找自我,展现自我。绿色的南瓜叶,一个圈大,一个圈小,在架子上点缀、铺陈,硕大黄花绽放,寸长的野蜂飞机一样地高歌盘旋,也就看到了希望。

南瓜,戴着花儿在那里,先是枝叶间的娇羞翠绿,很快就是深绿色的朴实,这一个,那一个。它们在高处,在无人可及的空中。路过的行人,只有注目礼,看着它笑,长得不错,南瓜馃、面汤饭有的吃了!

在清晨,或是中午,祖母从门背后拿出南瓜叉,细长的杆子有一丈多长,黑漆漆的,不知用了多少年,顶上是个尖锐的大"U",上面还有两个小"U"。我扛在肩上,一如林冲雪夜上梁山肩扛长枪;舞在手中,更似张飞手里舞着丈二长矛。祖母惊骂,你这个小鬼,出门了一点不斯文!

山村少年,有了兵器,就是侠客,管不了那么多。惊飞了觅食的母鸡,吓走了邻居的花狗,快意!

来到菜地边,气宇轩昂地站定,执戟郎中一样等候祖母来。她东看西挑之后,接过南瓜叉朝着看中的南瓜顺势一戳,叉进南瓜半寸,旋转着左三圈右三圈。瓜上面的蒂被转稀松,再使劲一拉,南瓜就留在叉上,来到手里。把藤蔓拨回原位,瓜架恢复了平静。南瓜在手上,不知是疼出汗,还是流出泪,总有些汁液冒出来,想着有馃吃,有南瓜煮面皮,南瓜疼不疼,少年不知愁滋味,也不管了。

我也偷试过叉南瓜,祖孙一道出门,我扛起叉就跑,任凭祖母大喊慢点看到路。找一个南瓜,伸出叉去戳,明明看见叉住南瓜了,转动时瓜却不动,一用劲整个叉进去,一转,南瓜架似乎都在抖,一片惊恐。救兵及时赶到,祖母三下两下,叉下南瓜。我一看,底下都被我戳稀烂了。力道、姿势没有把握准,功亏一篑。

等到我长大,以为可以大人模样地叉南瓜时,祖母已离开了尘世,南瓜架也从菜地边消失了。为了肥茶棵地,也为减少八月挖茶棵的辛苦,南瓜种在茶棵地边,一块地长满了藤蔓,想吃南瓜,真的是满地找。不再如当年走过路过,就看见高挂空中的南瓜,敦厚、可爱、静穆、愉悦。

南瓜再一次出现在眼前,是近些年的美好。岳母居住的院子里,有着大片的菜地,勤劳的她总是种各种菜,一年四季,轮回播种。院子里的风景,一如乡村的田野,时令的菜蔬成为餐桌上的常客。为着客厅的荫凉,也是农民的实在,大门口搭起了架子,泥土里种上南瓜,枝枝蔓蔓,绿成夏天的凉爽,更有丰收的喜悦。

周末闲时,挈妇将雏去看望老人,顺访南瓜的生长。在高高的架上,它们的天空里,是一份安静的生长。开花,结果,长大,变老。简单的生活,主人给了它关注、厚望,它就自信地成长、回报。投之以桃,报之以李,平淡的生活里,有着感恩的情怀。

南瓜以自由的方式成长,你在意或是冷淡,似乎并没多大关系。只要脚下有泥,心里有梦,都能长成果实满腹。做人,应当也是,无须他人眼光的冷意或赞许,认真做好自己,也就像南瓜一样,无愧于天空,无愧于风月。

冬　瓜

老旧的石板路,一边临着山涧,溪流潺潺;一边是山脚农田,茶棵柔嫩新绿。那条白色大冬瓜,就那样信心满满地躺在路边,优哉游哉,没有任何的顾忌。

它是我的亲人,似乎在那等待了很久。蓦地看到它的时候,我放慢了脚步,放慢了自己的思绪。冬瓜,是乡村常见的大家伙,憨厚而可爱,是菜蔬中的熊大熊二。冬瓜堆在堂前八仙桌下,矮胖憨厚。切开,左邻右舍都享口福。

村民种冬瓜,没有特别的需求,菜地里没有它的空间。在山脚下、河滩边,只要有土,折些枯枝败叶烧成草木灰,泥土也跟着变熟了。隔日路过,插入瓜籽儿,也就在那里待着。或者是在茶棵地与自留山的交界处,一般作物种出来,松鼠、野兔会来视察领地。但它的藤它的叶有细刺儿,一层厚厚的绒毛,种在哪儿都可以餐风饮露地成长,不怕谁去骚扰。

冬瓜喜欢寂静,在一个地方默默地独自生活,没有它的同类,只有风花雪月。身有小刺儿,怕谁啊。一个人的世间,过好自己的日子,该成长的时候成长,该开花的时候开花,蜜蜂蝴蝶不会忘记它们,有空时需要时,总会来看看。说是采花酿蜜,其实是生物间的礼尚往来,相互的关心和支持,为着各自的美好。

总觉得冬瓜是在山林边的,它却躺在大路上。那种豪放的姿态,赤裸裸的,肆无忌惮的,是一种纯朴热情和自信。藤蔓是从路边爬上来的,根部却在河滩边。不知是村民有意地撒种,还是鸟儿叼来的果实,或是往年被人忘却的冬瓜,自生自灭,开始生命的轮回。总觉得,不会有谁故意把籽儿种在河滩里的。那瓜藤上了大路,叶柄抽出须根挤进了泥土,对付不了石板,也就安心地在路边扎寨。

从阴凉的溪涧伸上来,路上的阳光自然灿烂,藤儿顺着路蔓延着,一片片碧绿的叶子顺着眉,诗意地栖居,开出黄色的小花儿,长出了瓜儿。路边的农田,早年种着水稻,如今是修剪齐整的茶棵。蜿蜒的石板路上,每天都有村民匆匆走过,也有土狗张望着跑过。

茶棵是修剪之后的嫩枝丫,枝繁叶茂的,酝酿着过冬的情怀。冬瓜在路上,不甘落后地汲取土地的能量,认真地成长。小溪上的风,轻柔而过时,吹拂着冬瓜的藤蔓,也吹拂着茶棵田,众生平等。溪涧的蛙在认真地歌唱,它是冬瓜和茶棵的伙伴。

我不知道,那些每天背篮荷锄的村民路过,对着路边的冬瓜藤,会不会去看一眼,留下一些期待。他们也许只是路过,望着没有诗的山峦,想着田地里的农事。后来在某一天,突然看见那草丛中的冬瓜一袭白袍出现时,才惊讶着,没想到路上生出一个大家伙,成为村庄的新闻。

冬瓜躺在大路上,那样的胸怀坦荡,那样的无所顾忌。想来也是,独自在溪流边,缓慢地成长,因着那份对生活的爱恋,从河滩上了大路,找到栖身之所。不争不抢,稳稳地扎根在那里,别人的目光可以无视,他人的言论可以不听,在自己的世界里,认真地过好每一天。

春花夏日,烈日秋风,自然的时节更替,独在路上生长。没有人能懂冬瓜的想法,却每个人都理解冬瓜的心情,既然在世间生活,有风有雨,有孤独有寂寞,有着开花的梦想,也就有结果的希望。原本无人理睬的藤蔓,因着硕大的瓜儿,获得世人的青睐。

冬瓜不会说话,却能告诉人们很多事。在尘世里过日子,平淡而简单。没有谁会去理睬,去关注。人来人来,多是无视的眼神。一旦结出了果实,也就获得了敬重,人也像冬瓜,当有所成就,自然得到关注。

西　瓜

山里是种不出西瓜的,温度低、光照短。种西瓜,不能当饭吃,不能喂猪。在很多年里,西瓜是城里人的东西,是书本上的图片。

石板路联系山外的时代,故乡一直没有西瓜,人们只是听说过有那么一个东西。小学的课本,是黑白的图片,《西游记》里有过猪八戒吃西瓜的贪婪。没见过,自然不去想念。

五年级那年的暑假,父亲带着我和妹妹去临乡石门的舅公家。翻山越岭三十多里,不辞辛苦,那是因为他家种有西瓜。在那河边的瓜地里,看着花色的瓜叶,波浪花边柔和,跟南瓜、冬瓜的绿色大叶子完全不一样。想来也是,用来生吃的瓜,是地位极高的,那些菜瓜怎么可比?

住了两宿,临别时,送了两个瓜。一路上,怎么弄回家的,搭邻村的车,还是步行,没有半点的印象,个人小心思,偷偷地留了两粒瓜子,期待着来年自己种。不至于再奔走异乡,去吃西瓜。

春天到来的时候,各种瓜开始播种,我亦步亦趋地跟随母亲去榧树背后的地里,种自己的西瓜。西瓜的藤有特色,村人没见过,可是西瓜大家都看到过,万一被发现了呢?种在茶棵背后,藤蔓缠着茶棵,西瓜躲在里面,扯过山芋藤来掩护,多好。

瓜子如我所愿地发了芽,那藤蔓一如我在瓜地里见过的花叶子,肉肉的,不扎手。我拔了些草儿,让瓜蔓趴在上面,给好待遇好等它报恩。我时不时地去悄悄看看,它们只是长叶子,花都没有,心里沮丧极了。后来作业多了,功课忙了,母亲答应去替我看。

直到初秋,母亲说长了两个瓜,我去看的时候有乒乓球大,心里偷着乐。想着,过半个月长大,过半个月成熟,那绿皮红瓤的,多好,做梦都流口水。等到一个月之后,再去时,还是那样大。很是郁闷地摘回家,轻轻地就掰开了,瓤倒是红的,也甜得很,像一个大个的无花果。另一个大点的,瓤是一半淡红一半白。

父亲说,西瓜种子是要买的,你去年吃留下的,沾了口水,哪里行呢?可是,哪里有瓜种卖呢?我想,是蜂蝶没见过西瓜,不知道受精传粉,还是山里温度低了,西瓜不适应,一直没有长大?

接连好多年,我再也没做过种西瓜的傻梦。村里通公路了,拖拉机轰轰轰地拉了西瓜来卖,包熟的,谁还去做种瓜的梦,我也不会了。

环境在悄悄改变,整个世界的温度都在上升,山村已经不再有多少往日的低温。近三五年来,村里很多人开始在高山茶棵地里种西瓜,母亲也不甘落后。

去年4月回家,看到家门口破脸盆里,摆着几只废弃的一次性纸杯,里面冒出两片厚大的芽儿,说是西瓜秧儿,先种脸盆里,移栽时,再把纸杯的底扯掉。过了国庆,家里捎菜来时,就有一个西瓜在袋子里。一直到11月底,还捎西瓜过来。高山的西瓜,真甜。

又是一年夏日,因着祖父百年寿辰,回到老家。所有的仪式结束后,我让母亲带我去看今年种的西瓜。午后太阳很大,照在山峦上,没有风。

走过一片修剪好的茶棵地,看到高大的玉米青青翠翠地站在那里。走近了,玉米的间隙里,还有葱郁的山芋藤,已见不到一点空地了。西瓜在哪儿?我的眼前是茂密的玉米和碧绿的山芋藤,站在自家的地里,我恍惚了。

母亲在身边说,你跟我过去看。绕过玉米,防止被叶片割伤;注意脚下,不能踩疼了山芋。母亲在前面说,你看,西瓜都长大了。我紧走几步,顺着她的手势看去,一个绿皮花纹的西瓜在高大的玉米秆下,在那花色的瓜叶之间,熟悉的是西瓜,感动的是亲情。

母亲指引着我,又去看另外的几颗西瓜,有半大的,有苹果大小的,有的顶着朵还没开的花。七八根藤上,都长着瓜,大小不一,却掀起我心底的狂喜和兴奋。女儿也一样过来看小西瓜。西瓜没有成熟,但能想到将来的美好。

西瓜藏在茶棵地,有着玉米给它遮风挡雨顺带掩饰觊觎的眼神,有着山芋一起匍伏陪伴低声细语。西瓜卧在那里,很悠哉很热闹,得着主人的殷勤照应,更有着阳光的滋润沐浴,也就安安心心负责心里的甜美。

茶棵地里的高山西瓜,期待着能与茶叶一样,给村人带来快乐,带来温馨。

(江红波,安徽省歙县第二中学语文高级教师,黄山市学科骨干教师,安徽省作协会员。)

大 头 饺

许若齐

每次回屯溪,要做的第一件事便是去桥头下面的一家小饮食店吃碗馄饨。即便紧随其后的是一顿水陆杂陈的大餐,嘴一抹,匆匆赴宴。朋友们皆不解:如此垫底,不亏大了吗?

这叫解馋。梁实秋先生有专文叙之:北平一老头得鸭梨一枚,为吃温桲拌梨丝,竟在夜半风雪中出门奔走一个时辰,得一小碗而欣然归。屯溪的馄饨店数不胜数,我独青睐这家,也是考察诸多的结果,亦非完全局限于馅材汤料等大路指标。

如某店,一切皆好,只是掌锅的图省事,馄饨未曾下锅,他已扯过七八个蓝边碗,将开水冲进去、做好料汤候着。此等操作,悖我"吃滚"原则,"一票否决",拂袖而去,从此不再登门。袁枚的话我是烂熟于心的,菜肴的鲜美,"全在起锅时","略为停顿,便如霉过衣裳,虽锦绣绮罗,亦晦闷而旧气可憎矣"。

颊齿间的意味深长,亦可牵引出岁月的悠悠冉冉。乡愁就是怀旧,桥头这家馄饨店的做派,实在是相似于几十年前屯溪街头闻名遐迩的"大头饺"。

大头,就是当地一个做馄饨买卖的摊主。我年少时,便是这馄饨摊的常客,每每从裤兜里"排"出两角钱,片刻后就能受用一碗热气腾腾的馄饨。每碗十八个,沉浮恰好,疏密有度,露出的,好似一汪湖水上的几个岛屿。其间飘漾着几点小葱、虾皮、切得细细的新鲜猪油渣。

馅好、皮薄、料足、汤宽、火旺,缺一不可。

譬如这汤宽,不仅仅指汤水多,关键在汤的质地,他家的汤是排骨文火慢炖出来的,得差不多半天时间,焉能不鲜掉了眉毛?现在的店铺,有几个能如此这般?!

大头饺在小巷里自己家门口卖。一副挑子,两三张方桌,若干条凳。大头很勤奋,早晨起来自己擀皮子,然后剁馅、备料、熬骨头汤。下午一点开张,四点收摊,生意再好,也是如此。一般的馄饨摊子,是要自己挑着,敲着竹梆子,沿街叫卖的。大头牛气,硬是坐地卖,等客上门来。

真正是"酒香不怕巷子深",食客如水。接踵而至的,大多带着殷殷期盼的表情;鱼贯而出的,则是一副心满意足的面容。

吃完后,我总要盯着大头看一会儿。他的头一点不大,四十来岁,有点络腮胡子。额上由于头发少,显得很光亮,眼睛看上去总是眯着。

最让我着迷的是那副挑子——整个大头饺的制作间,活脱脱地像一个袖珍的"过街楼"。一头的上面是一口紫铜色的锅,中间隔开,一边是清水,一边是骨头汤。中层是一个口大膛浅的灶头,便于发火。最下一层用来放干柴。另一头的顶层搁着肉馅、皮子和包好的馄饨,往下是若干个开关很方便的小抽屉,置放着各色作料。连接两头的是一块搁板,大小一样的蓝边海碗一溜放着。就这点家什,大头的生意做得风生水起,一大家人的生计也全在此。倘若今天骨架完好,入选"非遗"应该是毫无悬念的事情!

父亲是徽州老中医,口味讲究而近于苛刻,也好这一口,只是他从不"屈尊"到摊子上来,我得用一个搪瓷缸,把作料一一装着,一个手帕兜着生馄饨,回家现烧现煮。

每每吃高兴了,他老人家会研墨展纸,练一会儿书法。

他挥笔写了四个大字:其味无穷。

还有一次,他对我说,有一技之长,不愁没有饭吃,当医生与卖馄饨是一个道理。

当时我不懂,多年后,方知老人家所言甚是。想想余华笔下的福贵,家道没落,当年挥金如土的公子哥,凭着两只木箱的皮影,东奔西走,也能苟延残喘地"活着",吃的都是手艺饭。

有一年春节,我与大头之子胡先生在屯溪不期而遇,当年忙前忙后的少年帮手之状依稀可见。《大头饺》一文在报上刊出后,胡先生读之,颇为感动,并曾觅我下落。兴奋之余,他告我大头家族史于一二,我亦知大头饺之来历:在计划经济时代,几天能得一猪腿、几斤面粉,当属来头不小,故人称为"大头饺"。

大头已于1979年作古,其妻八十有五矣。我进屋见之,并言"当年我可吃了你家不少饺子",她怔怔地望我不作答,不知我是何方来客。

最近,屯溪的朋友告诉我,老人家还健在,已经百岁了。

临行，我送胡先生拙作《夕阳山外山》，内收有《大头饺》一文；他亦赠我国画一幅，上有红冠锦衣、昂首挺胸大公鸡一只。

我问胡先生后代里可有承继前辈衣钵的，他笑而不语，我顿感言出唐突——人家是文化人了，还能操持一个小吃摊？一代人有一代人要做的事情。可我内心还是失落：如此招牌美食，后继无人，说没就没了，甚是可惜！

其实当时的馄饨摊点在屯溪已如雨后春笋，口味大同小异，总觉与大头饺差几条街巷。也有个别不良摊点，听我操普通话与之搭腔，以为是外地游客，便要八元一碗。我好歹也是"土著"，有那么好哄骗的吗？立马用纯正的屯溪土话与他讨价还价，而且特别强调我是吃"饺"而不是"馄饨"，饺的读音为"囧"（读第二声，当地话）。

屯溪人没有馄饨一说，管它叫饺。

他尴尬一笑，即刻降了二块。

再以后，有异军突起，"汪一挑"横空出世。初见此公是在老街上，担一馄饨挑子沿街叫卖。挑上插一面犬牙形字号旗，人身着蓝印花布对襟上衣，脚蹬宽口布鞋。那副挑子似祖传之物，质朴淳厚，古色古香。

他卖馄饨如同表演，动作戏剧化，也有些夸张，颇具观赏性。他一招一式让人眼花缭乱，倒也利索自如，滴水不漏。围观者众，生意自然也好。我怀疑他有童子功，没准当年在哪个县剧团跑过龙套。他挑着担子，在老街来来回回，生动鲜活，与满街静态的砚墨土产相得益彰。他口才亦好，甚为健谈，屯溪人谓之：说鳌筒（能说会道之人）。

我估计"汪一挑"背后有高手指点策划，生意做得相当发达。他与一些本土文化人交往甚密，走的是饮食文化的路子。当然，他的馄饨味道确实可以，与当年的大头饺各有千秋。我也向去黄山游玩的外地朋友极力推荐：这是口腹与视听的双重享受，切不可错过，往高处说，也算是体验徽文化了。去者回来后却也有向我抱怨："汪一挑"名不副实，味道一般般嘛！其实他也在叫苦不迭，一段时间里，他的姑舅堂表层出不穷，"汪一挑"被山寨了！赝品多多，哪有那么多时间与精力去打假，寡不敌众啊！

他的总店开在屯溪老街，店不大，但很有点样子，门口放着他当年赖以起家的那副挑子，店堂里的墙上，挂着一副落落大方的书法：千年老徽州，馄饨煮春秋；沉浮多少遍，滋味长悠悠……

这两年由于疫情的原因，他的生意很不好，开开歇歇。为开拓市场，"汪一挑"把店开到合肥来了，也在招兵买马，那招聘广告名为"招贤榜"，做得像科举时代放的皇榜。

内有"储备店长"一岗,看来还想搞大。"汪一挑"馄饨在合肥还是有人气的,今年春节,他还上了省电视台的节目。

祝愿他能做得风生水起。

他在屯溪的店与我居处有路程,因而吃馄饨多去桥头这家。去年以来,感到难遂人意。本来操作是在店门口,青天白日,众目睽睽,亦能拉动人气,怎么就移至最里僻幽处,大娘们老眼昏花,难免疏忽。今春再去,味道已大不如从前。

人们现在关注养生保健,馄饨的汤料不宜太重油重色,清爽至要。

得与时俱进啊!

于是朋友推荐去前园路一家。小门面,窗明几净,店堂清爽,主打馄饨,兼卖茶叶蛋、肉包子、炒面、煎饺等。几位男女操持者都在青春期,热情澎湃,设想高远,看来是有志于将馄饨事业进行到底的。我心宽慰:后继有人,后生有为,后浪汹涌。初尝一碗,馅汤皆非常鲜美,馄饨个个饱满,凹凸有致,作料一应俱全,看来职业道德不错。只是汤里不放猪油渣而改用馓子了,似是瑕疵。当然,这纯属我个人嗜好。

第二日,又去,并与之搭讪,表示要做忠诚铁杆吃客,相随地久天长。

也表达不满:内有一人有点油头粉面。头发四周剃光,脑门上留一大绺,且抹了头油,过于贼亮。怎么着也得弄顶瓜皮小帽戴着呀!做传统小吃,扮相不可过于新锐。

他们连连点头称是,送我茶叶蛋一枚聊表谢意。我婉拒。

心想:此处我恐怕会经常来,彼此混个脸熟,每次光顾,碗里多给两个馄饨便可。

(许若齐,安徽休宁人,教师,现居合肥,中国作家协会会员。出版文集《夕阳山外山》《烟火徽州》《一钩新月天如水》《刀板香》《晨起一杯茶》等。)

不如听戏

储劲松

寒雨接连下了好些天，日夜沥沥，不下雪怕是不得晴了。雨滴持续砸在塑料遮阳篷上，哐哐、砰砰、硁硁，像小区拐角那个雄武屠夫操刀剁大骨，耳膜里轰隆震颤如案板，嘈杂无趣得很，夜里听来更觉得兴味索然。

想起少年时冬季在故园听雨：木格子窗外雨亮如蛛丝，黑松、毛竹和刺杉经雨水一洗，越发显得精神，也越发苍翠养眼，草垛如黄袍老僧在山坡上打坐参禅，掉光了叶子的木梓树枝杈瘦劲如铁画。冬雨都不大，筛在鱼鳞瓦上，细细碎碎的声音悠闲而绵软，像村里的女孩子们说悄悄话，又像众多蜻象列队旅行，好听也耐听。荷尔蒙在体内噼啵燃烧的青春时代，除了上个清闲的班，我似乎一年到头都无所事事，也似乎总是郁郁寡欢，大把的青春、力气和雄性激素无处挥霍。在水寒山老的冬天尤其感到幻灭和寂寞，下雨天就坐在东厢房的写字台前，看雨水从瓦沟里慢悠悠地落下来，滴到院子边沿的一溜水宕里，叮叮、嗒嗒，水宕里的水泡陆续鼓起来又依次破裂。雨声小的时候，常常会听到邻家程奶奶的收音机里隐约传来锣鼓铙钹的声音，以及装腔作势啊啊呀呀的戏文。记得当年我写诗，在习作里曾经这样写过：

寂寞是冬日的雨丝
忧伤是雨点里的戏词

程家奶奶瘦小而清秀，识得文断得字，70多岁了还戴着老花镜坐在天井边的小马扎上，津津有味地阅读《三国演义》和《海上花列传》。她有一只袖珍收音机，平素从不离身,听广播剧《西游记》,听单田芳评书,尤其爱听戏。听戏并不稀奇,当年村子里的大人都爱听戏,听的是本乡本土的采茶调,也就是黄梅戏,男女老少也都能唱几句《打猪草》《王小六打豆腐》《夫妻观灯》《女驸马》。但程家奶奶听的却是京戏,《智取威虎山》《霸王别姬》或者《锁麟囊》。这些足以把她与村里其他只会东家长西家短儿女如何如何媳妇如何如何的老奶奶区别开来。她是大户人家出身,卧房里藏着一对玉镯子、几十块袁大头,均用绸布包着,还有十几个明清时期的青花瓷罐子,里面装着粗盐、冰糖、霜果、云片糕、菜种子和豆种子。我和她的孙子是发小,所以这些东西我都见过,然后悄悄告诉了父母。父亲当时说了一句"富家有旧物",我至今记得很清楚。我从程家奶奶那里得到的直接教益,一是人要读书,二是除了黄梅戏之外,还有一种戏叫京剧。

童年时心如麻雀叫喳喳,少年时心若野马哒哒哒,都是极不耐烦听戏的。戏台上的人,穿那样泅红滴绿可笑古怪的服装,涂那样白一道黑一道紫一道蓝一道的大花脸,拿鞭子当马骑,七八个人冒充百万雄兵,走三五步当作打遍天下,木头做的棍棒刀枪上戳下戳左舞右舞就算恶战了三百回合,甩着水袖捏着嗓子假模假式地道白,拖着极长尾音的忸怩唱腔半途像要断气似的,这些统统无趣得很。叽叽哐哐、咚咚锵锵、仓才台台的音乐尤其聒噪,比乌鸦叫还难听。我特别不能理解的是,大人们都听得如醉如痴如怨如慕,就连拖着两挂鼻涕说话都不利索的二傻子,也抖动着嘴唇鹦鹉学舌。

但在我的童年时代,对乡人来说,听戏仍然是一件大事,是开洋荤。

当年,吾乡岳西有一个黄梅戏剧团,团里有好几十号人物,导演、编剧、作曲、演员、舞美、乐队一样不缺,是安庆地区人才较齐全的县级剧团之一。剧团就设在县城十字街的中心地带,一大片仿古木结构建筑,既古色古香又鹤立鸡群,把它周围那些砖混结构的破败民居全部压了下去。剧团不单有山城最高级的房子,也是本县的文化中心。里面有一个大剧场,两层看台,第二层是木阁楼,总共能容纳千把人。戏台很宽大,铺着木地板,唱武戏时演员把舞台踩得轰隆轰隆一阵响。舞台左右厢里,藏着拉胡琴、敲锣鼓、吹笛子的乐队,演员像变戏法似的出出入入,我幼儿时觉得特别神秘。

在那个戏台上,严凤英、王少舫演过《天仙配》,马兰演过《红楼梦》,韩再芬演过《女驸马》,黄梅戏的三代代表性人物都曾经在这个台子上粉墨登场,引发一次又一次轰动。一直到今天,曾经看过他们演出的乡里人仍然引以为荣,说起那时百村上锁万人空巷看戏的事情,眼里有无限向往,心中也生出许多惆怅。

我幼年的时候,乡下实在穷得很,穿破衣烂衫不说,粮食也不够吃。男女老少肚子里无非园蔬、红薯、芋头和野菜,在南方已经生长了不知多少年的大米平常很难吃到一顿。红烧肉只有过年时才有,切成斧头脑一样的大块头,谓之"斧脑肉",三五块堆放在蓝边老海碗头上,下面垫着干茄子、豇豆角或者腌菜叶,家境稍好的人家也垫黄豆。那肉藏在竹碗柜最里面,来了拜年客才端出来。切得大不是因为慷慨,反而是因为寒酸,除非不识相的人,否则谁会打"斧脑肉"的主意呢?饭桌上,虽然主人家一直在殷勤相劝:"吃肉哇吃肉哇,莫客气,莫见外!"客人被劝不过,本来在夹青菜萝卜的筷子终于犹犹豫豫地举到肉上头,一两寸距离,停一两秒,然后坚决地拨开肉,撅下面被油润过的干菜吃。来客里若有小孩子馋不过,不小心撅了一块肉吃了,主人家表面上波澜不惊,心里肯定咯噔一下:坏了,哪里找另一块肉补上缺呢?孩子的父母则面红耳赤,恨不得地上忽然裂开一条缝,自己好钻进去,因为孩子没教养,就等于父母没教养。那时候的人虽然贫穷,却是要脸的,有廉耻。所有人包括三岁小孩子都明白,那肉是用来看的,不是用来吃的。古代有看鱼下饭,我们当时是看肉下饭。饭吃完了,斧脑大的肉完好无损,主客都如释重负地偷偷嘘一口气。后来我上小学,在语文课本上学到"心照不宣"这个新词,脑子里闪现的自然不是"心照神交,惟我与子",而是满是污垢的饭桌上那一碗"看肉"。

  长年无肉吃,嘴里不只淡出鸟来,而且淡得冒酸水。不过没有人有怨言,因为家家户户如此。那时候村民组一二十户人家,谁家有几只腌菜缸几只陶瓮子,放在哪个角落里,别人都是清清楚楚的。贫寒不是顶可怕的事,可怕的是富足之后被荤腥喂养得过分膨胀的贪婪之心。物质上贫困,精神上也贫乏,偶尔去县剧团听一场戏,或者村里放场露天电影,就算是饕餮盛宴了。电影不常有,一年最多一两次。宽白的屏幕下午就挂在大操场上,被风吹得微微地鼓起来,像一道招魂摄魄令,惹得全村的人以及远近几十里的乡亲魂不守舍,黄昏时就扛着板凳竹椅候在屏幕前面,等待放映机的那一束幽蓝的光呈放射状打到银幕上,银幕上出现风景和人物,上演和素常生活迥异的奇妙事件。看一次电影算过了一次年,而且是杀猪烹羊的肥年。我记得村里放过的电影,除了抗战片,还有《刘三姐》。剧团倒是经常唱戏,但看戏是要花钱的,除非安庆来了名角儿,或者上演新戏,乡亲们才舍得去听一场。

  有一年寒冬,天下着大雪,剧团新排的一部戏首次上演,似乎是《西楼会》,要么是《碧玉簪》,村里的老少大清早就相约着晚上去听戏。我们家离县城不远,三四华里,有一条坑坑洼洼的机耕路直通城中,路两边是水田和溪流。天黑得早,胡乱煮一锅南瓜蒸一锅红薯吃了,一队人马在竹林窝路口集中后,个个举着葵骨火把,用稻草绑住脚上的解放鞋来防滑,浩浩荡荡向剧团进发。人人心里也有火把在燃烧,郎里个郎,浪里个浪。大人们确凿是去听戏的,听的是门道,孩子们纯然是凑热闹,何况大人还早早就许诺给买瓜子糖果吃。

那天的戏主角是谁,唱得如何,何时开演何时谢幕,我第二天是一点印象都没有了。只知道戏台上花团锦簇热热闹闹,戏台下人头挨着人头,好比冬天地里的萝卜。只记得戏开演之前,照例有剧团杂务打着手电筒挨个查票,将逃票混进来的人毫不客气地撵出去,双方争嘴吵架,另有调皮的逃票者与杂务满场兜圈子,死活不肯出去,好笑得很。

我不是去听戏的,是去戏耍的,也是去睡觉的。正戏开演之前通常有小丑上台暖场,那小丑蒜头肉红鼻子,上面刷一团白灰,两腮涂着胭脂,红得像猴子屁股。他在台上不停地翻跟斗,挤眉弄眼,一番杂耍,百般搞怪,惹得观众喜笑颜开。暖场之后,小丑打躬作揖退出舞台,正戏开锣了,戴方巾拿纸扇的小生和穿绫罗绸缎甩水袖的正旦甫一亮相,才唱了三五句戏文,那些台词就幻化作一群瞌睡虫子,嗡嗡嘤嘤地飞上了我的头。旦角生得再美,生角长得再俊,都勾不起我的一点兴致。剧场里真暖和,比家中四壁漏风的泥巴屋要舒适多了。

半夜醒来的时候,我在父亲的臂弯里,一队人马仍然打着葵骨火把回村,纷乱杂沓的脚步把地下的积雪踩得吱吱响。我手里还紧攥着两颗舍不得吃的水果糖。

第二天,几个昨夜听过戏的发小聚在竹林里打雪仗,然后坐在草垛下谈论那场戏。平素,连坦克能不能爬上直立的悬崖,母鸡吃蚂蚁会不会死,我们都要争得面红耳赤,但那天大家很容易就达成了共识:小丑好戏,跟斗翻得好,说的话惹人笑;正戏一点都不好戏,什么才子佳人,什么出将入相,全都是假的,远远不如看电影《地道战》《地雷战》《小兵张嘎》过劲、来事。好戏、过劲、来事,均是吾乡土语,意思大致是:好玩、牛、有意思。

县剧团也出过好几个本地过劲的名角儿,走到哪里都是众星捧月,那十二分的风光可不是假的。许多人从百里之外的乡下,带着干粮爬山涉河徒步赶来,就只为亲眼一睹他们舞台上的风姿神韵。假若上厕所时碰巧遇见演员本尊,回到家是可以夸耀很长时间的。若是有人有幸嫁了或者娶了其中的一个,必遭大众艳羡和妒忌。

后来我工作了,接触过当年的几个本地名角儿,虽然黄梅戏风光已经不再,剧团也解散了,他们作鸟兽散,有的进了文化馆,有的在图书馆当管理员,有的下海经商,有的靠卖早点、开饮品店谋生,但言谈举止之间,仍然戏味十足。好比写文章的人一辈子都有写作的情结，唱戏的人即使离开了戏台，他们依然是戏人。只是没有戏台的戏人，神情是落寞、黯然的。这些年各地都重视城乡文化建设与发展，列入民生工程，当年的角儿最年轻的也接近花甲之年，城乡文化的再度繁荣让他们再次找到了位置，担当起培育新人的任务，有时县里有大型演出他们也登台表演。偶尔和他们闲聊，谈起剧团和他们自己的前尘往事，也像戏一样。

剧团其实还在，或者说，剧团的房子还在，只是早就被一把锁锁住了，灰扑扑地夹在琼楼玉宇之间，仿佛卑微的仆役。剧团解散后，剧场做过几年会场。再后来，被鉴定为危房，会也不能开了，于是干脆关了门。因为处在老城区的中心，那一块还是非常繁华的，毗连剧团东门的那条一两百米长的剧团巷，成为美食一条街，南北风味汇聚，整天整夜地热气腾腾、食客满座。昨日晚饭后，我散步经过那里，想起当年进城听戏的事，恍然如梦，耳边依稀传来啊啊呀呀的戏文。

过去的许多年里，我还是不听戏，还是像少小时一样听不进去。到了中年，忽然有一天夜里读书时，为了找个伴，无意中点到了网络上的戏曲按钮，是昆曲《牡丹亭》，姑且听之。然后一直听到入睡前，觉得其间滋味好，其间好滋味。第二天清晨醒来，又打开手机听大弦子戏。从此以后，伴我夜读、伴我晨醒的，不再是流行歌曲，而是戏曲。戏比歌妙，水袖舞、小脚点、纱帽闪，皇亲国戚、小姐书生，市巷托钵僧"乞我一文大光钱"，戏文里尽是人间兴味。我也就理解了为什么李渔要写戏、唱戏、办戏班，为什么唐玄宗李隆基要在听政之暇亲自教授太常乐工丝竹之戏，为什么《红楼梦》里一再写到唱戏、听戏、梨园弟子。以前从来没有想过，自己有一天会像提鸟笼子进茶馆吹嘘顺治爷初入关时如何如何的晚清遗老遗少一样，以听戏为雅好。听戏好比读史，多是需要年纪或者阅历的。

今夜冷雨敲窗，我读古人碑帖，听《做文章》选段，川剧的、豫剧的、琼剧的、黄梅戏的以及大弦子戏的《做文章》，依次听来，急管繁弦浅唱低吟里，有无边风月，有古往今来，亦有雨雪霏霏，也唱尽了古今文人的穷形尽相。写文章的人，不就是戏文里被"之乎者也、兮哉夫维、诗云子曰"逼迫得几乎要投井上吊的徐子元吗？那般犯难、痛苦、欲死还生。起先一想，戏文戏文，戏与文，文人与戏人，从来都是相依相附、惺惺相惜的，无文不成戏，戏为文添翼，戏人为何要唱戏为难文人？转念一想，自己又扑哧而笑：娘的，那台词还是文人写的。

想起六年前的一个下午，山中雪花纷扬银堆白垒，百竿翠竹潇潇如魏晋六朝人物，我在一座亭子下面写《做不出文章》。当时好风景,快意如何之,若给我白宣一张湖笔一支,东坡所谓"吾文如万斛泉源,不择地而出,在平地滔滔汩汩,虽一日千里无难"又有何难?无纸也无笔,只好在电脑上这样敲打:

  做不出文章,就读读书吧,养养气,也养养器。老子说"万物负阴而抱阳,冲气以为和",《易·系辞》说"形乃谓之器",我姑妄解之:气是元气,器为识量。文章,一气以贯之;待人,一量以容之。少年时好大言,好文学,好在柳荫月色下卧沙滩上与众少年侈谈人生。后来不敢了,人生这个词太重、太浓、太正,写文章时自觉地全部换成人间、人世、人间世或者人世间。

那篇旧作,我现在想补上一句:文章就是生活的兴味。而生活,就是教训和曲折。古今戏文唱尽了大江东去,也唱尽了江流宛转。

人间雨淋漓,不如听戏吧。

(储劲松,安徽岳西人,中国作家协会会员。作品散见于《青年文学》《天涯》《山花》《西部》《散文》等。著有《雪夜闲书》《草木朴素》《黑夜笔记》《书鱼记:漫谈中国志怪小说·野史与其他》等。)

让猫居我家

孙子夜

去年的冬季,我居住的小院里时常有一只成年猫造访,它在院子中或走或卧,或蹲在院墙上晒太阳,或守在大门旁做站岗状,赖着不想走。家人靠近它,它也不慌张,而是任你用手去抚摸它的头,它只是朝你喵喵地叫两声也不跑。

这是一只常见的狸花猫,有一双大大的眼睛,长得挺可爱,看上去是小区里的流浪猫,也许每天居无定所,食无规律,便想跑到我家院子里蹭饭。女儿是个宠物控,从小就喜欢小动物,记得没乔迁新居时就经常从家拿食物喂一些小狗小猫。最难忘的是,我住的原小区里也曾有一只流浪花猫,喜欢跟随她,那是因为女儿每天放学回家第一件事,就是拉开冰箱门找吃的喂那只花猫,与它建立了很深的感情。直到有一天那只花猫生病后虚弱地在雪天里死去,女儿仍伤心地在它面前放了一堆食品,这情景犹在眼前。

这次女儿读研毕业申博期间从国外回来,在家空闲之余,仍然没改变对小动物的一颗善心。于是,我每天她按时准备一些猫食,放在院子角落里,并搭配一些肉类,为这只流浪猫解决吃饭问题。

渐渐地,女儿喂猫行动开始升级,在网上专门为这只猫购买猫粮,还在门前屋檐下准备了一只大纸箱,挖了猫洞,铺了软布,细心布置了猫窝。这只猫果然不想轻易离开了,而且晚上竟真的钻进纸箱中过夜了。

我一开始对女儿的爱心还能接受,但对这样堂而皇之地收留这只猫是持反对意见的,一是一旦养起小动物,时间长了感情割舍不下,就要长期为它负责;二是侍候小动物需付出大量时间和精力,而且还需一笔不菲的费用。思前想后,我是不建议长期喂养这只猫的。然而,女儿似乎下定决心要收养这只猫,我便不好作太多争执,打击她的积极性,只好听之任之,前提是由她主要悉心照顾。她还为它取了个好听的名字叫"美代",意思是它"美美的呆萌样子",用"美呆"谐音命名之。这样,流浪猫有了专属的名字,待遇也有了相对提高,就是偶尔允许它进入屋内。起初,美代进屋还怀有好奇之心,总是小心翼翼,试探性地东瞅瞅,西望望,但随着经常性光顾,竟顺理成章,习惯成自然,已然成了家中的一员。

美代是个母猫,时令进入第二年初春,小区内的流浪猫到了发情期,草丛角落里,到处可见"猫影绰绰"。可能是猫的繁殖力太强,有人在小区的微信群里,讨论为猫绝育的话题,我也为此胡诌了几句小诗,发表观点:猫多是好事/至少让鼠害减少了许多/猫多也是烦事/乱蹿找吃的干扰生活//到底该不该为猫绝育/确实是个不小的难题/假如猫们真的做了手术/过了寒冬/小区寂静的夜晚/谁来发出春的呼唤……这只是应景的游戏之作,也是对为猫绝育之举的回应,不必当真。可是,流浪猫发情的潮流却不可阻挡。那段时间,每天夜晚,流浪猫叫春的声音不绝于耳,影响小区人们正常休息,让人不胜其烦。

令人惊讶的事还是发生了。没过多久,我们发现美代怀孕了,这多少让我们措手不及。是呀,一只猫还好对付,以后美代再生几只,我们是养还是不养?而且面临这种情况,我们更不好撒手不管,怕委屈了小生命。就这样,美代被女儿安排进了家里的阳光房,并且为它临产准备了新窝和供小猫嬉戏的玩具和笼子。

时间很快过了两个多月,一天傍晚,我下班回家,女儿开心地告诉我,美代生了,一下生了三只,两只皮毛像美代,另一只身上却是带有花纹的,原来一胎中还有品种不一样的猫,这真是小动物传宗接代的神奇。我凑近猫窝,看见三只毛绒绒的小家伙正在美代的怀中吸奶,着实可爱,不禁为美代一家高兴,暂时忘记了以后的麻烦,欣然接受新生命的到来。

三只小猫仔的到来,为我家带来了快乐,女儿从网上又为美代买了大量的猫粮、罐头、猫条等食品。这下全家热闹了,三只小猫分别取名大毛、二毛和小花,眼见着成长。满月以后,三只小猫已经能跑动,玩耍;再过半月,三只小猫开始调皮、乱蹿,互相打斗。这下好了,除了美代比较安稳,三只小猫每天闹腾不止,互相追逐,把家里弄得乱七八糟,一片狼藉。它们跳到桌子上,几次差点打碎花瓶;在沙发上练爪子,把沙发布抓得伤痕累累;爬到窗台后捉迷藏,将窗帘扯得横七竖八;家里餐桌旁六张皮椅子,没有一张面目完整……显然,几只猫的到来,扰乱了我家正常的生活节奏,虽然带来了欢乐的气氛,但也增添了不少烦恼的阴影。

于是,有了将猫送人的打算。我是这么想的,如果必须送走,就用心给猫寻找一个好人家,能够继续去爱这只猫,而且,可以与对方商量一下,经常在微信互动中发些视频,关注小猫成长的动态,以抚平牵挂之心。就这样,夫人联系了单位一位同事,愿意将小花接回家中。女儿也在网上发了领养告示,有一爱猫男孩主动认养一只。其实,当真把两只小猫送人时,还真有点依依不舍,毕竟是看着长大的小可爱,但碍于家里无法留置四只猫搅扰的现状,只得忍痛割爱。

小花送走还波澜不惊,装进猫笼一路顺风,只是不断发出喵喵的哀叫。而大毛被来人接走时却阴差阳错,出现了意想不到的状况。原来当发现有外人来家捉猫时,大毛心有灵犀,眼疾脚快,立时警觉性提高,感到不妙,一下钻到窄小的酒柜后面打死也不愿出来,而二毛却傻傻地在旁观望,不知发生了什么事情。来人无奈,领养哪只都是养,不如顺手牵猫,商量着把二毛收入囊中,并承诺一定好吃好喝善待它。我们也顺水推舟,二毛就二毛吧,嘱咐男孩好好与之培养感情。送猫之事便到此为止,圆满解决。

大毛凭自己的聪慧和敏锐留在了家中,我们也不再有送人的打算,便让它与母亲美代相依相伴,享受温馨的母爱和我们的关爱。

然而,既然有让美代与大毛长期住我家的打算,有些必要的措施不得不采取,比如怕美代再次发情,再生一窝小猫不好收拾,需要对它做绝育手术;大毛也是母猫,虽未成年,但也需注射疫苗静观其变。当然,对美代做这么残忍的手术我是不赞成的,但少数服从多数,最后还是夫人和女儿占了上风,我也从对美代利好的角度考虑不再阻拦。

从医院回来我发现美代眼睛里还是有点哀怨的,精神萎靡不振,但我想这也是为了美代后半生的幸福,不让它再受生育之苦。记得美代上次临产时局促不安,就想往家里的衣帽间或角落里钻,那种痛苦不堪的情景着实让人心疼。

美代恢复的日子里,医生给它脖子上套了个大大的棉围脖,以防它舔到伤口,虽然它走路时极不舒服,但为了尽快痊愈,也没有更好的办法,只好慢慢等待,早点给它解套。大毛看到美代的怪状,经常好奇地凑上去闻闻、舔舔,以慰藉母亲受难之心。有时,我们也怜惜,每天为美代准备有利恢复的营养餐。也许小动物生命力顽强,半个多月后,美代伤口基本愈合,终于可以正常行动,去除围脖,又能灵巧地与大毛嬉闹在一起。

转眼时令入秋,女儿因继续去海外求学,不得不离家告别两只猫咪。临行时,一再叮嘱我们要好好照顾美代和大毛。然而,就在女儿离开不久,一次傍晚下班回来,我忽然发现两只猫咪无影无踪了,找遍每个房间,摇响逗猫铃铛,也不见任何回应,令人着急。后来,才发现女儿屋子的纱窗被拉开一条缝,不用问,这是两只猫咪的杰作,原来它们联手扒开纱窗"越窗而逃"了。当时,我都有点蒙了,心想这下完了,如果找不到,怎么向女儿解释?虽然两只猫咪有回归自然的权利,但毕竟收养了它们这么长时间,建立了感情,如果真的一去不回,失落感必然涌上心头。我立马来到院子呼唤,去门外周边察看,在小区里面寻找,就是不见猫的身影。难道人猫之缘就此了结?我徒唤奈何,只好听天由命了。

其实,我并不担心美代的外逃,因为此前有过多次将其放风的经历,也许它有着流浪的苦楚,并不舍得离开一个温暖的家,只不过是有一种想呼吸新鲜空气,接触同类的愿望。我挂念的是大毛,它从出生就没出过家门,一旦有了撒野的空间,收不收心是一回事,认不认得回家的路是我最为挂念的。

果不其然,美代在外溜达一圈,一个小时左右,回到了院中,一声招呼,很快就进了家门,而大毛却杳无音信,迟迟不归。一夜无眠,我与夫人担忧着大毛的命运,会不会误入歧途,从此混迹于流浪猫群体,一去不返?会不会被人伤害,从此与我们渐行渐远,不再相见?就这样,我迷瞪了一夜,直到天蒙蒙亮,忽然听到卧室窗外不断有声响,起身拉开窗帘一看,竟然是大毛在扒窗户。我喜出望外,连忙拉开窗子,大毛旋即跳了进来,看得出一夜风霜,已将其侵袭得有点惊恐,我不知道这一夜它是如何度过的,又是如何摸回家中的,我大声斥责它到底跑哪去了,而它好像做错事的孩子一样,乖乖地趴到卧室外的门毯上,委屈地望着我。这时我才相信猫真的像人们说的那样,是"城市里忧郁的诗人"。可能是欣赏它的智商还在线,也觉得是冥冥之中爱的牵引带着它回来,我又安慰它两句便为它端来了食品,以抚平它初尝流浪之艰辛的情绪。我始终弄不明白,到底是我收养了猫,还是猫恩准我进入了它的生活。

不曾养猫的人,很难想象与猫一起生活是什么样的,而养过猫的人,无法想象没有猫的日子该怎么过。美代与大毛的存在,让暂时空巢的我们有了精神寄托,也让远在海外的女儿有了越洋的驰念,隔段时间,女儿就要与我们视频,看看美代与大毛的变化,生活多了一种别样的情趣。

也许美代与大毛与我们前世有缘,才有了今天的相聚。两只猫每天的吃喝拉撒,成了我们的责任,夫人心甘情愿地做一个猫奴,每天给猫铲屎,给猫梳毛,还时常给猫洗澡,给猫照相,和猫玩耍,乐此不疲。我闲的时候,也与它俩逗逗乐,两只猫温顺黏人,为我们带来了极大的兴味。在我们与猫相知、跟猫共处的时光中,最终沉淀在我们心中的,是一种人类和小动物和谐相处的美好和快乐。

美代与大毛下一步如何安排,我们暂不多想,就这样顺其自然,让猫居我家,让爱住我家,让人与动物的感情在相互交流中加深加长,绵延不息。

岁月静好,只因有猫,猫好像成了我们家中有形的灵魂……

(孙子夜,男,安徽省作协理事,蚌埠市作协主席,主任编辑。各类文学作品散见国内报刊,著有散文诗集《子夜心语》。)

剔银灯

书画名家的"债务"

钱念孙

"树大招风风撼树,人为名高名伤人。"吴承恩《西游记》里这句名言,或许会引起当代许多书画名家的共鸣。康殷先生就多次诉苦:"书画家没有名气,没人搭理;有了名气,烦不死你。"此话即可与吴承恩之言相印证。

在收藏热甚嚣尘上、艺术品投资热方兴未艾的今天,书画名家步入市场卖画鬻字的同时,常为各种各样、五花八门的人情债所困扰。书画名家无法不食人间烟火,只能身处社会生活之中,并受各种社会关系的制约。面对来自社会的多方需求,如没完没了的活动庆典、邀请参展、题词题签、公益捐助等,如亲朋好友、单位同事、街坊邻居,以及亲戚的亲戚、朋友的朋友、邻居的邻居求书求画等,还有素昧平生者为诉讼、上访、就医、求学、找工作等种种困难拐弯抹角找上门来的求助等,书画家纵有三头六臂也难以应付裕如。沈尹默、赵朴初、沙孟海、林散之、启功等生前都曾感叹:"金钱债易偿,书画债难逃。"

不同书画家由于个性和人生态度不同,应对来自各方的请求或索取自然颇有差异。有的老一辈书画家忠厚善良,对于众多请托,尽管有违心愿,但碍于情面,多半难以推辞。安徽老一代著名书画家葛介屏(1912—1999),除擅写花卉外,更长于书法,真草隶篆均功力深厚,别开生面,深得识者和群众喜爱。面对络绎不绝的索求者,他老人家总是菩萨心肠，有求必应，以致不堪重负。"你去他家一百次，一百次他都没有写完。""他曾开玩笑说，我家要改斋号，改为'八贴斋'：贴笔、贴墨、贴砚、贴纸、贴图章、贴印泥、贴工夫、贴精力，有时还贴邮票，有轰办法（有什么办法）？就这么穷对付。"上海篆刻家赵古泥（1873—1933），做人极认真，自谓"成名莫求早，做人做到老"。卧床不久于人世之前，他想到还有积压下来的180余方印债未还，强撑着在病榻上支一矮几，忍着病痛折磨，硬是以顽强的毅力把未刻之印全部刻竣。他说："莫欠生债，一了百了，如此走了，免人闲话。"后来拿到印章者，闻此情景，莫不感动。

葛介屏、赵古泥先生之艺德艺品，无疑令人景仰。可是，如同道德模范毕竟是社会成员中的少数一样，书画名家中像他们这样的"大好人"也是凤毛麟角。郑板桥不仅高调张榜润例，还特别声明："凡送礼物食物，总不如白银为妙，公之所送，未必弟之所好也。送现银则中心喜乐，书画皆佳。礼物既属纠缠，赊欠尤为赖账。"齐白石对求画者则认钱不认人，他除将润格悬于厅堂醒目处外，还反复强调："卖画不论交情，君子自重，请照润格出钱"，"无论何人，润金先收"，并"绝止减画价"。20世纪50年代，戏剧家夏衍、诗人艾青等向他求画，均按润例付酬。艾青在《忆白石老人》一文中说："他原来的润格，普通的画每尺四元，我以十元一尺买他的画，因工笔草虫、山水、人物加倍。"如此斤斤计较的还有吴湖帆。溥心畬的大弟子江兆申曾代人向他求画扇面，"湖帆定例也是十六元一面，因为我是代求的关系，湖帆一高兴，给画了青绿。等我拿了十六块钱去取件时，他却说：'青绿加倍，要三十二块。'我只好净贴腰包。"

当然，多数书画名家对于来自各方的索求，尤其是具有一定关系的请托，不好意思这样"认钱不认人"。加上求书求画本也属风雅之事，或者说具有风雅意味，更兼多数情况下当面人情难拂，他们只好答应下来。但回去后，由于精力和时间有限，由于接二连三的索求远远超出他们的应承能力，书画名家们无奈之下只好能拖就拖、能赖就赖。本来是别人求他们之事，给是情分，不给是本分；但不管何种情形之下，只要你答应过别人，似乎你就真的欠了别人的"债"。笔者就多次亲历某些人见到熟识或不太熟识的书画家，寒暄之后张口就说：某某老或某某大师或某某主席，您没有忘记吧，您还欠我一幅字（画）呢，什么时候去您府上拿呀？听者闻之茫然或愕然，面露惊诧神色。说者马上接着道：某日某次宴席上，或某日某次笔会上，您说过下次给我……不管书画名家当时是敷衍的话，还是推脱的话，反正别人都把你当作金口玉言，当作认真的话、负责的话，甚至是应该兑现并必须兑现的话。这让书画名家们如何是好？

此类近乎不近人情的骚扰或讨债，给许多书画名家带来无尽的烦恼和难以承受的心理负担。林散之先生享得大名以后，求书者接踵于门，走到哪里都被包围。他曾有诗叹息："客自江南归，终日不得闲。朝起坐东窗，挥洒到夜明。""何处能寻避债台，江南江北费安排。无端学得龙蛇字，惹出人间毁誉来。"江苏省画院考虑他年老体衰，又有脑动脉硬化、高血压等病症，实在无力招架，便在林宅门上张贴告示拦客，请各方宾客顾念老人健康，凡求书者须经省画院批准。但告示归告示，求书者照样络绎不绝。散之先生不堪重负，无力偿"债"，被逼之下，竟作《赖账》诗一首："不学板桥要白银，学他赖账总能行。诸君请勿勤追索，待到千秋一一清。"后来散之先生赴京参加全国政协会议，与老友赵朴初、启功相晤，交谈中说到这首《赖账》，赵、启两公均大声喝彩，齐赞"好诗"，并请散之先生为其各书一幅。赵朴初和启功之所以欣赏这首《赖账》，无疑和他们深为书债所累，烦不胜烦，苦不堪言，与散之先生一样感同身受密切相关。

不过，书画名家中也有性格率直者，能够抹下情面，对于无端或过分索求之人，并非忍气吞声、违心迁就、息事宁人，而是起而抗争，直言说"不"。近读陆昕先生《我所知道的启功》一文，所叙几件他亲见亲闻之事，颇具典型意味。陆昕写道：启功曾亲口对他说，一次空军某部的干事来访，说"我们首长请您写幅字"。启功平静地问："我要不写，你们首长会不会派飞机来炸我？"对方忙说："哪儿能哪儿能！"启功回道："那我就不写了。"陆昕还记叙：一日他正在启功家，忽然电话铃声大作。启功接后一问对方姓名，并不认识。问何事，对方称启功曾为某书题签，现此书已出，欲明日亲自送来。启功当即说："谢谢。这样小事，你也不必跑了，邮局寄来就行。"对方不干，非要前来，称为探望。启功推辞道："我现在很忙，身体又不大好，你来我也无力接待，请原谅，书还是寄来吧。"对方坚持要来，启功索性挑破窗户纸，单刀直入问："你说你还有什么事吧。"对方称没事，就是想看看您。启功答道："你既然那么想看我，也行，我给你寄张相片去，你可以从从容容地看。"至此，对方仍不罢休。又有几个回合之后，启功被逼到"墙角"，于是面露愠色说："好吧。明天这个点儿，我出门，就在大门口，你也不用进我的门，你不是就为看我吗，咱俩就在门口对着看，你看我，我瞧你，你要近视，戴上眼镜，我也戴上老花镜，好好瞧瞧你。看半个钟头，够不够？若不够，看两个钟头也行。"就这样，好不容易才挂上电话，一看时间，已过去半个多小时。试想，面对这样败兴的骚扰或者说纠缠，倘若你在写字画画作诗，或准备写字画画作诗，还能有心情吗？

林岫先生《紫竹斋艺话》里，记有启功先生机智反击过度索求者的另一则佳话。与启功先生同在北京师范大学工作的某教授登门求书，颇多美言，启功碍于同事之谊，为他书写了一幅五言唐诗条幅。方逾两月，该教授又以故乡中学欲换校牌、女儿女婿乔迁、部级老友离休要题书斋匾额等事由，再求启功墨宝。启功当时确实诸事繁多，搁置月余没有交差。有天开会，见着面了，某教授闻尚未动笔，脸马上就挂了下来。他先是对启功"关于文学史不能按历史分段"的观点表示不以为然，后绕到求书的正题，当众说启功："别把自己不当回事儿，可也别把自己太当回事儿。"表面看，这话似乎说得很有道理，特别是前半句好像还很尊重书画家，但听话听声，锣鼓听音，其重点明显在那藏着扎人刺儿的后半句上。启功何等聪明机敏，立马不客气地笑道："先是你来求我，好像你把我的涂鸦挺当回事儿，我呢，很快写好奉上。我没敢把自己当回事儿吧？随后，我连一声'谢谢'都没有听着，你又一连下达三项任务。我还没说不写呢，你就这般不满。既然你不把我的活儿当回事儿，还不兴我把我自己的墨宝当回事儿吗？！"这一番睿智之辩，某教授闻之哑口无言。过了一阵，该教授自觉失礼，特意找启功说："看来，我现在再恭敬、再当回事儿，您也不会下赐墨宝了？"启功回答："是的。这回咱俩总算想到一块儿去了！"

其实，求人书画虽为风雅之事，但关键要看书画家的意愿。如果感情深厚，书画家自会主动相赠或应约相赠；如果友情不到，厚着脸皮、不择手段硬求硬要，不仅是对书画家的不尊重，也是对他生活和事业的侵扰。我们多看到书画名家的成功和光环，不见他们百倍于常人的艰苦努力和辛勤付出。我们多以为一幅字画对他们来说，不过是一挥而就、手到擒来之事，殊不知那只是半吊子书画家、伪名家乐此不疲的所作所为。真正的书画名家都会爱惜自己的羽毛，对其名下流传社会的每幅作品都会认真对待，乃至从立意到构图、从造型到笔墨，都会反复思考，渴望有所追求，呈现自家风貌。当然，既是书画名家，常常都有"一招鲜"甚至"几招鲜"，如齐白石画荷花画虾，徐悲鸿画马，黄胄画毛驴，吴作人画牦牛金鱼，等等，往往能够寥寥几笔就挥洒出形象简约却意蕴隽永的佳作，似乎"得来全不费工夫"。岂知这是经过无数次推敲琢磨，化繁为简的结果，背后蕴藏着常人难以想象的千锤百炼的苦功。书画名家虽能以此来对付应酬之作，但严肃和虔诚的艺术家从来不愿总是简单重复自己，这也是不少书画名家"手紧"的原因之一。书画名家送人随意之作、雷同之作，担心影响自己的声誉；送人精心之作、满意之作，无异于将精心养育的孩子割爱送人，又如何舍得？即便狠心舍得，精品佳构在书画名家作品中往往只有十之一二乃至百之一二，又何以应付一而再，再而三的索求呢？

进一步说,在市场经济已逐步成为中国主要经济形态,在中国艺术品市场蓬勃发展并逐步走向成熟的今天,书画名家的作品都有一定的甚至较高的市场价值。在某种意义上,白拿白要名家书画无异于变种方式掏人口袋里的真金白银,此种白占人便宜的行为,当非君子所为也。若是喜爱某位书画名家的作品,应怀恭敬之心,通过一定的渠道以合适的价格求购,或者以别的方式表达求书求画的诚意,这不仅会受到书画名家的欢迎,一来二往相互之间还能成为朋友。若总是想利用各种机会、施展各种手段巧取豪夺,达到"雅赚"的目的,未免私欲太过,不仅对书画名家有欠理解和尊重,对书画艺术也远非心诚善待之举。因为对于那些期望"雅赚"的求书求画者来说,书画名家实际上根本不欠任何"债务";他们的"债务"是被人强加的,是"被债务"的受害者。书画名家既不必有"金钱债易偿,书画债难逃"之烦恼,更无必须偿还之理。当然,如果哪位书画名家愿意普度众生,有求必应,那自是阿弥陀佛,善哉善哉!

(钱念孙,安徽省文史研究馆馆员,曾任安徽省文联副主席、省文艺评论家协会主席、省社科院文学研究所所长。)

吃尽性别福利

闫　红

重读《围城》里赵辛楣、方鸿渐一干人等去三闾大学那一段，第一是觉得那一路真是苦，原本在上海养尊处优的人，忽然就奔波在泥泞的路途，差点连饭都吃不上，更不要说喝杯正宗的咖啡了（哈哈哈，书里就是这么写的）。作为一个容易共情的人，我立即起身冲了杯三顿半的挂耳，非广告，实景再现。

第二就是居然很佩服孙柔嘉。用"居然"，是因为孙柔嘉在小说里算不得光辉形象，杨绛都忙不迭地跟她撇开关系，声称不是自己，说：

"相识的女人中间（包括我自己），没一个和她相貌相似。但和她稍多接触，就发现她原来是我们这个圈子里最寻常可见的。她受过高等教育，没什么特长，可也不笨；不是美人，可也不丑；没什么兴趣，却有自己的主张。方鸿渐'兴趣很广，毫无心得'；她是毫无兴趣，而很有打算。她的天地极小，只局限在'围城'内外。"

总之没啥闪光点。

但是我这次重读，觉得孙柔嘉很厉害啊。首先，上海小姐，在那个年代，愿意跟一群男人跋山涉水地去一个此前一无所知的大学教书，就很有胆识。

其次，这一路几个男的都快崩溃了，她作为女性就更难。比如说被妓女当成同行；坐车时坐人家米袋子上，对方为她是个女人大感晦气；还有老色鬼李梅亭制造的困扰；等等。她除了生病那次哭了一场，大多数时候很淡定。

另外，她还很能干。在吉安，高校长汇来的钱已经到了，但银行要求他们找个机构担保，否则就不给汇兑。赵辛楣等人跑到教育局，局长怀疑他们是骗子，顾先生叫孙柔嘉去妇女协会想想办法，"懂王"方鸿渐说："女人的性情最猜疑，最小气。叫女人去求女人,准碰钉子。"

孙柔嘉打破了这刻板印象,书里没说她和妇女协会的交接,只说她出去不到一个钟点,就"拾"了个女同志回来。女同志的男朋友在公路局做事,可以帮他们担保。大家相谈甚欢,孙柔嘉手拉手地把人家送出了门。

就说你佩服不佩服孙柔嘉的身手吧,在这人生地不熟的地方,她不到一个钟点,就能跟人家缔结这样的友谊。放现在她都可以开个班给大家讲关系学了。

但书中对孙柔嘉的肯定相当克制,反而讽刺她听到李梅亭说自己命中注定会遇到贵人时,以为是说她,"一阵红的消息在脸上透漏"。她本来就是这些人的贵人啊,不然人家女同志哪里会搭理他们。

书中对孙柔嘉的各种好都是一笔带过的,比如说她在三闾大学虽然各种不顺,但如她自己所言,她一个年轻女孩子,出来工作,被男学生其实是以"荡妇羞辱"的方式欺负,并不是她的错。她渐渐在三闾大学立住足,可方鸿渐没有拿到聘书,她毫不犹豫地就跟他走了。

回到上海,虽然是靠她姑姑的关系找到工作,但方鸿渐的工作不是也靠赵辛楣找到的吗?她能待下来,还是有这个工作能力的。

她挣的比方鸿渐多,和方鸿渐结婚后,小家庭的家具有的是她姑姑帮忙置办的,有的是她预支了工资买的,方家给他们提供了房子,但他们要交房租。

不到被惹毛,孙柔嘉不抱怨方鸿渐不行;两人吵架,她有时还会想办法哄方鸿渐高兴。方鸿渐背后的那个家族全员讨人厌,她也只是敬而远之,并没有特别怎么样,作为妻子,她算是很可以了。

要说孙柔嘉有什么错,大概就是太想结婚,把好端端的一个独立女性变成绝望主妇,也让本来无意于跟她结婚的方鸿渐稀里糊涂变成人夫,想起来就有许多意难平。

方鸿渐本人其实也有点半推半就,但结婚这件事,孙柔嘉确实需要负很大责任,甚至可以说,这是她在本书中呈现的重大"人生污点"。

为了得到一个丈夫,她"千方百计",具体做法包括但不限于装天真扮可怜,虚构所谓老爸听到"流言"后前来兴师问罪的家书,在李梅亭等人面前做出和方鸿渐亲昵的姿态,致使方鸿渐无力招架,只好跟她订了婚。

看她这般苦心孤诣带自己入坑,就很想劝她一句,何必呢,她像《西游记》里女妖精般放出手段赚到的这个丈夫真不是能延年益寿的唐僧肉啊,对自己好一点不好吗?

其实孙柔嘉也无奈,她自有先天短板。方鸿渐这个人,她必须嫁,倒不是因为她有多爱他。

《围城》里对方鸿渐比较经典的一句总结是"不讨厌,但全无用处"。但没用本身就很讨厌啊,何况方鸿渐的讨厌不只是没用的讨厌。

孙柔嘉姑妈说他是"本事不大,但脾气不小"。方鸿渐面对这世界时,老有一种莫名其妙的优越感,似乎全世界都得上赶着舔他,有一点舔得不到位,他就要以受害者自居。

就从一开始说,他和鲍小姐相好,彼此心知肚明不过是一场露水姻缘。鲍小姐是个拎得清的人,原生家庭贫穷且重男轻女,她的福祉要靠自己去挣。她当然不会是恋爱脑的傻白甜,和大叔结婚,偶尔找个顺眼的打个牙祭,是她的常规操作。方鸿渐年纪一大把,但那么多女人看上他,外形应该是说得过去的。

方鸿渐呢,他其实也是馋人家身子,鲍小姐说他像自己的未婚夫,若他对鲍小姐有真爱,不是应该感到遗憾吗?才不,方鸿渐是得意、兴奋,感觉自己的机会到了。

就是船上的一场放纵,船近岸了,理性的鲍小姐开始保持距离,似乎也没什么不对。但方鸿渐气得心头直冒火,"他想不出为什么鲍小姐突然改变态度。他们的关系就算这样了结了吗?"

大概方鸿渐潜意识里,鲍小姐要像《莺莺传》里的崔莺莺那样哭一场,怪自己的命运,表示对他永不忘怀。痴情,不是女人应有的品德吗?鲍小姐洒脱得太可恶了。

他骂鲍小姐没有心,"肉"也变了味,算是很恶毒了,觉得自己被她引诱了,玩弄了。但一转脸,看见袅袅婷婷的苏小姐在他面前红了脸,他马上又大献殷勤,扶着人家的腰就下了扶梯,把鲍小姐忘到九霄云外了。

记忆力不好的人,就不要谈"心"了好不好。

至于他的准岳父母,俗是俗了点,但对他仁至义尽,供他出国,回国后又让他住在家里,在自家银行工作。闹翻后还送了他几个月工资,他去三闾大学,人家又送了四色路菜。

他花了人家的钱,吃了人家的东西,张嘴就说人家"市侩"。"不食周粟"这事儿是他爹瞎说的,但他在人家面前真的挺骄傲,口口声声说自己"有钱",那么,要不要把人家的资助先还了呢?

他最为愤懑不平的,是被三闾大学的校长高松年欺负,说好请他去做教授,到那只给了个副教授的职位。高松年不是啥好人,但这事还真不能全怪他。高松年本来听信赵辛楣的介绍,以为方鸿渐是美国博士才请他去做教授的,后来发现方不过是个本土的本科生,是没法请他做教授啊。

那么这事儿要怪赵辛楣了？也不能。赵辛楣咋知道方鸿渐是博士的,一定是在当初方鸿渐回国时,他那准老丈人在报纸上刊登的广告里。老丈人之所以认定方鸿渐是博士,不是方自己说的吗？还寄了戴博士帽的照片回去？

是谁给方鸿渐的勇气,觉得籍籍无名的本科生,一出山就能做国立大学的教授？人家孙柔嘉也是本科生呢,范懿也是,方鸿渐也许有点见识,但一开始教书时,也没显示出过人之处。

方鸿渐的问题,出在他自己身上,说白了就是"既要……又要……还要……"。准老丈人的钱他要,还要老丈人一家花了钱而不自知。准丈母娘的照顾他要,还要丈母娘在他面前说话得体,就算被冒犯,也能哭着原谅他。

他返乡时家乡的报社记者采访他,他虽然嫌那两位记者口口声声叫"方博士",刺耳得很,"但看人家这样郑重地当自己是一尊人物,身心庞然膨胀,人格伟大了好些"。他也是很享受这种尊荣的。

这不就是巨婴吗？总是理直气壮地索取,总是想要这世界对自己温柔相待,如果世界拒绝,他就要气疯了。但也不能怪他这么想,他不是无端撒娇撒泼,这一路走来,他确实活得太容易了。

有准老丈人的飞来横财,有白富美的青眼有加,有独立女性自带口粮千方百计要嫁给他,他没法不觉得世界就应该是为他设计的啊。

方鸿渐之所以被如此优待,不过是因为,他是一个男人。在那个时代,这些都是一个男人该得的。

方鸿渐高中时候,老爸为他和周家订了婚,上了大学之后,"想起未婚妻高中读了一年书,便不进学校,在家实习家务,等嫁过来做能干媳妇,不由自主地对她厌恨"。

大学生方鸿渐想找个在智识层面上跟自己更能沟通的女子,也没什么错,问题在于,他这未婚妻为什么不把书读下去呢？

当然不是因为家里没钱,也不是因为她爸妈不爱她。也许正因为爱她,就不想让她读太多书,就像现在有些爹妈不肯给女儿买房子一样,怕女儿翅膀太硬嫁不出去。

方鸿渐他爸也说："女人念了几句书最难驾驭。男人非比她高一层,不能和她平等匹配。所以大学毕业生才娶中学女生，留学生娶大学女生。"换言之就是，女人学历越高，市场就越小。

那苏小姐不就是现成的例子吗？读大学时还有人追求，读到女博士，发现她的爱情像一件颜色和样式都过时的衣服，只能孤芳自赏，怀着一种"崇高的孤独"。

所以周家宁可曲线救国，拿钱去培养方鸿渐，哪曾想方鸿渐吃干喝尽良心全无，把嘴一擦就翻脸不认人。只能说，在那个时代里，不小心生了女儿真是太危险了。女儿活着，担心她被女婿欺负；女儿死了，自己也只能白白被女婿欺负。

那么可不可以随缘呢？也不能。在《围城》里，几乎每个未婚女子，都有失嫁之忧。

比如说方鸿渐得罪了外语系刘主任，就是因为不想娶他的妹妹刘小姐。刘主任明知方鸿渐无能，但妹妹嫁不掉，是刘主任心里的一块大石头。刘太太也着急，说实在不行，就给人做填房吧。活成一个老姑娘，似乎是人生最大的失败。

好容易有个相亲的机会，夫妻俩不胜欢喜，刘小姐气得够呛，说："女人就那么贱！什么'做媒''介绍'，多好听！还不是市场卖鸡卖鸭似的，打扮了让男人去挑？"她心里一清二楚，但还是熨了衣服化了妆去相亲。

在这种环境里，就算是父亲说话时喜欢夹杂英文的"你我他"小姐，也要认真拜读《怎么得到一个男人并守住他》这种书。方鸿渐虽然讨厌，但比起书中的陆子潇、李梅亭等人，起码不恶心，这就足以让他成为"你争我抢的一块肥肉"。婚姻对于孙柔嘉是刚需。她瘸子里面挑将军，看见一个方鸿渐，就得千方百计地抓住他，而方鸿渐作为一个男人，算是吃尽了性别福利。

（闫红，安徽省网络作家协副会主席。著有《误读〈红楼〉》《在〈红楼梦〉里读懂中国》《她力量》《美得窒息的〈诗经〉》等十余部作品。曾获《读者》杂志"金百合奖"，安徽省政府文学奖多次。）

孤独李清照

杨菁菁

有年夏天在济南,一日闲来无事,在趵突泉闲逛,无意中,竟走到了李清照纪念堂。

纪念堂是宋代建筑,位于柳絮泉北侧的一处庭院中。北宋时这里是济南盛族张氏的庭院,到了金代改为灵泉庵,清末则改为山东巡抚丁宝桢的祠堂。这里原与李清照无关,只因清初诗人田雯一首《柳絮泉访李易安故宅》诗,人们误认李清照故居即在柳絮泉边。

趵突泉终日游人如织,纪念堂却闹中取静。正厅坐北朝南,青瓦起脊,匾额"漱玉堂"为郭沫若所题。门前抱柱上还有郭老题写的对联:"大明湖畔趵突泉边故居在垂杨深处,漱玉集中金石录里文采有后主遗风。"

我从十岁起读李清照,她的名篇都烂熟于心。在她的纪念堂里游走,仿佛是与故人谋面。如果时光可以闪回,九百多年前,我大概可以在这里邂逅春游的少女李清照。那时的她惊才绝艳、烂漫天真。不知等着她的,将是半个世纪的命运蹉跎。

孤独女词人笔下的女性

作为女词人,李清照是孤独的。

科技的高度发展,常常会让人忘记过去的存在。其实,真正的文明社会到来并没有多少年。女性得到受教育与工作的机会,从世界角度看,也不过区区百年。

作为一个女性写作者,她是极少数,亦是极其孤独的。

李清照喜欢写女性,她的笔下,有少女、少妇、思妇等三种女性形象。

不同于现代散文或小说,词的容积很小,因此更凝练,有更多的画面感。"蹴罢秋千,起来慵整纤纤手。露浓花瘦,薄汗轻衣透。"这首小词,她略去了对少女的外貌描写,却使得少女形象灵俏生动,跃然纸上。

脍炙人口的《如梦令》亦是如此。"常记溪亭日暮,沉醉不知归路,兴尽晚回舟,误入藕花深处。争渡,争渡,惊起一滩鸥鹭。"全词没有人物描写,但女性放达、美好的形象呼之欲出。三十三个字,简直可以拍成一部微电影。

她描绘过幸福的少妇形象。"卖花担上,买得一枝春欲放。泪染轻匀,犹带彤霞晓露痕。怕郎猜道,奴面不如花面好。云鬓斜簪,徒要教郎比并看。"李清照的词画面感都很强,这简直是一个娇俏的少妇教科书般的表现。

她的笔下有思妇。"薄雾浓云愁永昼,瑞脑消金兽。佳节又重阳,玉枕纱厨,半夜凉初透。东篱把酒黄昏后,有暗香盈袖。莫道不销魂,帘卷西风,人比黄花瘦。"那种强烈的孤独感,即使穿越了历史的层层迷雾,在今日依旧打动人心。

还有这首《一剪梅》:"红藕香残玉簟秋。轻解罗裳,独上兰舟。云中谁寄锦书来,雁字回时,月满西楼。花自飘零水自流。一种相思,两处闲愁。此情无计可消除,才下眉头,却上心头。"

中国诗人素有做"闺音"的喜好,从《诗经》和《离骚》起,所谓"美人闺怨",多是作者用来表达自己在仕途上的不得意。儒家审美文化中,"美人"这一意象其实就是男性的政治理想,表面上写女子的忧愁与寂寞,实则抒发自己壮志难酬的苦闷。但到了李清照这里,一切都不同了。这是一种"异化"的异化,写女性,就是女性本身,她的忧愁是真实的,她的思念是真实的,她的孤独是真实的,她的期冀也是真实的。这些真实的情感,凝结在了李清照的笔下,写出了一千年之前、一千年之后无数闺阁女子的心事。她前无古人,后无来者。文学史上有她,是女性的幸事,不然,将借谁之口,说出这些或美好或沉痛的心事?

盛世滋养艺术。但在战乱年代,文明之光照样能冲破黑暗的浓雾,灼灼发光。

李清照后期的作品充满了沉痛感。"小风疏雨萧萧地。又催下、千行泪。吹箫人去玉楼空,肠断与谁同倚。一枝折得,人间天上,没个人堪寄。"满篇不着一个人物形象,却沉痛深邃,言有尽而意无穷。

关于误读

长期以来,人们似乎默认,李清照词即是她人生的真实写照。

年少时娇憨无忧,初嫁时与夫君琴瑟和谐,晚年颠沛沉郁,似乎恰与其创作年谱相符合。

事实上,作为一个女性作家,李清照的作品不仅仅是词,也包括大量诗歌,以及学术作品《词论》。由于李清照全集早已失传,她的词是否能定义其最高成就,其实是无法定论的。

人们在分析男作家的作品时,往往能将其身份与作品完全区分开来。人们不会因为辛弃疾写闺怨词,就把他视为一个女人,更不会认为那是他的生活写照。但,当一位女性写出作品时,人们往往想当然地认为,她的作品正是其生活经历的折射,这种脸谱化的阅读,其实是不够公平的。

不用一个女性的私生活来评价其作品,这是起码的尊重。

在后世,李清照最大的争议点,无疑是其再嫁张汝舟,又自诉离婚。南宋之后,理学兴盛,再嫁与离婚,成了李清照最大的"污点"。即使作为文学史上最有名、最有才华的女性,仍旧逃脱不了被道德审判的命运。

学者朱彧就感叹李清照"不终晚节","流落以死。天独厚其才而啬其遇,惜哉"。

而宋代诗话《苕溪渔隐丛话》中记录李清照再嫁之事,不无恶意地写道:"传者无不笑之。"

明初文学家宋濂、藏书家叶盛都曾借改嫁之事对李清照予以谴责。

情况到了清代,发生了奇特的转折。李清照的词真的太好了,好到人们似乎不忍心,也不愿意对她做过多的指责。但,在女性尚不独立的年代,该如何为李清照开脱,为她塑造一个才华绝世且符合理学标准的形象?

那么,只有说她改嫁一事是假的,是彻头彻尾的捏造,是同时代嫉妒者们给她泼的脏水。

李清照再嫁张汝舟后遭遇家暴。对此,她有极其精彩的描绘:"身既怀臭之可嫌,惟求脱去;彼素抱璧之将往,决欲杀之。遂肆侵凌,日加殴击,可念刘伶之肋,难胜石勒之拳。局天扣地,敢效谈娘之善诉;升堂入室,素非李赤之甘心。外援难求,自陈何害?"(徐培均《李清照集笺注》)

在清代这场轰轰烈烈地为李清照"辩诬"运动中,人们认为,李清照"再嫁,又离婚"是同时代人对这位伟大女词人的侮辱和诋毁,而他们则致力于还世人一个"真实"。

清代学者俞正燮、胡薇元、陆心源、李慈铭、陈廷焯等人,都否认李清照改嫁的事实,而李清照这份书启,则是后人篡改之后的伪作。

如果李清照能得知这场荒唐身后事,她大概不会感谢这场洗白。我们从不赞颂苦难,但不得不承认,一个作家的人生轨迹与命运和其创作息息相关;她的作品印证了那个时代,与其他作家的作品交相辉映,共奏宋词华章。在李清照的笔下,那些诙谐、俏丽、酸楚、沉痛、简洁、晦涩的词句,深藏着女性的悲悯以及对中华文明的感知。她经历过战乱离散,这种经历给了她一种女性在大时代中特殊的历史感与孤独感,往事的回忆、爱情的感伤、王朝的断裂,深邃又沉痛。她的一生是场瑰丽的悲剧,但即使是悲剧,依旧无法掩盖她在文学史上独特的价值。她无须辩白。

乱世中的独立人格

综观李清照之一生,她足够独立。作品反映志趣,她不再是个完全被情感左右的女性,而是个试图在艰难时局中掌控自我人生的女词人。

1102年,李清照嫁给赵明诚的次年,赵佶即位,将李清照的父亲李格非打为奸党。

十九岁的李清照上书,向其时显赫的公公赵挺之求救。手书流传下来的只有两句:"炙手可热心可寒,何况人间父子情。"

她没有救下父亲,但这句话流传了下来,"识者哀之"。

这一年,离靖康之变还有二十五年。这一年,白山黑水间的青年猎人完颜阿骨打三十四岁。

李清照著有《词论》。在这部学术著作中,她对词坛上重要的男词人逐一点评,显示了其在文学上的自信。

世人都认为她与赵明诚琴瑟和谐。只是,在她手著的《金石录后序》中,记载了他们真实的婚姻样貌。这也让这部序超越了"序文"的范畴,从而能窥见某种真相。众人称羡的婚姻其实同样爱恨交织。

在第二段婚姻里,李清照则呈现出了更大的主动性。在发觉所遇非人后,她不惜自陷牢狱之灾,举报张汝舟营私舞弊、骗取官职,并提出离婚。化解牢狱之灾亦是其智慧所在。

她的词有气概,"天接云涛连晓雾,星河欲转千帆舞。仿佛梦魂归帝所。闻天语,殷勤问我归何处。我报路长嗟日暮,学诗漫有惊人语。九万里风鹏正举。风休住,篷舟吹取三山去",豪迈不输苏轼。

1129年,赵明诚罢守江宁。三月与李清照"具舟上芜湖,入姑孰,将卜居赣水上"(《金石录后序》)。舟过乌江楚霸王自刎处,李清照写下了那首千古绝句:

> 生当作人杰,死亦为鬼雄。
> 至今思项羽,不肯过江东。

赵明诚死,李清照追随帝踪流徙、误嫁匪人之后,她的词作更见苍劲。1133年,朝廷派同签书枢密院事韩肖胄和工部尚书胡松年出使金朝。李清照作诗为二公送行:

> 子孙南渡今几年,飘流遂与流人伍。
> 欲将血泪寄山河,去洒东山一抔土。

五十岁那年,李清照避乱金华。在金华期间,李清照曾作《武陵春》词,又作《题八咏楼》诗,悲宋室之不振,慨江山之难守。在这首诗里她写道:

> 千古风流八咏楼,江山留与后人愁。
> 水通南国三千里,气压江城十四州。

如若将李清照的一生拍成电影,最感人的那幕一定发生在靖康二年(1127)。那一年,北宋崩溃,南宋建立。丈夫赵明诚因母丧奔赴江宁。局势越来越紧张,李清照着手整理遴选收藏员准备南下。"先去书之重大印本者,又去画之多幅者,又去古器之无款识者。后又去书之监本者,画之平常者,器之重大者。凡屡减去。"

带着十五车重器,李清照在乱世里南下。走到镇江时,镇江陷落,守臣钱伯言弃城而去。1128年春,在经历了一个寒冷的冬天后,李清照独自带着这批瑰宝,抵达江宁府。

四十三岁的李清照,给北宋王朝留下了一个沉痛的注脚。

(杨菁菁,安徽合肥人。曾出版《天生妖孽》《最美的翻译》等。)

诗经三叠

许冬林

比江水盛大的无望
——读《诗经·周南·汉广》

南有乔木,不可休思。汉有游女,不可求思。汉之广矣,不可泳思。江之永矣,不可方思。

翘翘错薪,言刈其楚。之子于归,言秣其马。汉之广矣,不可泳思。江之永矣,不可方思。

翘翘错薪,言刈其蒌。之子于归,言秣其驹。汉之广矣,不可泳思。江之永矣,不可方思。

——《诗经·周南·汉广》

每读这首《汉广》,眼前便烟水茫茫,铺开一片浩渺无边的忧伤。这忧伤,说到底是一种无望。

一个人,也许走了最远的路,见过最高的树,涉过最宽的河,可是,当他某日忽然邂逅最美的意中人,忽然被甜蜜和无望同时击中,他才悲哀地发现,所有一一经历过的最美风景,都可以成为一种痛。

他所见过的南方那株最高的乔木,以及它在蓝天和白云之下蓬蓬撑开的一片蒙古包似的绿荫,是不属于他的。纵然他是疲惫的长路行者,也只能远远眺望那一片葱翠,那绿荫不接受一个渴慕的旅人来歇息。

在这首《汉广》里,他也许是一个樵夫,她也许是汉水边那位出游的女子。一抬眼,是遇见。像一滴水遇见黎明,遇见光,遇见五彩云霞。她的光芒太耀眼,以致他被照成虚无——在她的映照下,他倏然发现自己的黯淡。

他在一日日目光堆叠着目光的遥望中,终于明白,人世间,原来是有万般"不可得"。

是呀,是命定的"不可得"。站在绿草萋萋的汉水边,目睹比阳光还要宽广的水,知道自己身无一物可凭依横渡,知道彼岸也是"不可得"。再远一点,比汉水更远的长江,遥想它滔滔不绝地流淌在远方,更无竹筏可载此身。比长江更远的远方更是"不可得"——在一个命运受困者眼里,自己原来是没有长路、没有远方的。放眼看,那大地上的江河,不过是大地永不弥合的伤口。

比无望更无望的是,明知无望,可是还有执念,还存痴想。

他只是一个樵夫,一个年纪正当好的男子,纵然他只有平凡,可还是情不能自已。他像歌咏春天一样将她装在心底,日夜歌咏。伐柴伐薪,伐楚伐蒌,在繁重无聊的劳动中,他用幻想,向她一寸寸靠近。

他幻想过,有一天,在草木勃发葱茏生长的季节,他刈割荆条归来,在四处弥漫的草木清香中,他心中的女子要出嫁。她要嫁的人,正是他!是呀,如果她嫁的人正是一个身为樵夫的他,那么,他愿意此生哪里都不去,只为她好好喂饱马匹,她去哪里,随她欢喜,她永远可以随时骑上他为她喂养好的马匹。

可是,也许只是一阵山风吹来,只是一弯夜月升上山尖,他忽然一激灵清醒过来。他揉揉迷离双眼,看到的是无比静寂的黄昏、无限空荡的山野。这黄昏的山野,没有婚嫁的热闹歌吹,没有彩霞一般绮丽的出嫁女子,只有夜色一寸寸升上来,将他淹没于黛色的山水之间。

他的世界,只有空寂的群山,像群山一样无法跨越的陡峭命运。只有浩渺的江河,像江河一样无边无际无从穿越的无望。

他只有山水。空荡荡的山水。

"汉之广矣,不可泳思。江之永矣,不可方思。"

他一边担荷荆条下山回家,一边遥想江河无涯。

他成了一个不断被两头撕扯的人。一头是遥望一眼那人便知永不可得的现实,一头是像浪花一样生了又灭、灭了又生的幻想。冰冷坚硬的现实和温馨甜蜜的幻想,从此构成了他心里的两极,他在其间来来回回。他建筑自己,又打碎自己。他打碎自己,又再造自己。

他死了无数次。又像是永生着。

十多年前,我在北京宋庄听一场纪念王洛宾的歌会。一位来自新疆的歌者在台上唱起王洛宾创作的那首《永隔一江水》,我在台下,听得泪眼婆娑。其实,那隔了一江水的,也许是姑娘,也许是未酬的梦想。

风雨带走黑夜/青草滴露水/大家一起来称赞/生活多么美/我的生活和希望/总是相违背/我和你是河两岸/永隔一江水……

我不知王洛宾有没有细细读过这首《汉广》。不管有没有读过,三千多年来,在江河之畔,总是踟躅着一代代行吟者,他们或为姑娘,或为理想。他们爱恨、忧伤、无望,为命运的大河不可渡。

有些爱情,今生注定不能圆满。有些理想,定然会成为落在山那边的夕阳。

既然不可得,那就看看江水吧。

采药的风情
——读《诗经·周南·芣苢》

采采芣苢,薄言采之。采采芣苢,薄言有之。
采采芣苢,薄言掇之。采采芣苢,薄言捋之。
采采芣苢,薄言袺之。采采芣苢,薄言襭之。

——《诗经·周南·芣苢》

《诗经》里,关乎采集的事儿真丰富,采荇菜,采卷耳,采葛……先人们在三千多年前的大地上,一边采集,一边抒情;一边采集,一边相思和忧伤。

可是,这首《芣苢》有些别致,说的是采药,说的是丰收之喜乐,说的是劳动最本真的美好。

芣苢是车前子,即车前草的籽实。早年生活乡间,我上学放学一路踩过千万棵车前草。此草圆叶,似猪的肥大之耳,所以乡人呼之为猪耳朵叶子。沈从文的《边城》里也写有一种药草,叫虎耳草,也是一种圆叶的一年生草本植物,只是叶比车前草叶略小,它们都是性寒之药,可治热症。这圆叶的车前草在夏秋之际会结出一穗穗的籽实,那时我们上学,晨间露水打湿双脚,脚背、脚丫和裤脚上沾满一粒粒车前子,彼时自然不知它在古老的《诗经》里叫"芣苢"。

上下班的地铁里,我捧读《诗经》,读到《芣苢》,仿佛回到古老年代,在微微的晚风里,领略一场古风盎然的采药风情。这风情明朗轻快,不像后人写采药写得云山雾罩不可捉摸,比如:"松下问童子,言师采药去。只在此山中,云深不知处。"采药人在哪里?烟云千丈,采药人仿佛化作仙人,也许暮归,也许永不出现。

在《芣苢》里,那是一群已婚的乡下女子,身着粗布葛衣,相携着,一路言笑唱咏,走向夏日的旷野。是呀,她们是一群已婚女子,因为在那时,她们当车前子是一味治疗女子难产的药物。她们采集车前子,是为生育人丁、繁衍子嗣而备。也一定是在夏日,因为夏日草木最为葱茏,即使在低处生长的野草,它们的茎叶也饱含雨水一样丰沛的绿。此时的车前草,叶色碧绿鲜亮,有明媚的光泽和多汁的质地,当得起"采采芣苢"的"采采"。"采采"二字,说的是视觉里的车前子,籽实成熟,色泽鲜明。她们刚路过河滩边一丛车前草,又远远看见田埂上的车前子一穗穗在和风丽日下招摇。"采采芣苢,薄言采之。"她们咏唱着,葛裙之下,步步生芣苢。

这首《芣苢》,诗分三章,在反复咏唱中,不过是把动词从"采""有",推进到"掇""捋",最后完美收梢在"袺"和"襭"——她们以衣盛药,咏而归,一身草药香。

这一首采集诗,直陈其事,说得好生明白,没有多余的虚饰。如果要搬上舞台,真是清清爽爽的三场戏。

第一场戏:咏而往。这一群正值生育年龄的女子,一路说着婚育的话题,谁家头胎生了小子,谁家新近添了丫头,谁家的女人不幸难产,幸得用芣苢熬汤来喝,及时相救。这样东家长西家短地说着,她们忽有所感:去采芣苢吧!

是的,要多采点芣苢!大地养育草木,草木以其微小身躯来佑护生灵,人和万物,结成最可靠的同盟与至真至久的信任。

"薄言采之""薄言有之",说的都是去采。快快去采了来,快快去采下来,你看那一穗穗鲜艳饱满的芣苢,亭亭摇曳在夏风里,仿佛大地的小尾巴。

第二场戏:咏而作。她们一边吟唱一边躬身劳作。读《诗经》,有乡村生活经历的人更宜融入那些古风盎然的劳动里。我读到"薄言掇之",眼前立时浮现热火朝天的采摘现场:有人躬身,有人半跪于草叶之上,在碧草萋萋之上拾取芣苢的籽穗。也许是手指掐断了穗下的绿茎,也许是径直扯出籽穗。劳动都是要按步骤进行的,她们从绿叶之上拾得成堆的籽穗后,然后才是"捋"。芣苢籽实小,竹筐容易漏,最好的承载物自然是布。

第三场戏:咏而归。美,往往是富有节奏感的。一场完整的采集劳动,也自然呈现出鲜明的节奏感。这场田野采药的舞台剧进入尾声时,地上已垒起小小的芣苢堆,这群田家女子唱着笑着,纷纷牵起葛布衣襟的一角,将这一小堆一小堆鲜亮的芣苢捧到张开的衣襟上,然后起身,在夏日的晚风里相携唱咏而归。那衣襟的一角,早已掖在衣带上,成了一个个散发草药清香的荷包。

"采采芣苢,薄言袺之。采采芣苢,薄言襭之。"

晚霞如同彩衣,披覆在天边的绿野之上。河畔徐徐升起迷蒙水汽,也将车前草的绿影融入月白色的暮霭里。在三千多年前的那个夏日,一群像夏天一样鲜明蓬勃的女子,唱和,采药,归来。

她们把背影留给大地,把采药的那些动词以鲜明的节奏感,留在世代传唱的民歌声里。

很想知道你的样子
——读《诗经·周南·卷耳》

在纸上抄《诗经·周南·卷耳》,抄着抄着,眼底就起了泪意。

读这首诗,可以配上陈奕迅的《好久不见》作背景乐。岁月的惊涛将我们拍了又拍,到后来,再盛大的想念,也会被拍成蝴蝶标本一样的薄片,小小的,安静的,不会有横跨八个音阶的跌宕。

>采采卷耳,不盈顷筐。嗟我怀人,寘彼周行。
>陟彼崔嵬,我马虺隤。我姑酌彼金罍,维以不永怀。
>陟彼高冈,我马玄黄。我姑酌彼兕觥,维以不永伤。
>陟彼砠矣,我马瘏矣。我仆痡矣,云何吁矣!
>
>——《诗经·周南·卷耳》

在《卷耳》里,她提筐来到野外采卷耳,采呀采呀,有心一把,无心一把,采了半日还没采满一筐。不是筐子太大,不是卷耳太少,实在是心里思远怀人,无心来采卷耳。思念当然会误干活——谈恋爱本来就容易成为废耕废织的事,何况这爱恋又被时空隔出了一道偌大的口子,思念的洪水日夜奔泻,采卷耳这样的劳动真是填不平这浪涛。

那么,索性就把菜筐弃在大路旁。

一定是这样的一条大路:他赴千里外行役之时,是从这条大路出发的。自此,在这条大路上,她日日遥盼远人归来的目光,按住了一拨又一拨人马走过溅起的烟尘。今日,她采卷耳,这大路两旁的野地,毫无意外成了首选。因为,可以一边采摘,一边等他从远远的山冈那边忽然翻山走来。

陈奕迅用低缓的嗓音在《好久不见》里娓娓地唱:我来到你的城市/走过你来时的路/想象着没我的日子/你是怎样的孤独……

千百年来,总有一场又一场情节雷同的想象:当我深陷思念之时,便想象出你旅途孤寂的样子;若你也如我这般思念,你一定会遥隔重山,告诉我你走过的山川、骑过的骏马、同行的旅伴……

于是,便有了一场隔空的回应:

×年×月×日,天色清明,晓风里驰马前行。远山如黛,林木苍苍,一颗红日初升如豆。马蹄哒哒,铃声回荡。至日中,苍山渐近,四野披覆灿灿日光。仆在水边饮马,我在乔木荫下歇凉。日落时分抵山脚,举目荒无人家,无可投宿,我欲攀此土石山,奈何骏马足疲,神色已颓。暮色里,想起家乡遥遥,那大路边采摘卷耳的人提筐空空而归,我这里取壶斟满浊酒,望乡而饮,聊慰这满腹心思和暮霭一样弥漫的忧伤。

×年×月×日,日色昏昏,途中黄叶扑簌坠地,极目衰草连天。日夕之时,登上高冈,俯瞰远村,屋舍朦胧,犹闻犬声隐约。风烟中望乡,大路通往远方,迢迢迎向故乡。遥想彼地卷耳已老,不知我那采摘卷耳的人是否已回厅堂。今日暂歇秋风高冈,端详那马儿已经腿软,它和我一样身疲惫,心迷茫。此种情境,唯有把酒临风,或可稍稍消解这思乡念人的悲伤。而长路还在脚底,日日延长。

×年×月×日,朔风已起,寒气清冽,长空雪影纷乱。我们一主一仆,还有一匹瘦马,缓缓行于深山大谷。上下一白的空旷里,遥见山野人家晚炊的轻烟斜斜地弥散于萧疏林木。唯有登高方可望远,我登上乱石嵯峨的山冈,而一仆一马已累倒在我脚边。我有多久没见你了呀,我那春日里在乡野采摘卷耳的人?我想寻一处山野茆亭,一边避雪,一边喝酒,一边想你。可是,茆亭易得,酒壶已空,空空的行囊里只装了行行重行行的叹息。

……

雪花之外，千年之外，陈奕迅依然用低低的嗓音在吟唱：我多么想和你见一面／看看你最近改变／不再去说从前，只是寒暄／对你说一句，只是说一句／好久不见。

是啊，好久不见。那行役在外的人，眼见着那长路上从林木苍翠换成大雪纷飞；那采摘卷耳的人，眼见着卷耳青了，枯了，又青了枯了。那行走于红尘俗世的现代人，见镜中华发已生，忽惊觉彼此已是经年未见。所以，悄悄想起那个人，期盼再见一面，哪怕是单薄得只有寒暄的一面。

就这样读《卷耳》，像观一场构思精巧的舞台剧。第一个上场的是一个女子，她蹲在舞台一角，绯红上衣、石青色裙子。她身后，平野辽阔，绿油油的卷耳叶子和不远处的庄稼一起，在风里摇曳。春光灿烂的画面里，她采摘卷耳，不时远望大路尽头，阳光给她的脸儿打出了一个线条分明、柔和好看的侧影。悠扬的歌声自菜筐背后响起：采采卷耳，不盈顷筐。嗟我怀人，寘彼周行……

在舞台另一角，光电缓缓切换出一幅色调微冷的画面——一个与她遥隔重山的男子立在马边，一身风尘。他的身边，仆从憔悴，骏马疲惫。他立在清冷光影里，遥望着象征辽阔时空的黑暗，用陈奕迅一样低低的微哑的声音诉说：陟彼崔嵬，我马虺隤。我姑酌彼金罍，维以不永怀。

他的声音一出，舞台上瞬间落叶缤纷。他再唱，大雪飞扬。他的身后随即飘出来无数个低沉的喑哑嗓音来唱和：陟彼高冈，我马玄黄。我姑酌彼兕觥，维以不永伤……陟彼砠矣，我马瘏矣。我仆痡矣，云何吁矣！

他和她，在同一个舞台上，在两束不同色调的追光里，遥隔沉沉的黑暗，相望，互诉衷肠。

《卷耳》四节诗感人之处在于，她的春日怀人，得到了持续的回应。如果我没猜错，他用至少三个季节的登高望远、借酒抒怀，来酬答她的思念。

其实，他真正的情形她并不知。昔日，那故乡大路边一别，他自此沉落于茫茫人世。鞍马风尘，醉卧沙场，抑或于他乡另结连理，都有可能。人生实在有太多不确定。

一别，就是一世。这结局，古今都不稀奇。

只是有人在人海里，低头吟唱，想象着你如今的样子。

（许冬林，中国作家协会会员。散文发表于《十月》《散文》等文学刊物，出版散文集《日暮苍山远》等十余部。）

与美同行四十年
——与安徽出版人交往印象记
宛小平

书元兄

黄书元兄长吾几岁,我们都是"文革"结束后恢复高考时安徽师范大学 78 级的学生。不同系,兄在中文,吾在政教,在校期间并无往来。

我们开始交往是在黄山召开的纪念朱光潜、宗白华诞辰一百周年国际研讨会期间。记得我写了篇朱、宗关于康德《美的分析》的比较文章,因为题目和大会主题非常贴近,叶朗、阎国忠安排我做大会学术的压轴报告。未曾想到会中发生了一件事:德国汉学家顾彬发表了一篇宗白华在柏林大学生活学习状况的考证文章,说宗先生根本不好好读书,也没听课,只是注册而已,大部分时间在柏林街头看德国美女,写他的《流云小诗》。他的话激怒了参会的宗先生的儿子(北京一重点中学的校长),宗先生的儿子立马站起来反击顾彬,说宗先生去柏林读书是因见到少年中国学会内部纷争而失望之举,并无游山玩水之念!联想到如果我在大会上宣读那篇有点挑战宗先生翻译康德《判断力批判》(上卷)不太严谨的文章,可能又会出现尴尬场面!其实,我祖父(朱光潜)和宗先生关系还好(这从 20 世纪 40 年代他写批评冯友兰《新理学》文章,请方东美、宗白华提意见可见出),但我手上的确也有祖父批改宗先生翻译康德《判断力批判》的批注。毕竟我那篇文章是从纯学术视角来写的,如果因为偶然的机缘而起误解,那就失去此文的初衷!于是,我向叶朗先生表示我的顾虑,并请求大会取消本来安排我的发言。叶先生看到顾彬和宗先生儿子的冲突多少也有些担心,表示我的决定是冷静的。

会后,安徽教育出版社编辑要将会议论文结集出版,那时发文章对我这样初出茅庐的学者是比较难的事,何况这次会议规格高,论文质量也上佳,自然我也想自己提交大会的论文被收入。但毕竟我未在大会上宣读论文,于是,我写了一封信给宗先生的儿子,说明我那篇文章并无贬低其父的意思,是完全从学术研究角度出发写的。没想到宗先生的儿子很快回了我一封信(这信后存书元兄处),大意是说,朱、宗各有所长,他倒羡慕我还能继承祖父事业。我把这封信给书元兄看,目的是希望他能将我的拙文收入大会论文集。书元兄问我可还有其他写祖父的文章,我说有,我一篇近作是写祖父集注老子《道德经》的研究文章。书元的智慧在处理我想发自己文章这点小事上体现出来:一方面,我想他一定觉得把那篇挑宗先生翻译毛病的文章收入其中必定会引起宗先生儿子的不快!另一方面,毕竟我是朱先生的后代,如能提供一篇有价值的研究祖父的文章岂不是更好?!恰好,该书主编是我的好友钱念孙先生,这事很快就解决了。

元明同道

与唐元明兄相遇,最早也是在黄山美学国际会议上,不过那时并未深谈。

这以后我们陆续在国内省内大大小小的美学会议上相谈甚欢。我一直认为元明兄在安徽教育出版社中虽然不是专治哲学的,但他对美学属于哲学有着清醒的认识。这也使他很敬重哲学界的大师,如叶秀山、张岱年、金开诚等。这种开阔的眼界,是我们今天年轻出版人应该学习的。

元明找到我也是编一本哲学家的印象记,后来以《印象梁漱溟》为书名在安徽文艺出版社出版。那本书,我自己并不满意,因为时间紧迫,许多关于梁先生学理性的文章没有选入,只能说是让读者对梁先生有一个"印象"。不过,聊以欣慰的是,多年之后我还听说有人对我写的"序"称赞不已。

竞芬学妹

我称竞芬为学妹,大概可以吧?她的老师朱良志是我的挚友,又是安师大同一届的学生。

我与竞芬学妹交往,缘于我的一本拙作《边缘整合——朱光潜与中西美学思想家的关系》由她责编开始的。毛泽东曾有名言:"世界上怕就怕'认真'二字,共产党就最讲认真。"说实在的,我不知道竞芬是不是共产党员,但她对工作的认真劲在我看来,是够得上"共产党员"这一称呼的。

编我那本小书时有一件事令我难忘:我主张把"文革"中我父亲和祖父的近二十封通信附在书后。因为研究朱光潜的学者都知道在现有研究朱光潜材料中,那一阶段几乎是空白。何况这些是父子之间的掏心话。这一定会给研究者带来许多值得研究的话题。可是竞芬看过我的安排后,对我说,这破坏了全书的体例。我不能说她的观点没道理,但我觉得这种附在全书后面的方式也不是不可以,毕竟这些信太珍贵了!譬如祖父曾在信中对儿子说希望在合肥度过他的晚年,要我父亲请一个能做饭的保姆。这些打算透露了祖父对自己的前程已心灰意冷,准备打发余生。

竞芬学妹经过思想斗争后,最后还是顺从了我的看法。估计这在她编书过程中是很难得的。

钱 江 君

我和钱江君年龄相仿,志同道合。钱君儒雅谦逊的工作作风,在我们一开始打交道时就深深地吸引了我。这之后我俩的交往,可以用"如沐春风"来称之!

钱君有水平,编校极为认真,从不放过小细节。我写的《李石岑哲学美学思想研究》中有关于周国平先生讲的一段话,究竟是1986还是1997年?显然我请的学生打字给打错了,造成了两个互为矛盾的说法。准确地说,周国平讲那番话应该是1985年,书是1986年出版的。钱君看出了我的笔误,但他提出修改的语气,却非常委婉:"脚注注明这两句话发表在1986年,后面又说'周先生讲这番话时是在1997年',这两个年份是否矛盾?"

这种一来一往的批评与修正在我这本拙作的编校中是常事,也使我从钱君身上学到了许多东西,他让你认识到自己的错误而又不得不折服于他的批评意见!

其实,钱君也是我好友钱念孙早在20世纪90年代出版的《朱光潜与中西文化》的责编,钱著虽然不是第一本研究朱光潜的著作,但其论述清晰,语言流畅,资料翔实可靠,在当时研究朱光潜美学思想的著作中是出类拔萃的!自然我也注意到这本书的责编钱君。不过,真正接触钱君还是王德胜兄邀我参加他早先与汝信先生编写的大著《美学的历史:20世纪中国美学学术进程》(增订本)的写作。考虑到我对方东美先生的研究著作《方东美与中西哲学》在大陆和台湾有些影响,其序是新儒家代表人物之一刘述先作的,德胜兄希望我把其中涉及美学的部分章节改写加入他的那本大著中。这本大著恰巧也是钱君编校的,他为此所下的功夫是不言而喻的。

这本书编写之后，我和钱君在许多学术活动场合相遇，每次我都从他身上学到了不少东西。从他常带一帮出版界的年轻学者参加会议，就可知他是一个有心人。最近听说钱君被调去做少儿出版工作，不免有种惋惜之感！毕竟对美学深有了解的编辑，在安徽出版界还是不多的。

这几位都是安徽教育出版社的出版人。黄书元社长在该社草创期间，便拿出大量资金出版《朱光潜全集》《宗白华全集》，这实在有点置之死地而后生的味道！元明兄广阔的学术视野，竞芬学妹认真的作风，钱江君与作者周旋的高超手法……都是该社成功的内在原因。美学、美育是教育的题中之义，可以说，安徽教育出版社自成立始至今也是与美共舞的四十年！

（宛小平，安徽大学教授、博导，第三批安徽省学术和技术带头人，安徽省宣口拔尖人才，安徽省美学学会会长。研究领域主要是朱光潜与现当代中国美学，五次主持国家社会科学基金项目。担任中华书局《朱光潜全集》执行编委，四次获得安徽省政府奖，出版著作八部。）

皖地风

诗仙、诗圣与诗佛

赵　焰

"唐朝有胡风",是说唐朝承接民族融合、文化汇聚的力量,破了秦汉的格局。秦汉是气势宏大,唐朝呢,是气象万千。从唐诗就可以看得出来,唐人的精神既辽阔又深情,前无古人,后无来者。秦汉格局被破,准备时间很长,从魏晋南北朝一直到隋朝。它依托的力量,主要是外部的开放,西域文化的进入,佛教对中国人精神世界的提升和孵化等。

唐朝具有很强的包容性,开放、自由、浪漫,有由内向外发散出的元气,仿佛大地回暖,葳蕤蓬勃。这一点不像先前的秦汉,虽然很强大,不过法律和道德霸道严苛,对人的挤压很大。唐朝的习俗是很自由的,李世民杀了弟弟李元吉之后,还抢了李元吉的老婆,生了一个儿子。如此举动,在汉人看来是乱伦,可"胡风"不这样认为:兄弟死后,老婆是可以转让的。唐朝的女子,穿着很暴露,女子可以露半乳,跟汉朝简直天壤之别。唐诗里屡有"豪饮",也是受游牧民族剽悍习性的影响。有专家考证李白出生于碎叶,极可能是中亚人。这说法一点不奇怪,唐朝大气磅礴兼容并蓄,有无数外族人趋之若鹜,一个外族男子说汉语写汉诗喝米酒融入中国文化,是再正常不过的事了。

唐朝不仅仅有儒释道俗,还有各种丰富多彩的异域文化。唐诗代表人物李白、杜甫、王维,各有华章,各有特点。世人都称李白为"诗仙",因其诗风既激情奔放、超尘脱俗，又具有奇妙的想象力。这种风格，一半来自道学，一半出自个性。在李白身上，有视万物如无物的豪迈，目空一切的自信，不受权力和情感羁縻的洒脱，还有狂歌痛饮的享乐主义。唐代道风盛行，许多诗人，像李白和李商隐等，都是道教的俗家弟子，学习过冥想、吐纳、丹药等。李白的脱俗和快意，不是与某种势力的敌对，确实是一种人生态度，逍遥处世，自由自在。至于其他，如求仙、炼丹、游侠、风月，甚至一时的低眉折腰，都是为了做自己。

"春心荡兮如波，春愁乱兮如雪，兼万情之悲欢，兹一感于芳节。"这是李白描写春天的话，也是李白诗给人总体的感受。李白的诗，博大如天地河汉，气势如山川日月，风韵如春风吹拂。至于李白个人，给人的感觉，就是携天地之心，披一身月光，对酒当歌，"朗笑明月，时眠落花"。这样的诗人，不是"谪仙"又是什么呢？

人有仙气，并不只是外在的逍遥洒脱，还有参透生命的本质，继而有及时行乐的生活方式。李白有一篇《春夜宴桃李园序》，其中写道："夫天地者，万物之逆旅；光阴者，百代之过客。而浮生若梦，为欢几何？古人秉烛夜游，良有以也。"因为有大彻大悟的"三观"，李白的洒脱，是真洒脱。

"人生天地间，忽如远行客"，既然时光如此迅速，何不潇洒走一回呢？李白表面的"仙"之背后，其实也有无可奈何的"悲"。李白的孤独，是大孤独，是"大道如青天，我独不得出"；李白的忧伤，是大忧伤，是"白发三千丈，缘愁似个长"，是"高堂明镜悲白发，朝如青丝暮成雪"。

内心越是广大，孤独就越深入骨髓，李白的孤独就是如此。至于如何对抗孤独和悲苦，李白的方式是："花间一壶酒，独酌无相亲。举杯邀明月，对影成三人。"李白是悲着悲着，就长啸一声，随之大笑畅饮，"人生得意须尽欢，莫使金樽空对月"。

李白《静夜思》："床前明月光，疑是地上霜；举头望明月，低头思故乡。"前两句，颇平实，到了"举头望明月"，哲思上扬，后一句"低头思故乡"，充满玄机——若"故乡"只是形而下，是指老家，未免平庸，没有轻灵之气，难当"诗仙"之盛名。此"故乡"并不是地理意义的故事，有形而上意义，指认人类的归途，这首诗当尤其好！

李白最好的诗，个人以为是公元761年所作《独坐敬亭山》。这一年，李白六十一岁，独自来到宣城，也独自去了敬亭山。老了，体力明显不如以前了，拾级而上，步履蹒跚。李白好不容易爬上了半山腰，寻觅到一个佳处独坐下来，天际寥廓，万籁俱寂，连鸟杂乱的歌唱也停止了。"众鸟高飞尽，孤云独去闲；相看两不厌，唯有敬亭山。"这一首诗,以空旷而空灵的境界,释放了自己的孤独和悲苦。之前的李白,最喜欢跟友人、跟诗酒在一起,写的是"长风万里送秋雁,对此可以酣高楼"。可是友情也好,酒也好,都是实在的东西。其实人最好的状态,就是跟自己在一起,找到自己,明白自己,才会有真正的圆满。

因为有着如此境界,我更愿意相信数年后的李白是"捞月"而亡的,其灵魂直上青天。这是一个诗意的结局,跟"诗仙"的形象绝对吻合。

杜甫呢,被称为"诗圣"。其祖父杜审言是武则天时期的修文馆直学士,皇帝身边的御用文人;父亲杜闲,曾经当过兖州司马,相当于副州长。杜甫年轻的时候,就很有才华,也很有志向,他的诗句"致君尧舜上,再使风俗淳""会当凌绝顶,一览众山小",口气和气魄不是一般的大,由此可见杜甫才华横溢。二十多岁时,杜甫参加过一次科举,没考上,他并不觉得难过,还跟高适一起出门游山玩水。想想也很正常,那段时间正是唐朝最为辉煌的盛世,皇帝是励精图治的唐玄宗,宰相是老谋深算的张九龄,朝中人才济济,长安城繁花似锦,帝国前程光明。人处在这样的环境中,是不需要担忧命运的。杜甫和高适一起游历期间,结识了比自己大十二岁的偶像李白,虽然友情更多时候为一厢情愿,可是心中仍是很幸福。随后,杜甫回到长安,开始了自己的求仕生涯。这个时候,掌握帝国中枢的人,已经变成了李林甫。杜甫在整整十年的时间里,在长安到处走关系,为可能给他推荐机会的人写诗、写赋、拍马屁、搞关系,甚至冒险为唐玄宗写了三篇《大礼赋》,仍没有求得一官半职,生活一度陷入窘状。四十三岁时,杜甫更是遭遇了人生的噩梦,由于没有生计来源,小儿子活活饿死。极端痛苦之下,杜甫写下了"朱门酒肉臭,路有冻死骨"之诗句。这一年,安史之乱爆发。杜甫险象环生,四处流浪,被叛军逮捕关押,后来投奔肃宗皇帝,被任命为左拾遗。之后又是被贬官、弃官、到处奔走。直至十年之后,杜甫终于在成都落脚,在老朋友剑南节度使严武手下当了一名参谋,生活仍然困顿。《茅屋为秋风所破歌》就写在此时。最终,杜甫贫病交加,死于归乡途中。

关于杜甫之死,一直有三种说法:病死,自沉,消化不良。最后一种说法更是怆惶:因为在湖南遇雨被困,五天没吃上饭。县令知道后,用牛肉和酒招待他。杜甫实在是太饿了,暴饮暴食腹胀而死。具有讽刺意味的是,一生渴望仕途的杜甫没当过大官,也没当过几天小官,却落得官位的称谓:杜拾遗、杜工部。这是刻意讽刺和揶揄吗?

好在杜甫的诗篇不朽。因为苦难,杜甫的诗有瘦硬的骨感,有苦难的挣扎,有真正意义上的人文关怀。杜甫的诗,很多描述了民间的困苦,描述了百姓蚁蝼般的生命状

135

态,有入世情怀,有同情心、同理心,有人道主义精神,符合中国儒家学说价值观。钱穆称杜甫为唐代的"醇儒",意指杜甫是身体力行践行儒家之道。杜甫不是儒学经典的注疏者,也不是儒家思想的开创者,他只是用一生的实践和行为,用整个生命丰富和充实儒学的内涵。

古代读书人中,像杜甫如此忧国忧民、关注底层民生的人非常少。读书人大多眼光向上,求的是"修身齐家治国平天下",更看重功名和道德。可杜甫不一样,他从"仁爱"出发,忠君爱国,关爱家人,也关爱社会,尤其关爱普通百姓。杜甫的身上有一种类似现代人道主义的精神。这种精神,先秦儒家思想是有的,只是并不茁壮。先秦之后,儒家跟皇权的结合越来越紧,越来越功利,人本精神湮没式微。可是到了杜甫身上,这种极其可贵的同情和悲悯,再度起死回生。

说杜甫是诗圣,还有一个原因,杜甫一直克勤克俭,也恪守儒家的"艰苦"精神。儒家学说本来就是农耕文化的产物。以为一个人若不能艰苦,便是懦弱;若不能奋斗,就难有成就。孔子当年"累累若丧家之狗",即是"复礼"的艰苦卓绝。一个诗人,自己艰苦,又关怀艰苦的民众,有圣人余风,俨然"诗圣"。

杜甫的诗,还有广博、深厚和多样的一面。现实主义和人文主义的关系,是杜诗的主流。杜甫还有一类诗,有浩渺的人生意义。他晚年的诗像凄厉的北风,从荒原上横扫秋意。"丛菊两开他日泪,孤舟一系故园心",这一种心境,是对世事的执着和恳切。像一片霜冻后的叶子,枯萎中,仍带有一抹固执的红艳。

杜甫一生,像一棵坚韧不屈的树,先是茁壮成长,随后枝繁叶茂,最后虬枝横斜、归于寂寥。他一直跟社会同步,感受社会的喜怒哀乐,度过自己的生老病死,不求仙,不求佛,也不隐匿,只求些许和片刻的欢愉。可是他一直把根固执地扎于土地之上,坚守着自己的家国情怀,坚守着朴实、本真和善意。这样的人,不是"圣",又是什么?

"仙"与"圣",是不同的:"仙"目光向上,看向云端,寻求超脱;"圣"目光向下,俯瞰人间,意欲关怀。李白和杜甫,分明是老庄和孔孟思想的诗化体现。李白近于道,最像庄子。杜甫近于儒,最像孔子。

儒道同源,出自祭祀:道家是卜,儒家是祭。至于后来,老子是孔子的老师,庄子是孔子的后学,彼此间,实在是难舍关联。道学发展到庄子这里,成为一个分支,崇尚自由,洁身自好,不讲济世情怀,只讲个体自由。发展到唐朝之际,最切实的表现在诗中——诗仙,就是道家;诗圣,就是儒家。

以佛家的"大乘"和"小乘"来比喻:儒家为"大乘",道家为"小乘";诗仙为"小乘",诗圣为"大乘"。

至于王维,世称"诗佛",说是王维在终南山辋川别业隐居之后的诗,充满着佛学和禅意,达到了相当高的境界,是一种觉悟的美。比如说王维诗《辛夷坞》:

木末芙蓉花,山中发红萼。
涧户寂无人,纷纷开且落。

这一首诗,没有人,花开花落,全是寂清,跟很多日本俳句非常相像。都说日本文化有唐风,日本的俳句其实是继承发扬王维一脉的风格,清浅恬淡,画面感很强,暗示性也很强,走的是禅宗偈语这一条路子。日本的侘寂之美,可以从紫式部的《源氏物语》,竹尾芭蕉的俳句,谷崎润一郎、三岛由纪夫的小说中领悟到。理解王维,可以借日本美学中的"侘寂之美",顺势理解那种超越、决绝和冷峻。都说王维的诗有禅意,禅意是什么?如临济法师所说"佛法幽玄",像一种浅淡的神性,如淡雅的茶香,缥缥缈缈,形散神不散;也像静静的池塘的水面,落入一个小石子,突然间生气尽显,画面和氛围都"活"起来,各种美好一并唤醒。

王维《鹿柴》诗:

空山不见人,但闻人语响。
返景入深林,复照青苔上。

诗写什么?说王维生活在山中,看不到人,也不想见人。远远好像听到有人说话,可是根本不想见人,于是"返景入深林",欣赏阳光照在青苔上的景致。这里的"侘寂",是生寂,不是死寂;不是寂然不动,而是寂然生机。

侘寂为什么美?因为有着言外之意,满是内容和玄机,跟生命的本质有共鸣。生命在表象上热热闹闹、喧哗嚣动,其实在骨子里,还是凄静、斑驳和苍凉。王维的诗,有人生的终极感悟,有宗教的启示意义,以觉知敏锐、通透超越,直接抵达生命的本质。比如"欲知除老病,唯有学无生",平淡的两句话中,满满的是对生命意义的绝望。普通人不懂禅,不太能理解王维诗中的境界,以为王维"晚年唯好静,万事不关心"是"避世",其实哪是避世呢，只是在做减法，不关注世界的喧哗与骚动，只关注事物瞬间的玄妙，以及生命的来意、去处和真谛。

在哲思上，王维是"一骑绝尘"、高不胜寒，除悲悯心、欢喜心之外，还交织着虚无感、疲惫感。如此境界之人，自然瞧不上诸多同时代的人。也难怪王维经常关门闭户，不问世事，谢绝人的来访，甚至跟李白也懒得来往。王维瞧不上别人，也瞧不上年轻时的自己，"少年识事浅，强学干名利""少年不足言，识道年已长""晚知清净理，日与人群疏"……这些，至少说明王维对于自己的不满意，以成年后的博学、深厚和幽远，若是回视年轻时的浅薄和轻浮，肯定会带有鄙薄目光的。

说王维是诗佛，还意味着王维禅诗的境界无人可比。众多诗人弄禅，往往是一知半解，偶尔触及，用诗来讲一讲佛理。可是王维弄禅呢，有着对佛理的巨大感悟，是造大境，把自己都笼罩进去了，有着无人可及的大高妙。

王维的诗，如"雨中山果落，灯下草虫鸣"，极具般若性，仿佛触及神性，一切让"神"来说话，自己则躲在一边。这样的诗句，的确是鬼斧神工，自己什么都不说，又什么都说了。艺术的至高境界是禅境，这指的是艺术调动无形的能力，不仅仅局限于语言，或者线条什么的，还将周围的有形和无形都纳入其中，形成艺术之"场"，这就更为高蹈玄妙了。就纯粹艺术本身来说，王维的诗，是最有境界的。

诗仙、诗圣、诗佛，也不是绝对的，也有着浓郁的复杂性，非简单的定义所能说明。诗仙李白，看起来桀骜不驯，也有佯狂的成分，实际上是干枯，对于功名的追逐，一点也不比他人少。只是世俗之梦破灭，无奈何做狂狷状，所谓激情和洒脱，大部分时间更像"洒狗血"。

王维诗，多为内观，有安静吸纳之象。也有特例，气势雄浑，向外放射。如《观猎》一首：

风劲角弓鸣，将军猎渭城。草枯鹰眼疾，雪尽马蹄轻。
忽过新丰市，还归细柳营。回看射雕处，千里暮云平。

杜甫呢，目光向外，也有内观之诗，"暗飞萤自照，水宿鸟相呼"，这句诗，恬淡而宽裕，静谧天然，禅意绝不亚于摩诘。"眼枯即见骨，天地终无情"，也有一骑绝尘的悟道意义。

将王维、李白、杜甫放在一起比较:李白如仙,御风乘鸾,高逸而非高妙;杜甫是龙,排山倒海,高蹈而非高妙;只有王维,无是无非,无彼无此,无相无道,无非无喜,弃世间之万事诸情,升得太高,走得太远,无相无形,云腾雾绕。

(赵焰,安徽省作家协会副主席。发表作品500多万字,出版长篇小说《异瞳》《彼岸》《无常》,中短篇小说集《与眼镜蛇同行》,历史传记《晚清民国四部曲》等三十多种。其《宣纸之美》入选2021年12月"中国好书"、2021年度十佳"皖版好书"。)

泊塘三记

鲍官明

干 塘 记

老家麒麟泊塘,属典型丘陵地貌,很少有大湖大泊,却有许多山塘干沟之类的水系。泊塘大塘、山塘、枣水塘、蒲巴凼、腰泊、禾田潭等等,平常农田灌溉、人畜用水就依赖这些塘、凼、泊、潭之类的。因此,它们又被称为当家塘。

这些当家塘水大多不深。印象中除了泊塘大塘水深处在两米的样子,其余的最深也不过一人高。春天里,雨水丰盈,这些塘装不下了,水便会出丘。出丘处,常有鱼虾泥鳅之类上水。头戴斗笠,肩挎鱼篓,手里拿一只大筲箕,撮在水冲击下来形成的深凼口处,然后赤脚伸进凼,轰它几脚,端起筲箕,这时,一筲箕里都是鱼虾泥鳅。而这其中,以鲫鱼最多,其次是鲤鱼、鲳子、屎螃皱之类。碰得不巧,还有蛇。

由于水不太深,每年六七月双抢前后,若遇连续干旱天气,这些塘就会干。先是从塘涵子里放水,到水已经低于塘涵子,放不出来了,于是开始用水车车水,后来用潜水泵,到最后,塘自然而然就见底了。

自去年干塘(也有去年不干的年成,但很少)到今年,时间大约一年。塘里的鱼虾经过一年的生长,已经很肥美。尽管谁也不曾往里面放过鱼苗,谁也不曾喂过食,但大自然就是这样神奇,就算水塘年年干,但年年里面都有鱼。

天仍然持续无雨,太阳热"晴"似火,大地冒青烟。早在几天前,人们就在心里算计着了,枣水塘或者腰泊今天要干。本来今天有人准备出门,家里人就说,枣水塘今天不干明天一定要干,等干了塘搞完了鱼再出门不迟。要出门的人想想也是,外面的钱还是飘的,但塘里的鱼是一定有的。于是准备撑网,收拾虾趟,检查网戳管、鱼篓,甚至鸡罩也都拿出来摆在显眼处,只等着干塘的那一时刻。当然,那些不准备出门的劳力,准备得就更加充分了。

说到干塘,并非是底朝天。塘里还有四五十厘米水,齐大人裤裆、小孩子腰的样子。鱼已经在水里待不住了,扑通扑通跃出水面,蠢蠢欲动。突然有人发一声喊:"搞鱼了!"于是,车水的也不车水了,田里插秧的也将秧苗丢向了一边,在崖边找黄鳝窟的也不找黄鳝窟了,大家纷纷拿起早就放在塘埂上的撑网、虾趟、鸡罩……不约而同地扑向了水里。搞鱼不是随便搞,得讲究一个章法。五六张撑网一字排开,从南往北,或从东向西。手持撑网的,这时一般都是搞鱼的主力。他们不光是孩子们的家长,也是这个村子里有话语权的青壮劳力。在他们的后面,是一帮手持虾趟的妇女或半大小子。再后面就是手持鸡罩或鱼叉、笤箕等等实用功能不大的渔具的"虾兵蟹将"了。

"鱼上四两各一煮。"干塘了,并不是平时会搞鱼的人就能搞到大鱼,也不是你力气大就能搞到大鱼。一旦散了河,就得讲究一个运气。手持撑网的男人们两趟下来,收获的只不过几条半斤左右的鲫鱼,或勉强够煮一盘子的鲤鱼,还有一些不细心就会倒掉的小黄姑鲳子和屎鳑鲏子。但是在塘后梢菖蒲边用鸡罩一直不停罩的一个妇女,她的罩里已经罩住了一条大混子。于是人群中发一声喊,一齐拥向罩住混子的妇女。这时,妇女的丈夫脚步更快,早已三步并作两步,飞一般来到鸡罩边,伏到了鸡罩上,手不停地在鸡罩里摸来摸去,全然顾不得困兽犹斗的鱼溅得他满头满脸的水花。当一条五六斤的大混子被他抠鳃举过头顶的时候,人群中自然而然地投来一大片羡慕嫉妒恨的目光。羡慕妇女好运气的同时,慨叹为什么抓到鱼的不是自己。更有奇巧的是,隔壁大伯家的女儿,大学放假回家,手上撑着洋伞,脚上穿着红拖鞋,拎着一个鱼篓,守在塘边。一趟来,一趟去,人们惊动了水中的鱼,这时,一条三斤左右的飞鲢,直接蹦起,飞进了大伯家女儿守着的鱼篓里。一身泥巴,一脸的污渍,差不多只剩两只眼睛在外的许多和大伯女儿年龄相仿的女孩子很是不服。这时,就听见这些女孩子的家长大约同一腔调的话语:"人家是大学生,你是吗?"

一趟来,一趟去。水渐渐地不能被称之为水,只能说是泥水了。鱼在泥水里自然是待不住的,漏网之鱼开始浮头。此时撑网已经比不上虾趟和鸡罩管用,甚至徒手都可以捉到鱼。于是,大人们放弃了撑网,拿着笤箕专门对付那些浮头的鱼去了。

天依旧是热,没有一丝风。但酷暑并没有冲淡村民渔获之后的喜悦。余晖下,人们收拾起渔具以及或多或少的战利品各自回家,影子在乡间的阡陌上被拉得很长很长。而这一天的晚上,几乎每家每户的灶头锅里都有喷香扑鼻的鱼,欢声与笑语弥漫了整个泊塘村庄的上空。

雨水仍然没来。好多天后,车干了水的塘的周边开始发白,但还是有人发现裸露的泥巴的表面上有气泡,用锹一撅,原来是一条五六斤重,偎在泥巴里的大乌鱼!

捕 虾 记

女儿自打上班之后,每两三个月回家一趟。今年因为疫情,大半年才决定回家。微信里我就问她想吃什么,老爸老妈好提前准备。女儿说,有点馋家里的水煮河虾了。

其时正值炎夏,河虾并不好买。我托人留意了两个早上,价格贵得出奇不算,还有价无货。第三天早上我自己特地起了个早,到菜市场鱼市上转了一圈。只有一个小贩的摊前有一点虾子,但虾体已经发白,不新鲜了。

悻悻而归之后,我决定自己捕虾。打电话给一个熟识的顾客,叫他给我带来了五根长约一米五的竹竿,妻子店里有出售的尼龙窗纱布,至于铁丝、尼龙索之类的,一应俱全。将一根一直靠在店门拐的细毛竹剖开,做成五副十字龙骨,又裁了五块正方形长宽各约八十厘米的纱布,四角用尼龙索和龙骨的四角扎牢。再用一根细尼龙绳将竹竿的头部和十字龙骨交叉点分别系紧。这样五只捕虾子的虾罾就做成了。

虾罾做成之后,我又在对面的粮店买来两斤米皮糠和一点碎米。晚上收摊子下班回家,特地用麻油将米皮糠和碎米炒成了香食,整个厨房里都弥漫着蛋白质变性和麻油的香味。心中不由得暗自窃喜,仿佛小时候水塘边起网兜时鲜虾活蹦乱跳的情景就要重现。

穿着一双胶靴,戴上妻子店里的强光头灯,拎了一只塑料桶,塑料桶里放上香食,扛着自制的五副捕虾神器,顾不得天气的炎热和扑面的飞蚊,我来到了县政府前的小角圩。这个圩与奚脍赛湖一路之隔,早些年还没有开发的时候,是一个熟人承包的,我在里面钓过鱼,青混鲤鱼十多斤。地笼子收起来,鱼虾满笤箕。

像小时候在门口山塘里捕虾子一样,我在圩埂边捡了五块差不多大小的鹅卵石,分别放在五只虾罾的网兜里,每只网兜里洒一点香食,隔一段距离放下一只虾罾。五只虾罾全部放齐之后,我就在东湖路边来回晃荡。两边的路灯将东湖路照得如同白昼。对面县政府大楼以及旗山花苑的灯光倒映在水里,影影绰绰。飞萤游走,蚯蚓及不知名夏虫鸣唱,我脑海里竟然浮现起《绿岛小夜曲》。偶有散步或疾走的人从身边经过,都拿异样的目光打量着我,我想大概是我这一身奇怪的行头惊着他们了。

隔了十来分钟,我满怀期待地拎起了第一根竹竿。头灯对准了网兜,除了石头和香食以及正在往下滴的淅沥白水,网兜里空空如也!一根、两根……直至第五根竹竿全部拎起来,别说虾子,就是一只屎鲳鲏也看不到!这不免有点出乎我的意料。但我不信,以为是我起早了,或者放的地方不对。于是,第二次我等了半个小时,又挪了两个地方。但始终都是竹篮打水——一场空。后来,我跟几位经常钓鱼的人聊起这次捕虾经历,他们都笑我是经验主义者。他们说,那个圩自打开发之后,经历过废水排放以及打电瓶的断子绝孙式地捕捞,早就鲜见鱼虾了。

老家麒麟泊塘,与桐城的孔城仅一河之隔。境内塘、潭、沟、泊密布。我们家所在的小屋组就有泊塘大塘、山塘、枣水塘、蒲巴凼、腰泊、禾田潭、干沟等水系。这些塘泊沟潭,除了平常吃水灌溉,就是盛产鱼虾。小时候,它们简直就是我们的菜园子。我与二哥放学之后,除了上面所说的用虾罾捕虾子外,还有就是蹚虾子。与捕虾子用蚊帐布做网兜不同的是,蹚虾子是用虾蹚蹚。先取一根粗细适中的竹竿,用火烧弯成一个正三角形。再用一根竹竿或者木柄将三角形的顶端和底边的中点固定起来,最后在三角形的周边套上缝制好的尼龙网兜,这样一个虾蹚就制成了。当然也有用木头做固定三脚架或半圆弧圈的,样式都大同小异,功用也相同。

我们一般从山塘开始,沿着塘的周边,一人在水里蹚,一人则在岸边拎着鱼篓。一般蹚个十米五米起一次虾蹚。这时把虾蹚端起来,里面已经是小鱼小虾活蹦乱跳的了。"荒年鱼虾多",或许是老天爷有意馈赠,越是庄稼收成不好的年成,鱼虾特别多。从山塘到蒲巴凼,再到枣水塘、腰泊,一趟下来,一般都不用到泊塘大塘或者杉元的禾田潭,就有半鱼篓的小鱼和虾子了。这些虾有大有小,当然以小米虾居多,不像捕虾子,捕回来的都是大虾,老家称之为"蝈蝈照"。蹚回来的虾子,母亲除了留一些新鲜的炒青椒大蒜之类的当菜外,剩下的大多用锅煅了,第二天放到太阳底下曝晒。虾体也由麻灰变红。这些晒干了的虾子,来人就是一碗菜。酵辣椒伙酱,能鲜掉眉毛。不仅如此,母亲还会送一些给在黄坂下放的小外公。若有剩余的话会卖一些给每年从舒城山里来收干鱼干虾的表爷,以贴补家用。

父亲去世,逢周二演七。大哥知道我们周二要回去,头天晚上就放了一些地笼子,第二天早上收起来,足足好几斤"蝈蝈照"。大哥将一些虾子加点姜蒜,用盐水煮了,还有一些伙在辣椒酱里,一下子就吃出了小时候的味道。我跟大哥说,现在虾子好几十块钱一斤，为什么不天天放点地笼子多收点拿到街上去卖？大哥说，许多猪鸡要喂食，田畈里还有做不完的事，还要带小外孙，哪有那个闲工夫？

捉 鳖 记

"一尖（劏）猪，二打铁，三麻（抓）黄鳝，四捉鳖。"小时候，捉鳖是作为一种职业存在的，而且这种职业赫然排名前四。

五六月份，作天变的天气里，就见乡村阡陌上，几个扛着鳖枪背着鱼篓，间或手里还提着一只三齿或五齿鳖叉的行人，他们行色匆匆，奔着大塘、枣水塘或桐冲大泊而去。尽管此时水满塘满堰的，但捉鳖人自有捉鳖人的办法。他们一般两两一起，一个在塘这边，一个在塘那边，调好鳖枪，放置好鱼篓，蹲身塘边，抄水润完手后，就开始打鳖鼓。他们双掌合击，中间虚空，发出来的声音沉闷如雷。老人们说，行家里手打出来的鳖鼓，与雷声并无二致。而鳖最怕雷声。倘若人不慎被鳖咬了，不打雷它是绝不松口的，除非斩断鳖头。此起彼伏，一阵紧似一阵的"雷声"令生性胆小的鳖再也憋不住了，它们纷纷朝泥里钻去。这一钻不打紧，水面上就会出现阵阵涟漪。这时，就见捉鳖人抄起了鳖枪，目光如炬，巡视水面。噗的一声响，旁观者还没来得及做出反应，带着鳖针（钩）的锡团已经从捉鳖人手中的鳖枪上如离弦之箭一般飞出，没入水中。捉鳖人目光坚毅，手脚麻利，摇轮收线，那线已经绷成了一字。线的那头，一只一两斤重的大鳖极不情愿但又无可奈何地被拖出了水面，在水上跌跌撞撞、连滚带爬，拍出了四散的水花。

当然，这种捉鳖的方法，不是一般人所能为的。他们像金庸武打小说里的绝世高手，是乡村的传说，多半停留在乡民的口头上，而难得亲见。

我小时候捉鳖的方法是跟大哥学来的。将一根毛竹剖开，然后制成三四厘米宽，二三十厘米长的竹签。竹签一头削尖，方便插入塘边泥中，另一头两边各刻出五毫米左右的凹槽，方便系尼龙线和绕线。尼龙线通常用白色或绿色，在水里利于隐蔽。线长短不一，多半根据塘的深浅远近做出适当调整。线的另一头先穿进中号缝衣针眼里，打个死结之后，再连线于针的中点处系牢。此时，针和尼龙线就成垂直状态了。这是一个极为精巧的活儿，线那么细，针那么小，结打少了系不牢，打多了就有痕迹。鳖比鬼还精，要让它瞧出端倪，是断然不会上当的。这样一个鳖卡就制成了。同样的鳖卡，我们一般会做十余个。接下来就是用鳖卡去卡鳖了。空卡当然是卡不到鳖的。听大人们说狗肝最腥，鳖最易上钩。但平常时候很难弄到狗肝，我们大多用猪肝或者泥鳅、鳑鲏鱼代替。

穿饵也极为讲究,要将针和尼龙线呈"⊥"字形状穿进饵中,当鳖一口吞食下去,准备褪针时,针就横在了鳖的喉管里。鳖越是挣扎,针就会扎得越牢,直至将鳖的喉管扎通亦无法逃脱。天黑以后,我与二哥一道去放鳖卡。有时在泊塘大塘,有时在腰泊,有时在枣水塘或桐冲大泊。放鳖卡时不仅要做好记号把鳖卡隐蔽好,方便第二天取鳖卡,还要注意有没有被人看见。所谓"螳螂捕蝉,黄雀在后",有时你刚把鳖卡放完前脚走了,后脚就被人收了拿走,或放到你找不到的地方,结果自然是"偷鸡不成反蚀一把米",鳖没卡到,鳖卡反而弄丢了。

除了打鳖枪、放鳖卡之外,还有一种捉鳖的方法,叫识鳖路。这种方法,一般是在塘半干不干,后梢露出大片塘底时,捉鳖人身背鱼篓,手握鳖叉,根据鳖在塘底泥巴上行进留下的足迹,然后找到鳖。这也需要技巧,而捉鳖人往往弄得神乎其技,旁观者压根儿不知道他用的是什么方法。但直到傍晚时分,见捉鳖人背着沉甸甸的鱼篓从门前过,偶有人还揭开鱼篓啧啧称赞,才知道他确乎是捉到了鳖。

记忆里卡鳖最多的一次是在1985年8月的最后一天,我当时已经接到了学校的录取通知书,第二天就要去报到了。那年大旱,泊塘大塘里还有最后一点水,家家都排队抢水,差不多到半夜才轮到我家车水,我就跟二哥将鳖卡在塘四周放下了。天麻麻亮的时候,我与二哥一起收鳖卡,或许是水浅的原因,也或许是其他别的原因,那天早上收起来的鳖卡几乎每卡不空,不仅有鳖,还有黄鳝和刀鳅,有一只鳖卡上甚至还有一条乌梗蛇。母亲欢天喜地将鳖称了,足足九斤四两。后来写信回家,得知母亲在我走后,除了留一只鳖杀了给家里人吃外,其余的鳖全部送到麒麟供销社去卖了,卖了二十多元钱。而那年,我一学期连学费只用了五十元钱。

后来,化肥农药大量使用,犁田时泥鳅黄鳝都难得一见,更遑论鳖了。野生的鳖越来越金贵,一两百块钱一斤还一只难求,取而代之的是无数养殖的鳖充斥市场。鳖卡早已派不上用场,捉鳖人自是难得一见了。

我时常幻想,倘若现在的鳖还像1985年那样多,我一定会毫不犹豫地回到泊塘村,回到那生我养我的地方,安心地做一个捉鳖人。"人生在世不称意,明朝散发弄扁舟。"可如今,连"弄扁舟"的机会也没有了……

(鲍官明,安徽省作家协会会员,铜陵市民俗文化研究会副主席,枞阳县作家协会秘书长。在省、市、县报刊发表散文、随笔、诗歌等两百余篇,主编《枞阳民俗》《厚土风情》等。)

梅城的"梅"

潘 艺

天宁寨古梅绽放,花讯如期而来。不管事务多冗杂,且放下,虔心赴约,一路上,心如花开。

古梅仙姿凛然,苍劲中透出清气,几十株簇拥丛生,高六七米,抱团撑开一束花冠。万花吐蕊,葳蕤自生光,我沉浸在这繁密的光辉中。梅枝或向上,或横斜,或下垂,或龙游,古干遒劲有力。缕缕暗香,冷凝而幽静,丰盈而灵动,给这萧瑟的冬季带来清雅的大欢喜。周遭阒然无声,却分明感受到花间的热闹,似乎每一朵花都在微笑,一瓣一瓣,都是她笑的纹。看久了,嘴角微扬,心中流露小欢喜。"梅"不胜收,微笑颔首,是向我致意吗,还是与春密语?我伸出手,轻触它的脸庞,冰柔娇艳,香绕指间。

走在梅河边,一枝梅从院落斜逸而出,修长的手指举着鹅黄透光的花朵,不疾不徐地开着。诗情、画意、清美、幽远,与冷香一并晕开。河边堤岸怎能没有梅花?瞧,不远处,枝枝条条,蓬蓬黄花细密地漫开去,暗香散开来。一枝,一树,一条河,有梅花便不同。潜山市府梅城依梅河而建,因梅花而闻名。如今,梅花被定为市花,这一城一河,岂不欢欣赞许?梅的本事,是一般的花学不来的。谁能在寒风中、白雪下,以弱蕊斗寒霜,傲然独立、不屈不挠?谁又不与百花争春,谦虚高洁、坚贞不渝?只有梅吧。"已是悬崖百丈冰,犹有花枝俏。俏也不争春,只把春来报!"她给严寒带来暖意,传春报喜,叫人肃然起敬!这样的一枝梅,足以慰梅城了。

山谷流泉,位于天柱山南麓,清溪镜澈。六百米长的石谷沟壑中,留有三百余方石刻,时间跨度从唐代至民国,大部分出自重臣与名流之手。南宋端平元年(1234),赵希衮等名士来此访梅,留下一首七绝:"扶藜踏雪访梅花,小驻青牛处士家。却笑十年萦组绶,何如一夕卧烟霞。"诗中,赞慕有才学而隐居不做官的处士,宁受贫寂,不同流合污,似梅花高洁坚贞。慨叹后,又刻下,以明心志。自宋以来,或更久远,这城里城外,植梅、艺梅、赏梅,蔚然成风。"扬州八怪"之一的李方膺,两任潜山知县,在《画梅》诗中赞曰:"挥毫落纸墨痕新,几点梅花最可人。愿借天风吹得远,家家门巷尽成春。"梅城,早已根植于悠悠历史里,城以花名,情怀悠悠。思绪悠悠,又回北宋,王安石任舒州(今潜山)通判时,诗咏《梅花》:"墙角数枝梅,凌寒独自开。遥知不是雪,为有暗香来。"这首名作光耀千载,已刻在梅城与世人的心中,历久弥香,永不磨灭。

　　一座城,以花名之;一伊人,也以花名。至今,城中一条小巷,以伊名来命名,叫"梅花小姐"。无数人无数次走过,每一次,每一步,都走在纪念的路上。若上心头,隐约一个丁香般的姑娘,撑着油纸伞,从小巷那头走来,暗香浮动。她的墓碑珍藏在潜山博物馆。史志有载,乾隆二年(1737)典史刘维嵩为伊立碑:"悠悠舆论,贞烈留名,梅花遗世,千载余生。"某一日,风雨如晦,梅雨蕉烟锁墓门。革命烈士王效亭专程来凭吊,托物言志:"月为明镜帐为霞,绿竹青蒲绕作家。自笑人间尘俗子,几生修得到梅花。"相传,梅花小姐是明代浙江人,随其父袁志刚由朝官受贬来潜山。她知书达礼,体察民情,处处为父分忧解愁,受到众人夸赞。某一年,风雨如磐,城池遭受水灾,她慷慨捐资,修筑城墙,使得梅城安然无恙。在城民眼中,筑起的何止是城墙?那是一座丰碑。星图变幻,草木代代荣枯,梅花精神世世赓续。刘兰芝、大小乔、梅花小姐、陈桂珍、夏菊花、韩再芬……这座梅花小城,用她疏影清雅、风骨峭峻的气质,影响并塑造了一个又一个奇女子的性灵。

　　正月里,苍穹一碧如洗,煦日温存,春的讯息扑面而来。天柱山梅园,背倚天柱翠屏,鸟瞰潜水粼粼,整个儿投入春晖的怀抱。一树一树的梅花,一树一树地开放。红梅、白梅、绿梅、黄梅,数不尽地绽在枝头,白的像雪,红的似火,黄的赛金,绿如碧玉,皆尽忒极妍,相映生辉。向阳的山坡犹如一幅巨大而完美的梅花迎春图。二三月间,赏花的人熙来攘往,梅园泊满亲情、友情、爱情,看风景的人也成了风景,幸福盈园,吉祥雅致。潜山的"梅"文章,点题梅城梅园,铺陈古皖大地。二十年间,植梅渐成时尚,三十多个品种三万多株梅花,装点一城山水,"梅"丽如画,实在是件可喜的事。

　　南宋陆游写梅:"闻道梅花坼晓风,雪堆遍满四山中。何方可化身千亿,一树梅花一放翁。"这首咏梅诗,别开生面,三、四两句更是出人意表,高迈脱俗,愿化身千亿个陆游,每个陆游前都有一树梅花。痴迷的爱梅之情被淋漓尽致地表达出来。古人为何如此喜欢梅花?香非在蕊,香非在萼,骨中香彻!梅就是这样的与众不同啊!

(潘艺,安徽潜山人,安徽省潜山市融媒体中心《潜山报》编辑,安庆市作家协会会员。)

故乡的秋

凹 凸

在我少年的时光里,我对秋的感念是偏执的,那就是不以"立秋"这个节气的出现为节点,而是须要切实体会到天气的凉意才算秋的开始。因为故乡立秋时节,蝉儿还在村庄高高低低的树枝上不知疲倦地歌唱,农忙"双抢"过后的田野仍然是暑热如浪滚滚,此所谓"秋老虎"是也。既然还是那么酷热难耐,那秋从何来?所以我有一个标准:只有在门前的水坝里泅水上岸后感觉身体冷得索索发抖时,我的故乡,在一派成熟金黄的绚丽中,一个真正意义上的秋天才如画卷般漫天铺展而来。

农忙,是故乡永恒的主题。俗话说:春种秋收。那秋天的忙主要是体现一个"收"字上。故乡属于丘陵地区,除了小冲里的水田种植水稻外,还有丰富的岗坡黄红土壤,适宜种植山芋、花生等农作物。一到秋天,原先青郁郁的花生杆便开始泛黄。这时候,如果天气许可,那就是收获花生的最好时节。如果连续阴雨,产量就会大减,因为成熟的花生果会在秋雨的滋润下立即破壳出苗,除了偶尔弄一碗花生芽当菜外,剩下的就是庄户人家对老天的抱怨了。采花生是一项纯手工活,不费力但费时,好在可以男女老少齐上阵,然后在一只只鼓鼓囊囊的箩筐中挑往农家人的庭院里。记得每年中秋节过后,好几袋晒干的新花生堆放在堂屋里,就像是一种殷实或是富裕的象征。这时,如果来了圩乡的亲戚,母亲准会用葫芦瓢舀上几瓢去灶屋。不久,一种特殊的芬芳便在堂屋里弥漫开来,并引来左邻右舍小孩的突然光顾,这时,母亲便会吩咐我抓几把花生让孩子们分享,感觉似过节一样的快乐……

关于山芋,我曾经写过一片文章《红薯,我想为你立块碑》,这里不想重复文章的内容。秋霜染过,故乡的山岗由黄变成了红色。山芋,那满地密密的藤和叶开始萎靡不振了,这是采挖它的最好时节。为了逮准好价,乡亲们不得不将山芋切成片去晒干。农事比较辛苦,一般都是就地将山芋刨成片,洒在地头的草滩上,经过几个日子的日晒霜露,选择一个下午,去一片片地拾捡。有时候到了夜晚也没收完,满山坡的山芋片在星月的照耀下泛着白光。也许是因为重复一个轻巧的动作,睡意便悄悄爬上你的身体,眼睛已经闭上了,但一双手还在不停地摸索。小妹也在这个行列中,有时候她捡着捡着便睡着在草地上了,母亲不忍心叫醒她,直到我们收工时才喊她的名字。如此加工的山芋叫山芋片或山芋干,是酿酒和加工饲料的好东西,也是家中缺粮时节的一种好"补助"。我家曾经无数次地吃过山芋片,所以,至今我对山芋及其他的加工品都是身怀感激的,因为在那个粮食紧张的年代,是它无私地帮了我们乡村人度过了饥荒。

其实故乡秋天的农忙,唱响主旋律的是收割水稻。以水稻为主要农作物的故乡,每年一到秋季,金灿灿的稻谷便在田野里泛着黄色的波浪。这时,当生产队长的父亲会肩扛铁锹走进田中央,弯下腰去,用他那粗糙的大手抚摸着长长的稻穗,勒一把在手心里翻看,并送一粒入口嚼几下,然后自言自语地说出还有几天可以开镰收割。

水稻收割的日子很辛苦,庄稼人手拿一种叫锯刀的农具,弓腰收割,一垄收割完了,让你直不起腰杆,接着还得再一次挥舞锯刀……一趟赶一趟,带着呼哧呼哧的响声,风风火火的。虽然说已经是秋凉天气,但汗水还会湿透你的衣服。尤其是脱粒的时候,抱起沉甸甸的稻把子,使劲地掼在四方形的谷桶壁上,一天下来,谷桶被磨得光滑闪亮,你会累得如散了架。傍晚,夕阳很美,炊烟早已在屋顶袅袅升起,可还有一箩箩稻谷等着你肩挑它们回家呢。

深秋时节,村东头我家门前的那棵大枫树,就像秋天的一张显示牌那么突出,它好像二月花似的被染上了一层鲜艳的火红。每每见着这番景色,我的脑海里便总是浮现出小时候的一幕:一个深秋的清晨,我一觉醒来时,发现大枫树下拴着一匹高头大马,枣红色的,甩着长长的尾巴。一位腰杆挺直的解放军叔叔对着我微笑……原来,这位军人就是我的二叔。据母亲说,我的乳名就是源于有次二叔回乡探亲时,大枫树上的喜鹊喳喳不停,恰逢我呱呱坠地,祖母高兴得不得了,连声说:"巧了,巧了,双喜临门……"

枫叶红了,屋后的那片苦槠林更是金灿灿的,显得那么热烈,这是生命走向成熟的一种标志,更有一番生机勃勃的样子。特别是在一夜西风的吹拂下,苦槠林下飘落了满地的树叶,这时的苦槠林是我们孩提时代过家家的好场所,而那厚厚的树叶,是那个时代弄回灶屋当柴草的好东西。我至今仍记得那些钻进树叶里藏猫猫的趣事,更记得自己在灶屋堆满了苦楮叶,而受到父母的赞许……可如今,楮林依旧,我的父母双亲却驾鹤西去了。每每落叶时节回到故乡,一看见苦楮叶,悲秋之意总是如寒潮般袭击心头。

故乡的秋,如今再也找不到当年的景象了。故乡,不变的是四季还是那么明显地更迭着,但是物是人非。我一个进入秋天的人,总是想着故乡秋天的美好,还有那秋天里并不如烟的往事……心情有时候就是一支神奇的笔,就看你画出什么。你若胸怀温暖,秋天就永远没有萧杀;你若拥有阳光,苍凉就永远不会与你相伴。

回到故乡,我时常想起她的秋天。那里有曾经满足我温饱的庄稼,那里有我汲取营养迈步前行的力量,她是我今生魂牵梦绕的地方。

(凹凸,本名吴生荣。安徽省散文随笔学会皖南创委会副主任,宣城市散文家协会主席。曾出版诗集《孤雁从我头顶飞过》、散文集《忘情山水》和人物纪实集《风采记录》等。)

金蔷薇

致亲爱的金：万劫不复和溢美之词

余述平

1

不知道能不能配得上爱你？你是存在的，我却是假设的，或者你是存在的假设，我只是胆大妄为把假设变为存在。

是的，我就是那个为假设活到今天的人，并且明天还将假设下去。

2

不谈无聊的事，不见无味的人，宁愿被渣子们埋掉了，你也是最重的那个，在黑暗中积累来的光芒，一亿年，也胸有成竹。

3

你们，是生出来的，我是哭出来的。我只有被辗碎了，才会有泪滴。

眼泪也是坚硬的，别人分娩不了。

这苦难的子宫里，装着的，是切割不了的大地。

4

我将为粉碎了我的人,守身如玉。你是我的王者,我亲爱的暴君,我希望攀上你的身,成为你的佩饰。

我是金,任何一具身体都不能带走的金。

5

在我不懂事的时候,我爱你爱得盲从,你那么古老,老得像我从没见过的祖母,仅仅凭借照片,偶尔闪光一下。

爱的启蒙从来都不是一见钟情,也不垂青身边的小女孩。

我们从小向往的,是成熟,樱桃般的成熟,容易烂掉,但最后都变成了金子般的光芒。

6

这是一个心里的顽疾,明明爱过,却要把你当金子埋在一堆瓦砾之中,之后,一生都是翻开,也许无数次地震,也无法让你露出真身来。

谁的一生,愿为一种虚无的爱赴汤蹈火。

但事实上,你存在,亲爱的金,你以你的牢房,让我终身缅怀。

7

我们隔着的不是秒、时、钟、天、日、月和年,而是光年和无限。

这即使这么遥远,我们相望的那一刻,也可以秒杀它们。

8

金,我没爱你的时候,你一定完整而完美。

但我爱上你之后,你只能是个碎片,一大堆姐妹,散落在他乡。

你厌倦的时候,我帮你去寻找她们。

9

谁说你是物质的?如果是,为什么离舞台那么遥远?难道你是不屑于这一场表演,抑或是为另一个灵魂,在石头里点燃了灯?

10

时间的秩序,被你我折叠完好。

尘埃在上面,你在底层叙述。

比你还低的,是火山;比尘埃还高的,是我们的虚无。

11

不能和一个没有爱的人交会,也不眺望和回眸。

一个有爱的人,再怎么差,也处在上升期。

一个没爱的人,即使没有重量,也是在下降通道中。

12

金子,是上帝掷的骰子,爱情,就是赌徒的存在。

但我爱你,金,就像怀疑面对启蒙。

13

你喜欢过的河流埋没了你,你喜欢过的土地也埋葬了你,你最热爱的石头,它囚禁了你。

你在那个小地方,顽强地,孤芳自赏。

14

在黑暗中,我就是一个不屈者。只有被金子融化了,才叫重生。

但我首先做的是必须与你重逢。

15

你是金,亲爱的金,你对刀子不承担后果,也不为皇宫的奢侈而买单。罪恶是他们的,你只是血迹的受害者。

但这一切对我无效,我是一个习惯了在刀刃上漫步的人。

我擅长的,就是用伤口说话。

16

不被人挖掘,是我唯一的骄傲。
连同骄傲的爱,也一同损毁。
这足以让世上所有的爱,都逊色于你。

17

我能见到的阳光,让我犹豫,它让一座森林有简单的摇晃。
让叶子能摇出酒浆,让无归的人,说有路,让无望,有归途。
让那些沉闷的人,宣告我有宣泄。

18

我能见到阳光,爱上你,只有抽签才能做到。
从石头里出来,转型,不是奋斗,而是用火完成考验,用水完成修养。

19

在石头里,我一直在观察。放下爱,放下所有,但内心在咬牙,灵魂也在浴血奋斗。
我能做的,是让豆芽变成纲钎。

20

终于我知道了,金,你是被娇惯了的爱情胶囊,充满了昂贵的怀疑。
而我病了,必须用水吞下你。
我的觉醒是,我必须承认有错误。
巨大的,越诚恳越好。
但你要服从,必须完美吞下别人的痛楚。

21

金,我和你一致,希望有完美,有至死不渝的呢喃。

在这个世上,除了花朵,谁还能比我们有声色。

22

在我的角落,这个世界已空无一人。
但我的遗忘之皱褶处,有着大海不能抵达的,回旋。
但我爱你,你有天地抵达不了的温柔之乡。
像一个从没恋爱的人,拙劣地,搬来了一座花园。

23

我从来就没认为,你被精神奴役过,但一个人必须为别人,留下了自己的呢喃,像金丝雀,留下的不是声音,而是花朵在天空中留下的一种幻觉。
以及经久不衰的,像向日葵被扭转的,那种转向。

24

我无望了,也向你致谢,在不朽的山峦中,我知道,有一种隐藏叫逃离,有一种爱,叫没爱过。

25

她迟早比我们先翻过身来,我似乎经历的,是草垛般的犹豫,以及白云蓝天下,对沉重山体的一种问候。
我高兴的是我站在草垛上,上不着天,下不着地。
我就活在它粗暴的解读里。

26

我热爱你,倾尽了火焰,你才弯腰向我致谢。
爱得那么壮烈,只有神,才能将我们恢复原形。

27

当你被装饰的时候,你只是一种富贵的颜色,你是个配角,是来解救别人的,结果你完全成了一个主角。

你爱一个人,都欲盖弥彰。

28

注定要被你所伤,我不能开口了,我知道这个缺陷,永远弥补不了。

你拿出这世界所有的金子,也填不满我的沟壑。

29

恨铁不成钢算啥,我能做的,一直是把渣子和水变成黄金,没有成为炼金师,在通往你的路上,我光荣地成了巫师。

我天天都测算你我的未来。

30

你永远不老,别人老了,你也不老,连灰尘也不能让你显老。

而我一定会老,蚕丝一样,纯洁地老去。

我亲爱的,金,我用多少个一辈子,才能换你的一天。

31

你纯洁的时候,很冷。

你一旦上火了,火焰也只是你吹开的毛孔。

32

我替你放飞一只鹰,你是放鹰台,黑暗中的金码头,也许波浪就是你的化身,我一直在助跑,唤醒你,让你像天使奔向苍穹。

33

你对声音有着敲打般的反应,轻了,无法歌唱,重了,我们要受到伤害。

是单音,还是和弦?你只有被打开了,才有咏叹调。但我喜欢的不是你的悦耳,而是你的顽固不化。

34

你不喜欢贫穷,但你失血的时候,倚靠的,却是没有价值的它们。
它们伺候你一亿年,你留给它们的,只是一个空位。

35

你对于石头们来说,是个硬伤。
对时间呢,是被异化了的傀儡。
亲爱的,金,你对于我,就是掩藏在心里的果核。

36

他们都说你有一副大长腿,我怎么没看见呢。
如果是,为什么不从桎梏中跑出来,我已准备好草原和大海,连天空也只是陪衬。
我看到的,还是金光闪闪的嘴脸。

37

你不爱雨,但我爱。
不喜欢一本正经的雨,喜欢风刮来的雨,被雷电驱赶的雨,让人睁不开眼的雨,让我挺住的雨,也让我哀号和孤独无助的雨。

38

你有点厌世,你喜欢在封闭圈里封闭自己。一个人孤芳自赏,与这俗世的爱,远远地隔绝。
但这一切都是伪装,你没有逃难,你最终让富余的人,成了你的避难所。

39

你终究还是一个有幻想的实体,我没想你的时候,你就是一个毛坯。
只是被我反复琢磨了,你才会闪光。
重要的是,我能对你磨来磨去。

40

你是不喜欢表演的,但你一旦到皇宫,就鬼使神差地表演起来。

我只能在很多个若干年之后,来看你。

是属于瞻仰。

与爱情无关。

41

你武装到了牙齿,从内心到外表,都是盛装。

什么都表里如一,一点儿瑕疵都没有了,那你还有什么努力的方向,就连爱你,也爱到了绝望。

42

发现比存在更蛮不讲理,在你的下面,是沉默的火山体,你爱与不爱,都不能阻止它的爆发。

你是根骨头,还不是一样被血水包围。

43

你活的,其实是个温度,你给别人脸上,贴的是金,你走到哪,都是一个面子。

褪去了情绪的、教科书的面子。

别人睡了,就随手把你扔进抽屉里。

44

亲爱的,金,你对我而言,是一个不可逾越的存在,爱你是一次淬火,冷却,即是华丽的转身。

共生,就是我们遥遥无期的,彼此像天涯一般的瞭望。

(余述平,中国作家协会会员,中国电影家协会理事。著有长篇小说《电影小镇》、中篇小说集《燃烧的地火》、短篇小说集《片段与飞翔》,曾获中华铁人文学奖和冰心文学奖。鲁迅文学院第三届高研班学员。)

我把高原指给你看（组章）

陈劲松

姜古迪如[①]

这需要仰望的孤独,冰冷,耀眼。

姜古迪如,收藏起一场场隐喻的风雪,之后用明媚写下一条大河最初的、清亮的眸光。

静默如谜。

冰峰参差,褴褛,如饥饿的狼群。

高地之上,大河尚未开声,风一次次把静默打开,又一次次合上。它一遍遍朗诵着高地漫长而辉煌的诗篇,却无人倾听。

星光照耀,清冷无声,凌空高蹈的言辞,闪烁着神性。

一条大河,在一滴水上踮起了脚尖。

姜古迪如,静如处子,远远地仰望着它,即使用诗歌,也无法触及它的纯净。

圣殿的白色帷幕慢慢打开,雪线像一条战栗着的哈达,退向更高处……姜古迪如胸中有隐隐的不甘的风雷,却一退再退,像一次次回首的白色豹子。

[①] 姜古迪如指姜古迪如冰川,又称姜古迪如雪山,位于唐古拉山脉格拉丹东峰（行政区划地图上在青海省唐古拉山乡境内南部）西南侧,海拔6542米,长江正源沱沱河就发源于此。

姜古迪如沉默如斯,只把灯盏,一次次点亮。

高原:一滴雨水

一滴雨水,从三月的高处跃下,它赤着的足沁凉、干净。

它拭去万物心头的尘埃,它让天空愈加明亮起来,如一个人清澈起来的眼睛。

像春天的一个最小的词语,它折叠起无边的诗意与生机。

如果打开,你将看到:一阕绿色的新词,正由雨水写就。

浮萍迈出细碎的脚步,

蛙鸣钻出地面。

雨生百谷,一滴俯下身来的雨水,多像那个向大地弯下腰来的农人。这是一个多好的季节啊,它教会我们:种瓜得瓜,种下那些梦想的豆粒,辛劳之后,你将收获丰盈的豆荚。

此刻,在高原,看檐雨滴落,一滴雨水,把尘世的喧嚣压低,它赐予了那个心怀雨水的人,无边的宁静……

在可可西里仰望一只鹰

它一直存在于我的仰望中。

形单影只,这孤独的王,只与更高处的风与流云为伍。它用翅膀,一点点扩大着自己蓝色的疆域。

有一刻,它凝然不动,如在天空中打坐。浮云舒卷,是它的心轻轻动了一下,又轻轻动了一下。

山河静寂,四万五千平方公里的荒原如一滴巨大的苍茫。孤独的王,翻阅云朵的经卷,翻阅无边的蔚蓝和阳光,也翻阅布满天空和大地的雨水和风雪。

鹰在高处,它把褴褛的影子抛向尘埃,它每扇动一次翅膀,就在天空和我仰望的眼中卷起一次狂放的涡流。

没有什么能让一只鹰放弃飞翔。

"谁也不能把一只鹰从天空删去,死亡也不能!"

鹰在高处。在我的仰望中,它用孤傲的翅膀,一次次,删改着我凌乱的脚步。

云端上的花海

海拔五千米的高处,脚步一慢再慢,心跳却卷起一场呼啸的野马群的蹄音。

为了与你们相见,需要穿过一场大风,穿过盛夏的晴空下一小群喧嚣着的蜂群般的雪花。

阳光炽烈,氧气稀薄。

风把乌云的石头滚向远处,然后一遍遍擦拭着青铜的蓝镜子。

这巨大的幻象:那些挤挤挨挨的餐风饮雪的紫苑,它们只要稍微踮起一点点脚尖,就可以触摸到天空的蔚蓝了。

在风止息的瞬间,它们入定般凝然不动,那阵飘过来的香气是它们一次集体的出神?

风吹我,如吹一棵瘦弱之草。

沿着山脊,攀缘向上,一些紫苑,早已先我而抵达山顶。

在海拔五千米的高处,那些花儿拥有的从容、淡然,我全然没有。

而我突然出现的胸闷,气短,心悸,以及严重的偏头疼,山顶的那些紫苑、龙胆、点地梅,也一定不会有。

哈里哈图[①]

是高原的一小滴翠绿,是柴达木盆地的一大滴宁静。

松柏与云杉走上云端,绿草、花朵,与一条条欢快的溪流走下青色的山岗。

一只优雅飞舞的金色蝴蝶,让哈里哈图生出轻盈的翅膀。

从紫苑花到龙胆花,从微孔草到金露梅,那只蝴蝶,用短暂的一生的时间,一点点扩

[①] 哈里哈图为蒙古语,意为"松柏的海洋"。哈里哈图森林公园位于青海省乌兰县东北部铜普乡境内,是柴达木盆地中分布最集中、面积较大的原始森林之一,保持着良好的森林和草原生态环境。

大着自己热爱的面积。终其一生,它也无法把自己的爱写遍这雄阔的大地,在这一点上,它与那个不停歌唱着的诗人何其相似。

郁郁苍苍,那些松柏与云杉为宁静描画出深沉的面孔,一丝风,把宁静引向了幽深的地方。

那条少有人至的林间小径,让无边的宁静裂开了一条细小的缝隙……

沿着山脊攀缘而上,在哈里哈图的高处,我触摸到了一场大风雪的边缘。

高原秋日

秋日明亮。

关于秋天的每一笔,都由秋风饱蘸着金色的墨水用情地写下。

这大地的诗篇,璀璨,耀眼,谁来捧读?读流水、白云时嗓音轻柔、舒缓,读雪山、荒原时激昂、雄健。

一只斑斓的豹子,收获了同样斑斓而绚丽的山河。

面对着无声涌来的缓慢而辽阔的时光,它一再放轻脚步。

万物被神放下。

谁用秋风独自打扫身体内的暮色和落叶?

秋风高扬。

我猜测:最早的秋风一定来自某个人的内心深处。

心事飘摇,是这个秋天最先变黄的那片叶子。

麦子黄了。青稞黄了。

高原的秋天低下麦子与青稞的头颅。

山坡上的树叶也开始变黄,如果麦子和青稞抬起头来,它们就可以看到天堂边缘的秋天了。

草原上的绿色是一页单薄的书稿,秋风的手指动了一下,便被翻过去了。

书稿的另一面,

是白露的文字，
秋霜的注脚。

（陈劲松，本名陈敬松，1977年6月生于安徽省砀山县，现居青海省格尔木市，中国作家协会会员，鲁迅文学院第三十九届中青年作家高研班学员。1996年开始公开发表作品，诗歌、散文、小说见于《诗刊》《散文》《青年文学》《星星》《扬子江诗刊》《花城》《作品》等。有作品收入全国幼儿师范学校语文课本及多种选本。曾获青海省青年文学奖、"中国·散文诗年度大奖"、《诗潮》年度诗歌奖等奖项。著有诗集《纸上涟漪》等五部，散文集《提灯少年》一部。）

鸟叫声在棠梨林里越发明亮(组章)

张道发

暮色伏在窗玻璃上

暮色伏在窗玻璃上,渐渐暗下去,露一点月光的白。

鸟叫声在棠梨林里越发明亮,斜飞过的鸟羽上,映出村庄瓦屋的倒影。

泛着夕光的檐口下,留守少妇的竹篮滴着水,小蒜小葱的清香浮动,后面跟着牙牙学语的伢子。

门口的桃,露出它粉嫩的肩窝。少妇的头发上也插了一朵,烁烁亮着。

迎面过来的夜,撞了一下她寂寞的腰。

浅月下,桃树的影子低头进了屋子。

阳光流过草地

背后的天空背负着大块铅灰的云朵,像谁的目光望着我。

脚边是大片开花的豆地,间或有蜻蜓和蚱蜢弄出的声响。

风汗津津的,豆花吐露极淡的土腥气味。隔两三条田埂,一排灿烂的向日葵站着,秸秆因失重而略显弯曲,上面偶尔落几声鸟鸣。

一片青草包裹的坟地在向日葵的左边,其中一座新坟在阳光下白得扎眼。我熟悉睡去的这个人,她生前的样子厚道,喜欢抿嘴低头走路。

人啊,一生竟短得像梦一样,心蓦然有些揪。

阳光流过草地,水一样轻缓。

几个戴草帽的农人,陆续从丘岗后面翻上来,这里悄然凝聚的人气,使四周的冷清稍稍改变了些。

　　头顶的云朵越堆越厚,天暗了下来,我起身拍拍身上的尘土和草屑,顺着来时的小路走回村庄去了。

短松岗

　　到处是灰溜溜的麻雀,明晃晃的阳光下,这些尘土的颗粒叽叽喳喳跳着,代替沉默的黄土说话。

　　远处的土岗上一蓬蓬蒿草,人一样高,人一样寂寞。

　　风吹过,蒿草的茸毛使光线略略有些浑浊,有虫蚁在其中缓慢地飞,光阴慢了下来。

　　远些的地方是暮春仍未熟透的庄稼,它们零零星星遮住了坟地,高出的碑石上有落脚的麻雀,它们鲜活的叫声,让人感到还活在尘世上。

　　草丛中剥落出的两条小路走到一起,交叉处拴着一只母羊,而后两条小路又卷土各自散开,带走母羊身上的一点白。

　　一个人打远处走来,他脸上的表情让我一再想起身后的季节。

　　短松岗上的庄稼秸秆簌簌作响,压住了我心底莫名的恐惧。

　　刚才无言走过的那个人,突然吼一嗓子,吓我一跳。

　　虫鸣在身后的草丛中密集地亮起来。

槐树香气

　　槐树将香气放得低低的,该是黄昏的晚些时候。

　　放晚学的伢子摇着一串串槐花互相追逐,其中的一个大声喊着另一个,笑声脆生生的,含着孩童的单纯。

　　一只野猫跳过邻家院墙,墙头边,槐花开得正好。

　　晚归的父亲将老牛拴在槐树上,老牛沾着干泥巴的屁股就在树上蹭痒,落英缤纷而下,落在老牛背上,又被晚风拂远了。

　　鸟雀归巢了,其中一只从密密的槐叶里飞出来,绕一圈又飞回去,叶子碰出簌簌的响声。

　　母亲从槐树下收回晒了一天的衣裳,槐花的香气裹着阳光从衣裳里慢慢走出来,暖着床头的夜色。

上半夜,下了一场雨,雨水洗得槐花更白了,月光涨满了村巷。

安静的下午

通常是秋后安静的下午,阳光在树叶间干巴巴吹响哨子。

一两只母鸡唱着蛋歌,此起彼伏的,骄傲极了。

院墙土缝的裂口似乎又张大了些,几片干树叶踢着脚走走停停,有心事的样子。

墙拐角的深草间,卧着一只灰白相间的老猫,一副久经世故的神态。旁边的玉米秸秆破旧了,颜色与猫皮相近,麻雀们在此歇息吵闹。

后院的矮墙上,扁豆花一溜溜起着花浪。

阳光切割出房屋的暗影,凉风穿过,明显感到暗影是那么轻又是那么重。

四周的树都站在风中说话,谁也不让谁似的,这样的声音听久了,连眼中的天空都醉酒般摇晃。

人影晃过的村街上,持续着一头小牛犊的叫唤,牛犊绕着一根树桩转圈子。老牛跟父亲去后岗犁地去了,牛犊想娘的奶水了吧。

一个老妇人瘪着嘴在墙根下笑,没人知道她笑什么。她的脚上趿着两只不一样大小的鞋,鞋面上的刺绣破损了,旧了,老了。

对面巷口的夕阳漫上来了。

树影横了一条街。

露从今夜白

露从今夜白,今日起,秋已不偏不倚切去一半。

走在路上,草籽被风吹落进土里,四野漫起成熟的呼声。

人们没昼没夜赶着收获庄稼,身上流淌的汗水结成盐霜,不知道品尝秋实的人们,能否咀嚼出其中艰辛的滋味?

垄沟里豆荚自爆的响声,惊飞一两只雀鸟,抖落下几片羽毛。玉米已回村里了,留下秸秆空荡荡地站在风中,枯叶碰打的黏稠之声,听来如雨声呢喃。

芦苇秆齐刷刷排在扎腰深的河水中,头颅全白了,仿佛那些因焦虑而过早苍老的人。它们倦怠的眼神,像我去世多年的外祖父的目光,让我不忍多看一眼。秋思绵绵,敌不住怀旧的潮水啊!

风吹过,秋一点点深起来,穿单衣的人愈来愈少了。一个人穿过杂树林,黄叶萧萧,随意捡起一片夹进书页,做记忆的标本。

多年以后,还能否记起这是某年秋风起时的落叶?

母羊的眼睛明亮

今天小雨。路边的草芽是春天对我们最轻微的问候,城里的你听见了吗?

嚼够了一冬干草的母羊,用嘴唇在草芽上碰了碰,闻闻春天最初的那丝清甜的味道。

母羊的眼睛明亮,映出远处正在泛青的田野和渐渐兴奋起来的鸟雀。而草芽依旧是沉默的,它什么也不说,只将自己扮成雨滴或露珠,蹲在泥路边,春天里的一切都逃不过它的双眼。

我真想俯下腰身,双手捧起梦一样嫩的草芽,轻轻地说一句:春天,你好!所有的风都淡绿地迎上来应我,多好啊!在春天,哪怕米粒大的愿望都能开出花来。

(张道发,安徽省肥东县东岗村人,20世纪70年代出生。著有散文诗集《东岗村笔记》,作品散见于《星星》《散文诗》《诗潮》《诗歌月刊》等文学刊物,作品入选《中国散文诗一百年大系》《新中国六十年文学大系·散文诗精选》《中国年度散文诗》等多种散文诗选本。曾获第四届中国散文诗天马奖。)

甘南散记(组章)

牧 风

洮河走笔

认识一条河流是需要一生的时间去经受考量的。

当洮水在我走过的地方频频闪亮呈现的时候,心扉就豁然锃亮。

胸襟被顷刻打开,敞亮的清风吹拂洮河两岸被岁月侵蚀和磨砺的风景,还有岸上正在生存的生灵。

在洮水的上游,碌曲草原与青海接壤的地方,随处涌动着大小不一的海子,以及周边密布的林草,像一个巨人密织的血管和浓稠的毛发,还原了一条河流的初心和使命。

一条河流的存在孕育和壮大了另一条更大的河流,一条足够养育一个国家和民族的母亲河。

每当解冻的声音从上游开始轰鸣,我伫立在中游的一个板块上,出我家乡四十里地的牙吾河口,成吨的冰块随着春风劲吹,瞬间就蜕变成宽阔而银光闪烁的长河,在如血落日中拉开盛大而壮阔的帷幕。

一条河流如婴孩坠落,在千里旅途中把自己锤炼得伟猛和雄浑,用时光里最美的部分把壮美之河演绎成气度不凡的歌吟者,不舍昼夜地奔跑在命运的路途上,永不回头。

扎 古 录

偎依着洮河生存的一个古镇,在群山环抱中露出一丝丝坚硬的锋芒。

地处洮州与叠州的三岔口上,依旧能聆听到20世纪藏地最淳朴的民谣,或者原始醉人的拉伊。谁在春夏之间吹响灵动的口哨,是这个季节深处最丰盈而迷人的收获吗?没有人回应一个旅途上的探问。

远眺南边洮水闪着鱼鳞的光泽,沉静地向前涌动,听不到水鸟和鱼群的迁徙,那成片成片的芦苇荡没过野蒿纤细的腰身,像麦浪一样疯狂地摇曳着,似乎在预谋掀起一场扎古录村落边上的白色风暴。

村子右侧紧紧拥抱的山林,此时风声鹤唳,排山倒海的声浪迅疾地张开嘴巴,想吞噬这方独具魅力的藏乡美景。

向南就把触角伸向峡谷田园簇拥的农庄,另一番锦绣。向北逆流而上,在松涛涌动中将目光跌落浩瀚无垠的森林,远望雪峰银白,将自己融山水画卷,沉迷不归。

龙多晨图

与龙多村的相识是一种缘分。

几年前走近道翻越光盖山,贴近洛克探寻之路,感受青藏东南边缘的喀斯特风貌,跨越第四纪冰川遗址,把目光聚焦到扎尕那。穿越盘桥的一段树林,刀告乡的龙多村就像雪豹静卧在车巴沟咆哮的河谷,终生厮守它膝下的六个儿女,不离不弃。而我前进的行程绕不开这块令人着迷的土地,它在翠柏掩映中流露出文明小康村的阳光与精美。

我第一眼见到龙多村时,它就隐藏在晨光云雾中,一种神秘与奇幻的感觉遍布周身,会是一个怎样的古村落让我数次留下难忘的足迹?

去年的初春,雪封古道,我沿着江迭古道驱车前行,洮河像一只冰冻的古船,不分远近地承载着牛羊马匹和清晨的霞光。扎古录就横亘在眼前,冰滑的路面考验着每一个前行的脚步。在忐忑不安中穿过街道,向车巴沟纵深处推进,百鸟合欢之声与鸡鸣、狗吠声混合着,像莫扎特的三声部合奏,瞬间让人热血沸腾。忽有少女仁青草的情歌在山冈上悠扬婉转,魂灵顿时随那透亮的妙音飘向远方。

拨开云雾,方见一排排种植羊肚菌的大棚整齐排列,透出产业的勃勃生机。旁边温棚养畜,出栏的牛羊及猪鸡被装车运走,致富的希望之光正冉冉升起。一群晨学的孩童步入崭新的校园,琅琅书声如汩汩流水滋润学子渴求的眼神。

与兄弟索南东珠、扎西、才让蹲着畅谈壬寅年的计划,与乡村的同仁穿行在田埂垄上,呵着寒气,搓着冻僵的双手笑呵呵地传递善意之光。我们肩并着肩,手握着手,敞开胸口接纳第一缕温暖的阳光。

龙多村,一个落满祥光的藏寨,一个让人神往的青藏秘境,把众生的心愿绾成吉祥结挂在村寨扑通跳动的心口上。

黑力宁巴

听到这个名字的时候,一阵飓风突兀地掠过我的心脏。

在阿木去乎镇的前方,国道213线公路的旁边,从老远处便谛听到锅庄舞动的韵律顷刻之间在草原的深处响起。

黑力宁巴在海拔三千一百米的高度用巨硕的双臂擎起百亩花海,那好时光里摇动的八瓣格桑,在浅紫、粉红、淡玫和乳白中摇曳出一个崭新的观景圣地,一支五彩斑斓的神性之笔把黑力宁巴描述成青藏线上最靓丽的风景。

这是一片精灵养育的传奇之地,辽阔的十万亩丰美草场,和依山而建、错落别致的跨世蝶变之域,乡村集市、藏俗体验、骑马射箭、藏戏传承、高端民宿、手工制作,新时代藏乡文明的典范,霎时全景式宏大呈现。

村民拉毛草搬入新居,幸福之眼越发明亮。南卡东知经营着观景台,远远地寻着栈道向前,满目的花海随一片片白云舒卷游走,远处的食草神在寂静的草场望天沉思,全然不理睬草原上生命力最顽强的格桑和矢车菊的抚摸,也许此刻这片神秘的栖息地正与神灵进行一场绝世的对白。

山冈上飓风开始疯狂地扫荡,山坡上逍遥自在的牛羊和马匹,在盛夏强劲的牧草上迅速收拢,把厚实的皮囊隆成山峦,任凭电闪雷鸣,风雨侵蚀。

目睹这广袤苍翠的大地,黑力宁巴像一块坚韧的灵石,盘踞在国道213线最璀璨的地方。

安果牧场

我在夏河县南部草原和国道213线的融合处遇见了美如画卷的安果牧场。

在古老藏地阿木去乎与夏河机场的交会点上邂逅了安果神奇的藏寨。

一幅巨大的画卷被草原的巨掌徐徐展开,在阿米贡洪神山的脚下,煨桑节在农历六月十三日拉开帷幕,一座座银白色的牧帐与安果牧场晨曦中飞动的云朵相遇,成为云上阿米贡洪最美的结合,民众仰望祈福的眼神齐聚神山之巅,插箭的祈愿和安详之光訇然呈现。

内心的情波荡漾,吹起一片片歌吟的涟漪:那是神的安果,在众生心灵的牧场吹动祥和的螺号,是跨越时空的畅神来了吗?

　　在海拔三千米的神山脚下,在我眼睛里绽放的是千亩花海的激情展演和滚动的牛羊,是食草神和采花神的默契对望,是旷世的绝笔书写赛马、摔跤、拔河的壮观美景,更是九色花溪涓涓细流诉说的一场绝美的爱情。

　　那是甘南夏季牧场的神的休憩地,我与伫立千年的一块神域昼夜对话,与格桑、苏鲁、龙胆、马兰对话,与古老的格萨尔王的传说和夏河机场这个现代文明的地标对话,与四季环绕阿米贡洪的猎猎飓风对话,与那白雪皑皑的神山和远离尘埃的神秘净土对话。

　　黄昏里,我是安果牧场的一个驭手,骑着神骏,赶着余晖中身披霞光的牛羊和藏香猪,悠闲自在地歌唱。

　　暗夜里,我是阿米贡洪景区璀璨灯火中舞动的身影,是伸手承接满天繁星的执灯而立的使者。

　　一群缪斯的守护神穿越安果的心脏,穿越牧场之家与阿米贡洪景区的接合部,把对安果的无限眷恋与倾情讴歌镶嵌在草原之夜最神秘的典籍里……

　　(牧风,藏族,原名赵凌宏,甘肃甘南人,中国作家协会会员。已在《诗刊》《民族文学》《十月》《青年文学》《星星》《诗歌月刊》《诗潮》《西部》《北方文学》等报刊发表散文诗、新诗五十多万字。作品入选多种新诗、散文诗权威年选。著有散文诗集《记忆深处的甘南》《六个人的青藏》《青藏旧时光》及诗集《竖起时光的耳朵》。曾获甘肃省第六届黄河文学奖、甘肃省第五届少数民族文学奖、首届玉龙艺术奖。)

山水行吟（组章）

刘福申

蓬溪，古典意蕴里的浪漫交响

蓬溪是横亘在天空和大地之间的一面镜子。

赤城湖是上苍赐予这方热土的眼睛。

不是所有的声音都能够听见,不是所有的沉默都是沉默。

在这里我发现水是一曲流动的音乐,在这里我发现山是一部读不完的经卷,在这里我发现风是一个吹号者。在这里我爱上了长长的乡愁,在这里我爱上了香火飘出的味道,在这里我爱上了盛唐遗风,在这里我爱上了淡如水墨的河山。

蓬溪,古典意蕴里的浪漫交响,飞翔的音符带我找到了通向桃花源的路径。

景德镇陶瓷把心情越磨越亮

历时滤过的陶瓷,柔媚,如婴儿的面庞。

陶瓷,火淬过的陶瓷,风雅,如留白的隶书。

千年时光不老,我把自己还原成不老的茶树下那匹不老的枣红马。

用不老的眼神,打着不老的喷嚏。

花开寂寞深处,女人一笑倾城。

又有谁能够风情万种地采摘生活的甘露？

一滴水珠,抵得上千军;切开水珠,陶瓷上的月亮,是一枚方形酒具。

在杯中,我想象着彩云追月的浪漫,陶瓷把心情越磨越亮。

听风诵经,望月读史。

挂在瓷器上的星星,以及我的影子,都是缩小和放大的惬意的姿势。

惠安女的微笑

惠安女,生活的舞者。

世界上种星星的女人。

站在花团锦簇的舞台上,面对大地和生活,虔诚地舞蹈。

风,把掌声吹落在指尖,化作光芒四射的宝石,挂满飘飘的衣袂。

大地上一株株盛开的植物,所及之处被一双双眼神,侍弄成一方绝世的锦缎。

幸福的女人,用简单编织着幸福。

把日出而作,演绎成生命中风情万种的桥段;把日落而息,沉淀成岁月里五彩斑斓的梦。阳光下,我用微笑拍下惠安女微笑的眼神,惠安女的目光里,那一团跳动的火焰,在灵魂深处燃烧。

惠安女,不倦的舞者。

世界上摘星星的女人。

坐在鹤乡的风中

鹤乡的风有意境,无法说出来。鹤乡的风有色彩,无法画出来。

想象鹤乡,是一团燃烧的火焰。

花开有声,是天籁般的七孔魔笛。

坐在鹤乡的风中,岁月卷着历史的云雨,在天空与大地之间,和我一起聆听。

仙鹤飞翔,追风,追月,追万里河山,只为寻找一条心路。

旷野苍茫。一个人亲吻无边的绿浪,思想的果实,在草尖上闪亮。

孤独,是一种虔诚;

孤独,是一种高贵。

灵魂与鹤乡,无法破译的感召和皈依。精彩,不需要舞台。

坐在鹤乡的风中,鹤乡的风不老,翱翔的仙鹤就不会老。

石嘴山之恋

石嘴山,有自己的风景。

岁月拉长,石嘴山的影子就是一幅水墨画。

这里的风,以足够的恬淡,擎起一方风雅与壮观。

我总想,时光的留声机里一定储藏着前世的歌谣与韵味,不然,这里的青山绿水,怎会以海一般的胸襟、山一般的情怀,擦亮黄土地的雄魂。

这里的天空有色彩,这里的阳光有色彩,这里的草木有色彩,这里的乡愁有色彩。石嘴山,石头里藏着梦想的天地。

有梦的地方,一定无限风光。

有梦的地方,一定神采飞扬。

梦,是这里恢宏的交响。

目光串成的音符,叠加成贺兰山的花团锦簇。

这里的土地,一定生长着浪漫与激情,不然,这里的沃野长天,怎会以火一般的热情,水一般的澄澈,一朝又一朝地创造着不可复制的气象。

这里的人,用行动证明了:自己是自己崭新的太阳!

(刘福申,黑龙江省绥化市绥化日报社副刊部主编,黑龙江省作家协会会员。曾在《诗刊》《中国作家》《诗选刊》《星星》《诗歌月刊》《诗潮》《江南诗》《散文诗》等刊物发表诗歌三百余首。)

八斗岭

时光的诗篇

陈巨飞

他的父母做梦也不会想到他会成为一名诗人。"诗人"这个词太抽象、太遥远，超出了匡冲人的理解范围。昨天，瘫痪在床的老母亲和他视频聊天，对身旁的护工介绍说："这是我的小儿子，是个秀才！"

他的母亲不识字，连自己的名字都写不好。他的父亲是小学毕业生，在那个年代算是乡村知识分子。他的父亲忙时种田、打柴、养蚕，闲时会到两条河流交汇的地方去看戏，嘴里永远衔着一根烟卷。年幼的他有时也跟父亲一起去，但他从没有听懂过一句戏文。

不过，乡村小戏里没有文学，更没有诗。这些事物不是匡冲的必需品。那个年代，匡冲有很多亟须的东西，比如一条可以跑拖拉机的山路，比如电。匡冲在大别山深处，安静、渺小，如油菜地里的一粒菜籽。他是家里的老六，哥哥姐姐比他大很多，匡冲也没有同龄的玩伴——在很小的时候，他就学会了和自己相处。这话说得也不对，他其实是学会了和一棵树、一条小河以及来去无踪的云朵相处。

小学二年级时，他在家里的柴草堆上发现一本没有封面的杂志。翻开泛黄的书页，一段文字吸引了他："我生在冬天/小雪花和我同一天出生/她们不怕寒冷/想和我一起玩耍……"他想起自己也是冬天生的，小雪花也是他的朋友之一，这几行文字真是写到他心坎里去了。后来,他终于知道这种分行的文字叫"诗歌",准确地说,叫"新诗"或者"现代诗歌"。他喜欢这种诗歌。

从小学开始,一直到高中毕业,都是他漫长的诗歌练习期。高中毕业后的暑假,他整理了三本手抄诗集,并把这些集子带到大学,开始了真正的诗歌写作。

那是家乡一所普普通通的二本院校,他念的是中文系,师范专业。也就是说,不出意外的话,几年后他将成为一名中学教师。大一的时候,他去图书馆借书,一抬头,发现一本淡蓝色的诗集待在书架的最高层,那是一本《海子的诗》。这位传奇的诗人老乡,他早已耳闻,但还没有系统地读过其作品。来到自习室,他一下子被里面的诗句吸引了:"姐姐,今夜我不关心人类,我只想你""我把天空和大地打扫干干净净/归还一个陌不相识的人"……他稍加思索,写下两首诗,寄给《散文诗》杂志。过了几个月,有人给他带来一封信和二十块钱的稿费单。

可以说,是海子真正地领他进入诗歌之门。但是他很快便发现这类诗歌的狭窄,便开始将眼光投向更广阔的世界。大一下学期的那个春天,他往返于教室和图书馆,系统阅读了朦胧诗以来的诗歌作品、俄罗斯白银时代诗歌作品和拉丁美洲主要作家、诗人作品,重点阅读《人民文学》《诗刊》《星星》《花城》等杂志,研读新诗理论作品。博尔赫斯成为他最喜欢的诗人之一,在学院门口的小餐馆,他手持陈东飚翻译的《博尔赫斯诗选》,激动地和朋友说:"原来诗歌可以这样写!"

大学毕业后,他成为一所学校的教师。高中老师,特别是班主任,压力大、工作累,但他没有放下那份对诗歌的热爱,下了晚自习后,夜深人静,面对寂寥的书桌,他还在默默写作。写了那么多年,他一直困惑的是,如何拥有自己的风格?在众多的文本中,如何成为一种特别的存在?最终他在威廉·福克纳那里找到答案。他也要为"一块邮票大小的地方"写作,这个地方就是匡冲,就是故乡,就是他一次次想彻底摆脱又魂牵梦萦的地方。之后,他写下很多关于匡冲的诗歌,还写了一批匡冲题材的小说,他称它们是"匡冲系列"。这个闭塞的小山村,1994年才通电,2018年才有手机信号。就是这样一个地方,是他写作的富矿。匡冲原先是匡氏的聚居地,但打他记事起,匡冲就没有一户匡姓的人家,也没有一个姓匡的人。倒是在他家的屋后,通过那些湮灭的墓碑,还能辨认出大大小小的匡氏祖坟。那些曾经生活在匡冲的匡氏先人,他们的爱恨情仇,他们的喜怒哀乐,早已掩埋在时间的厚土中,仿佛从没有存在过。所以,他想通过文字使匡冲以另一种方式多保存一会儿。如今的匡冲只剩一些老人,也许有一天,它会在地球上彻底消失。但他相信，在他的文字中，匡冲真实地存在过。这是他写"匡冲系列"的全部理由。

　　只有离开故乡的人才真正拥有故乡。这么说，那时的他还是个没有故乡的人。他生于匡冲，长于匡冲，大学是在本市读的，工作又在本市。他从没有真正离开匡冲，每当月明星稀的时候，他甚至能听见老家门前一条溪涧的流动声。2017年，为了寻找诗和远方，他告别故乡，离开熟悉的讲台，来到陌生的北京，开始了"北漂"生涯。赫尔曼·黑塞说，对每个人而言，真正的职责只有一个：找到自我。但那几年他似乎很难找到自我。他大多置身于"非诗"环境，职场之他和诗人之他，渐行渐远。飞来飞去的行李箱和闪烁不停的工作群，让他的生活破碎而虚幻。那几年，他结了婚，有了一个可爱的女儿。他从失去父亲，到成为一个父亲，生活就是这么悲欣交集。

　　2018年春末，他挤在一架拥挤不堪的国际航班上，夜不能寐。他抬头一看，月亮的银辉洒在机翼上，舷窗外一片苍茫。他意识到他的故乡匡冲在千万里之外，他的匡冲，再也回不去了。伴着《斯卡布罗集市》的舒缓旋律，他在飞机上写了一首《匡冲》。对于他来说，《匡冲》既是对故乡和亲人的深切怀念，又是以往纸上乡愁的最后总结。那晚之后，他再也没有写有关故乡的诗歌。所以，对他个人创作而言，《匡冲》不仅缅怀了遥远的小山村，而且使他几近彻底地和写作根据地挥手作别，挣脱自己"群山的囚徒"的身份。

　　接下来该怎么写呢？不再写"匡冲系列"之后，他第一次遇到了"写什么"的问题。这时，他开始尝试创作"十八行诗"系列。渐渐地，他发现"怎么写"已经悄悄地解决了"写什么"的问题。对于个人来说，2019年秋的黄河口诗会是他写作的一个重要节点，他第一次使用十八行诗的形式，以《黄河十八行》为题，写了一组六首共一百〇八行诗歌。每首诗都是十八行，分为三节，每节六行。他发现这种长度是令他舒适的，就像武侠小说中，不同的人适合不同的兵器一样。而2020年冬天在安徽潜山的学习，则是他写作的分野。那时，他已经从北京回到家乡，老老实实地居家读书、写作一年。他到潜山的第一天，朔风渐起，下了纷纷扬扬一场大雪。他写了一组《山谷流泉十八行》，尝试用"非今非古，亦今亦古"的语言，将古典意象嵌入现代语境，并不断地融入个体经验和情感体验，构成文本交相映照的景深。

　　几经周折，他到一家诗歌杂志当了编辑，从此开始，工作和兴趣密不可分，又相爱相杀。稍有空闲，他便带着妻女去看老母亲。父亲走后一年多，母亲突发脑梗，后来便失去生活自理的能力,卧病在床。她不得已离开匡冲,在小县城里,主要由兄嫂照顾。她时常想回匡冲。一说到匡冲的人事,她便泪水涟涟……他不知道该怎么安慰她。其实他心里清楚,母亲要真正回到匡冲,只有等她百年之后了。他自己,这个所谓的匡冲的"秀才",又何尝不是如此呢?

母亲从不关心他写的是什么,所以一直以来,他对别人的看法不以为意,在写作上,他只和自己过不去。母亲曾对他说:"书要好好写,千万不要写错字。"他理解为,这是写作的最高要求——写诗是在语言的殿堂里排序,每一粒汉字,都有它正确的位置。

这就是时光写下的诗篇——因为存在,因为牵挂,因为爱,写作还会继续,诗歌永远年轻。他刚刚收到了新出版的诗集《湖水》,打开一看,那些汉字仿佛变成一粒粒油菜籽,将在某一个春天生根发芽,最后开满整个匡冲。

(陈巨飞,1982年生,现居肥东撮镇,中国作家协会会员。作品见于《诗刊》《人民文学》《十月》《中国作家》《小说月报》等。曾参加诗刊社第三十四届青春诗会。曾获得李杜诗歌奖、中国青年诗人奖、十月诗歌奖、首届中国(唐河)李季诗歌奖桂冠诗人奖。著有诗集《清风起》《湖水》和英译诗集《夜游》。)

虎跑泉寻幽

刘志定

虎跑泉位于大慈山白鹤峰下慧禅寺(俗称虎跑寺)侧院内,距杭州市区约五公里。

虎跑泉是杭州市的一个著名景点,2019年8月13日傍晚,我和同事奎君、龙君、东君一行于此游览。

此前,就听人介绍过虎跑泉,但毕竟没有身临其境之感。今日亲密接触,果然不同凡响。它给我的第一个感受,就是幽静、清爽,仿佛人间仙境,别有洞天。刚刚立秋,外面暑热不减,蒸得人大汗淋漓。可是,一跨进寺院内,浑身顿觉轻松舒爽,好像换了季节,入了秋天的深处。

此时刚刚立秋,酷暑的余威仍在逞凶。因而,这种凉爽有别于秋凉,没有那么透彻,那么凌厉。它如悠悠的丝线,一层一层地慢绕,渐渐浸入你的肌肤,润滑而柔和。如果不是游人衣着的提示,你总觉得自己是沐浴在春日的时光里。

虎跑泉的清幽来自于草木。立于山脚,极目四望,重峦叠嶂,高耸入云,蔚为壮观。靠门这一方地势比较平缓,虎跑泉似乎窝在一个山坳里。山体向远方伸展,如一条巨龙,贴地飞翔。山上全是树木,枝繁叶茂,遮天蔽日。树下间杂着奇花异草,藤蔓缭绕,密不透风。能被太阳照射的地方,就剩路、小溪和房子等一些人工建造的场地。

虎跑泉的清幽还来自于水。我们沿着一条石阶拾级而上,路的两旁是潺潺的小溪。小溪窄而浅,溪水澄澈见底。远望,似一条绸带在地面上自由地舒展。至转弯处,小溪知趣地绕个小圈,漩个涡,再停下来,沉淀为一个凼,供数条小鱼戏耍、纳凉、过家家。野草在水底招摇,在夕阳的映照下,小水凼宛若一朵朵茉莉,又如一个个彩虹似的梦。

经不住晶莹、透明、灵动的溪水的诱惑,我们纷纷弯下腰来,抄一把水抹在脸上,顿时神清气爽,似乎洗净了世俗凡尘,有一种飘然的感觉。奎君也许是口渴吧,顺势掬一捧清泉,饮下两口,连声说"好甜,好甜"。苏轼"道人不惜阶前水,借与鲍尊自在偿"的诗句正是应了如此之景啊。奎君那一副滑稽的"表演",逗得我们哈哈大笑起来。笑声惊动了水凼里的红鱼,有的噌地跳了起来,充满动感和活力;有的倏然游进深水里,冒几个泡泡,不见了踪影;有的睁大了眼睛,愣愣地看着我们,想弄清楚我们究竟想要干什么。我也忍不住掬一捧,轻轻啜饮一口,一股清凉从喉管直流到心里。喝下去的仿佛不是溪水,而是一缕白云、一束雾岚、一丝清风、一盏月光。心想:这不就是天地日月酿就的精华吗?人生在世,能拥有这样美好的东西,还奢求什么呢?难怪苏轼赤壁泛舟,独享清风明月,是那么受用、满足和洒脱。

就在我们起身继续向高处走的时候,发觉两三个市民挑着木桶或塑料桶跟了上来。没走多远,他们拐进左手的一块平地,那里有两只石雕老虎,盘腿而坐,目视远方,神威毕现。山泉从高处顺势流下,再从一个水龙头哗哗流进桶里。原来这几个市民是来这里取水的。出于好奇,我们上前搭讪询问,方知他们到这里取水是为了回家煮茶喝。原来,用虎跑水煮出的茶格外甘醇,清香宜人,且能降温防暑。这使我想起了袁宏道的咏叹:"汲取清泉三四盏,芽茶烹得与尝新。"还有郭沫若的赞美:"虎去泉犹在,客来茶甚甘。"有山有水的地方就有灵气,我的家乡属于江淮丘陵地带,难得见大山大河,与此地相比,总觉得有那么一点不足和遗憾。自小就听说过上有天堂,下有苏杭,听说过西湖碧波的清秀、钱塘江潮的壮观,虎跑水的碧透,心里曾产生过无限的向往与爱恋。今日得见,感慨万端。这里的市民有幸生于斯,长于斯,弱水三千,只取一瓢饮,真让我羡慕至极。

夕阳西下,满天霞光,寺院更加静谧。我们一行来到一个三岔路口,迎面一堵矮墙,上书"虎跑泉"三个大字。我们满以为到了虎跑泉的源头,纷纷在此留影纪念。后听游客介绍,还得往上走一段路,方可到达。我们立即动身,走过一段小径,穿过一片丛林,在一崖壁下,终于一睹了虎跑泉的真面目。一个两尺见方的泉眼里,清澈明净的泉水,从山岩石幡间汩汩涌出。泉后壁刻着"虎跑泉"三个大字,传说是西蜀书法家谭道一的手迹,笔法苍劲,功力深厚。泉前有一方池,四周环以石栏:池中叠置山石,傍以苍松,间以花卉,宛若盆景。游人至此,坐石可以观泉、赏泉、品泉,凭栏可以观花,怡情悦性,使人雅兴倍增。

一位工作人员十分热心,一边介绍,一边把我们引领到水池边,"虎跑泉水晶莹甘洌,居西湖诸泉之首,和龙井泉一起并誉为'天下第三泉',虎跑泉原有三口井,后合为二池"。我们看到,在主池泉边石龛内的石床上,寰中正头枕右手小臂,人侧身卧睡,神态安静慈善,有种静里乾坤不知春的超然境界。而石龛内,栩栩如生的两只老虎正从右侧向入睡的高僧走来,情景十分生动逼真。这组"梦虎图"浮雕寓意神仙给寰中托梦,派遣仙童化作二虎搬来南岳清泉。

这时,我们才将入门处一块石碑上刻写的关于虎跑泉来历的神话传说与此浮雕联系起来,完成了对虎跑泉形神的全面理解与深刻把握。也明白了半道上为何会放置两只石雕大老虎,彻底解开了"寺中藏虎"的谜团。

走出泉源之地,居高临下,放眼望去,山容如春。各种各样的花草树木竞相疯长。墨绿的玉兰、浅绿的紫薇、黄绿的银杏、苍绿的松柏、翠绿的竹子、嫩绿的珍珠梅,加之红枫、美人蕉与白墙黛瓦点缀其间,整个寺院好像是一片春海。缓慢下山,我们走在春之上,我们走在春之间,我们走在春之下。我们在春里,春在我们心里。大自然真是造境有术,三笔两画就能使你春秋不分,冬夏难辨。

远处,几只归鸟驮着浅浅的时光在空中盘旋,几声和鸣,把晚霞啄成碎末,濡染了青山绿水,淡红的光影与色彩更增添了山寺的静谧和神秘。这种幽美宁静的环境正是修身养性的绝佳处所,难怪古代僧人名士都会选择深山老林安度人生,原来他们是要给自己的心灵找个美妙的去处呀!此时此地,我突发奇想,花钱在虎跑寺旁边买地建栋房子吧,退休后来此闲居,亦可邀三朋四友来此作客叙旧,品茶论诗,过一番"谈笑有鸿儒,往来无白丁"的日子哩。当我把想法和盘托出时,同游者又是一阵哈哈大笑,纷纷戏言:"苟富贵,毋相忘。"继而默然,有人正色道:"即便你读书读出了'黄金屋',杭州人也不会卖地给你的……"

这样想着、说着,我们来到了虎跑茶室边上的济祖塔院,这是安置宋代济颠和尚骨灰之处,院后壁上有数幅壁雕石刻,都是有关济颠的传说。

在茶室前,沿级而下,就到了弘一法师纪念馆。此时,那首旋律优美的歌曲在耳边回响:"长亭外,古道边,芳草碧连天。……"

弘一法师,号叔同,1918年在虎跑寺出家,他既是中国近现代一位知名学者,也是一位享誉国内外的得道高僧。

但是很多人对他的出家之举无法理解。最简单的想法就是,像他这样一位才华出众的知名人士怎么会去做一名清苦而寂寥的和尚呢?常言道,一个人很难理解别人,或者说,一个人能被人理解同样也很难。其实这句话的要义是,要真正读懂一个人的内心是很难的,需要经年累月的细察、深悟和等待。

按照中国道家哲学思想的标尺,有人把归隐粗略分为三类,即大隐隐于朝,中隐隐于市,小隐隐于野。纵观中国历史,可谓不乏其人。诸如东方朔伴着虎狼之君,却能安然泰然,是大隐;过着贬谪生活的苏轼,而能"也无风雨也无晴",是中隐;陶渊明辞官归田,"悠然见南山",是小隐。我想,李叔同应该属于小隐吧。他看破红尘,看透人生,放弃名利,与世无争。

我这样想着,已在不知不觉中随同伴们走出虎跑泉景点的大门。回首远望,虎跑泉在浓浓暮色的笼罩下,显得更加幽静和神秘。

(刘志定,笔名东方笑,高级教师。在《安徽日报》《新安晚报》《诗词月刊》《散文诗》《山东诗歌》《文学教育》等报刊发表过作品多篇。)

我行日夜向江海

赵俊超

来一次时隔千年的对视,看苏轼看过的寿州白石塔,或许能更好理解那首《出颍口初见淮山是日至寿州》的诗意,体味苏轼的江海人生。于是,我便动身前往寿县,探寻报恩禅寺内的白石塔。

神宗熙宁四年(1071),大宋的江山进入了秋天。一如农历七月,看似暑热正炙,毕竟秋已潜入汴河。

苏轼站在汴河码头。岸边柳树微微泛黄,满是瘤疤的粗干上,突兀地伸出柔弱的枝条,不似家乡眉山柳树的妩媚。此去赴任,由汴河入蔡河,出颍水入淮河,再转南运河过长江,便是目的地杭州。选择水路是最佳方案,江海在苏轼心里烙下深刻印记,融入血脉。他生在波流澄莹的玻璃江畔,宛若江南水乡,尤其是夜阑风静时,一江明月,碧水琉璃。父子三人晋京的希望之旅,也是乘舟七百里,穿越三峡的惊涛骇浪,奔涌而出。他在《南下集》记录了当时出蜀的情景,"故乡飘已远,往意浩无边"。

苏轼回头再看一眼都城,望火楼下的两排兵营,已经改成了饭馆,楼上无人瞭望城市的火情;城墙上没有守卫,连瓮城都开起了商铺,公差们忙忙碌碌,出货记账。这些饭馆、商铺都是官营的,是王安石变革的成果。

苏轼叹了一口气。他和王安石目标一致,却各行其道。这无关道德,道德是人的品质。王安石意志坚定,雄心万丈,耳边却容不下异己之声。苏轼随性淡泊,不平则鸣,眼里又容不得一点沙子。苏轼心中清楚,就变革而言,当事者仁者见仁、智者见智,谁都没有十足的把握预判未来的结果,唯有咬牙坚持,他理解王安石这么做。苏轼三番五次上书,不是否定变革,只是要完善变革的措施,竟被视为朝廷变革的阻力。侍御史谢景温等人乘机下手,诬告苏轼兄弟利用运父亲灵柩回原籍途中,滥用管家卫兵、偷运私盐牟利,他也懒得自辩。神宗赵顼能和稀泥,把他外放杭州做通判,谈不上贬谪,也谈不上重用,已经算是很不错的结局。这不正是他所期望的吗?

神宗元丰七年(1084)三月,苏轼谪居地由黄州调到汝州,途径南京,那时他和朝云的孩子刚刚夭折,他还拜访了在此退养的王安石,讨论国事。王安石知道苏轼的性格,意味深长地叮嘱他:"今日之语,出在安石口,入在子瞻耳。"惺惺相惜,两人没有什么个人恩怨。

长子苏迈立在船头,十二岁的少年对富有湖山之美的杭州满怀期待。妻子王闰之抱着体弱多病的苏迨,这孩子一岁多了,还不能行走,这是他们的一块心病。

还是远离这"奸小之境"吧。"开船,先去陈州。"苏轼走下码头,走入船舱吩咐道。

生活本是江海,在历史的时空下,短暂的人生或风平浪静,或波涛汹涌,而苏轼的一生注定波涛汹涌。三十六岁的苏轼没有料到,这次受排挤外放,只是浪迹天涯的开端。今后能在一个地方安静地生活三年,就是最大的幸福了。

寿春(寿州)是古老的楚国都城。护城河外高楼林立,古城默默地守着岁月,犹如饱经风霜的外婆,慈祥地看着孩子们在外面一代一代地繁衍生息。我从东面的宾阳门而入,瓮城的城墙上布满厚重的青苔,光滑的石板地面上留有深深的车辙印痕。我仿若走入了时光隧道。遇见一位带着女朋友回家过春节的当地人,他颇为自豪地向我介绍,1991年淮河遭遇百年未遇的特大洪灾,城外一片汪洋,古城安然无恙。我急于寻找白石塔,便问:"报恩禅寺怎么走?"他边用手指边说:"你说的是大寺吧,顺着城墙内侧走,三百多米就到了。"

子由(苏辙)当时充任陈州教授。陈州距开封七八十里地,苏轼很快就到了。

很多人都期望能有像子由一样的弟弟。子由是苏轼打虎时的亲兄弟、生活中的大后方。子由似乎一辈子都在尽心尽力地维护哥哥、操心哥哥,活在哥哥的光芒之下。事实上兄弟二人各有成就,也都是"唐宋八大家"。把苏轼、苏辙举荐给欧阳修的张方平,曾这样评价他们:"二子皆天才,长者明敏尤可爱,然少者谨重,成就或过之。"

他们手足情深,兄友弟恭。苏轼曾对黄庭坚的舅舅李常感叹"嗟予寡兄弟,四海一子由",满是怜爱。在苏轼的诗词中,有一百多首是写给子由的。苏轼第一次和子由长久别离,是他任大理评事、签书凤翔(宝鸡)府判官。离京那天,子由坚持送他至郑州。雪后异常寒冷,望着弟弟孤独离去的背影,苏轼很是心疼,一到凤翔就给子由寄来一首诗:不饮胡为醉兀兀,此心已逐归鞍发。归人犹自念庭帏,今我何以慰寂寞。

苏轼看到弟弟住着低矮的房子,笑他"常时低头诵经史,忽然欠伸屋打头"。北宋时期,女儿的嫁妆如果不丰厚,就会被夫家瞧不起。子由日子过得不富裕,还生了七个女儿,当哥哥的替他着急。子由成年女儿中,至少有三个夫婿是这位伯伯张罗安排的,而且婚后生活挺好。

子由挽留哥哥一家过完中秋再走。他想劝劝哥哥改改脾气。一天夜里,子由把船划到柳湖的僻静处,向苏轼进言说:"兄长,现在环境复杂,不是所有人都能推心置腹。"

苏轼说:"我知道,有时候猿吟鹤唳本无意,不知下有行人行,别人会曲解我意。"

子由又说:"也不能什么事都直言无隐。"

苏轼笑道:"难啊,吃饭吃到苍蝇,不能不吐吧。"

苏轼本性如江海,江海本性就是自由奔放,吃一堑长一智,那是拿来劝别人用的。有感而发,是中国诗词的精髓,但不是中国人的处世哲学。

五年以后,苏轼在密州回忆起这个中秋,深情地写下千古名篇《水调歌头·明月几时有》,开篇注明"丙辰中秋,欢饮达旦,大醉,作此篇,兼怀子由"。

子由一直把苏轼送到颍州(阜阳),在未来的亲家欧阳修那里盘桓半月之久。"人生无离别,谁知恩爱重。……便知有此恨,留我过秋风。"兄弟再次道别。

苏轼的船入颍水向淮河而来,马上就能看到白石塔了。

按照当地人指点,我很快找到了大寺,山门上题的是:报恩禅寺。大寺是唐贞观年间玄奘法师主持修建,迄今有一千三百多年的历史。进入山门,香客稀少,院中香炉上,鲜红的蜡烛淋漓,香雾在寒风中弥散,气氛庄穆而又萧瑟。我并没有看见白石塔。

一年前,苏轼在送别吕希道时说:"我生本自便江海,忍耻未去犹彷徨。"苏轼就是来自江海的一条鱼。居庙堂之高,就像鱼上了岸;在百姓和朋友中间,便是鱼回到水里。宦海不是他的海,寄余生的江海才是他的桃花源。

苏轼希望能如陶渊明一般通透,白云还似望云人,远离世事纷扰,耕读青山绿水之间,沉醉与自然浑然一体,享受造化的宁静满足,连对孩子的心态都是"子还可责同元亮(陶渊明)"。

苏轼记载的日常生活趣事,甚是鲜活。一次是他生活困难时期,"意且一饱,而斋厨索然",便和同事刘廷式一道,沿着古城荒废的花圃,寻找杞菊吃。杞菊此时枝叶老硬、气味苦涩,他们嚼着难以下咽的杞菊,相视"扪腹而笑"。还有一次,苏轼看到子由因打坐冥思而"面色殊清润,目光炯然",便决心学习静坐养生。于是跟朋友杨素、张规讨论调气养生之事,他心直口快地说:"养生皆不足道,难在去欲。"张规宽慰他说:"苏武吃雪啃毡,威武不屈,生死难料,都不免为胡妇生子,何况今日你在洞房绮疏之下。"这一年他新收朝云为妾,看来"去欲"之事只是一时兴起,没有当真。

形在江海上,心存魏阙间。苏轼八岁时就背诵当年新鲜出炉的名篇"先天下之忧而忧,后天下之乐而乐",以天下为己任是文人不变的情怀。无论身处何地,对于百姓的事,苏轼从不袖手旁观。凤翔大旱,他虔诚地为当地百姓作文求雨。听朋友王天麟说,乡下很多人家"只养二男一女,过此辄杀之,尤讳养女"。那时他正处于监视居住期间,毫不犹豫地给当地太守朱寿昌写信,并出谋划策"准律故杀子孙,徒二年……若依律行遣数人,此风便革"。他同时成立救助组织,亲自选择一位善良热心的邻居负责此事,每年带头捐出十缗钱。王安石的青苗法和免役税变革,本身就有弊端,加上执行官员急功近利、争相献媚,变成了与民争利、强取豪夺,百姓苦不堪言,流离失所,甚至有孩童饿死道边。苏轼自己穷得"求杞菊食之",在家里还收养了三四十名孤儿。

尽管策论是他的强项,但这一次从理论上反击王安石,没有成功。他没有取而代之的意愿,但不能不敲醒困于雄心无法自拔的王安石,甚至是敲醒整个朝廷。外放杭州,可以是解脱,也可以是积蓄力量。此时,他心里多了一份期待。

苏轼一抬头,船已到了淮河。启程时还穿着单衣,现在已是深秋十月。水天相接,烟雨迷蒙,山上枫叶争红,岸边芦花飘摇,远方忽隐忽现,波涛忽高忽低,如诗如画。苏轼走上船头,眺望远处,寿春就在前方。他看见仁宗朝新建成的九层白塔,矗立烟雨之中,蔚为壮观,想起那里还有"观鱼并记老庄周"的故人,他按捺不住,迎风大声吟道:"我行日夜向江海,枫叶芦花秋兴长。平淮忽迷天远近,青山久与船低昂。寿州已见白石塔,短棹未转黄茅冈。波平风软望不到,故人久立烟苍茫。"

时隔二十三年,苏轼重书此诗并题曰:"予年三十六,赴杭倅,过寿作此诗。今年五十九,南迁至虔,烟雨凄然,颇有当年气象也。"他十分看重此诗、此塔、此地。

一处八角形石基安静地藏在大雄宝殿的正前方,旁边立有"九级佛塔遗址解说牌"。我心心念念的白石塔早已不复存在。报恩禅寺的住持释印灿,别号莲谷,后来去淮安做了闻思寺住持,他记述了此事:东禅寺前塔,高陵太虚中,天圣四年建,同治元年倾,塔中露石匣,但云熙宁庚戌八月念六日,白骨葬于斯。白石塔在1862年倾塌,仅存三级。1977年又拆除残塔,珍贵的藏品大都封于塔下地宫。

　　此生定向江湖老,默数淮中十往来。苏轼后来十余次路过寿春,每次都会看一看白石塔吧。千年过去,坚固的石塔也已湮没,如今物非人非。物质的存在容易时过境迁,思想的江海从来奔流不息。

　　(赵俊超,合肥市文联党组书记,安徽省作家协会会员。)

寂寞是团烈火

程勇军

很早以前,我在《北京文学》上读过史咏小说《歌不足泣,望不当归》,记忆里保留着很深的一股惆怅情绪。也说不清,为什么听到古斯塔夫·马勒的 C 小调第二交响《复活》,突然又唤起我类似的情绪。也许这是另一个倒映的自己。

马勒脆弱敏感,作为犹太人,他对失去精神家园的漂泊有着刻骨的无奈。从写作技巧上来说,20 世纪的许多作曲家通过他而认识了怎样借鉴传统。马勒是一个躲在不断变幻的音乐形象背后的人,他触及很深的东西,比如压抑与人格扭曲,非常类似另一位犹太人,奥地利的弗兰茨·卡夫卡在他的一系列小说中告诉我们的那种来自现实生活中的荒诞与陌生。也许马勒的整个乐思在他作品的某一个乐段中会突然显得凌乱,让你不知所云,顿悟之后又突然百感交集,情不自禁地观照自己的心绪而发出心有戚戚焉的惊呼。有人说马勒的作品有很强的宗教力量,可是我听到他的第二交响乐,我想说世俗的柔美仍然是他最感动我的地方。那些在上行音阶中奏响的管乐,是一个人对生活的留恋,对甜蜜亲情的由衷礼赞——假如说我可以把它称作爱情的话。我在这里是说:音乐进入生活,最根本的是它的人间性。

马勒一生的写作都带着很深的怀旧情绪。这是吸引我坐在唱机前,把马勒的 CD 继续听下去的一个原因。马勒音乐中的旋律柔美动人,许多吟唱不禁让人热泪涔涔。身为作曲家和音乐评论家的法国人皮埃尔·布莱兹在他的文章中曾说:马勒对今天人们的迷惑力,毫无疑问地在于他的音乐描述了一个时代行将结束的意象,这是一个充满催眠般魔力的景象——一个时代必须逝去,以便另外一个时代在它的灰烬中复生。马勒仿佛在吟唱一首讲述凤凰涅槃传说的诗歌。听着马勒,有时候,我想我是在跟另一段人生对话,在一座空寂的房子,听着自己说话的回声。迷恋到这种程度,听音乐已经不在乎他究竟使用了怎样的写作技巧,只要有一段情绪铺垫,我就能听到我自己。

当然这样说是我的一种扭曲。很多时候我在注意一个音乐家的过程中,因为听CD而去搜寻与他相关的资料。读些文字,有时也感到创作是个刻意的过程:因为保持一种状态,保持一份心灵的干净,意味着你必须保持一种同现实生活的距离。对于创作者而言,这其中苦不堪言的部分,也只有他独自承担——他能把倾吐的声音转嫁给谁呢?马勒经历很多。他要求活泼好动的阿尔玛必须放弃作曲,专职作他的夫人。他在幸福宁静之中却仍然去写死亡,以至让抄谱的阿尔玛都嗅到异样的味道。或许因为这样,马勒痛苦到最后,会在心里想起他生活中那些违背常理的地方,会在第十交响的草稿提纲上写道:亲爱的阿尔玛,为你而活,为你而死……

美国指挥大师莱昂纳多·伯恩斯坦在20世纪60年代给《高保真》杂志所作的谈话里说:每当提到"马勒"这个词时,在我的脑海里随之而来的第一个印象,是一个双脚分跨在那神奇的"1900"标界线两侧的巨人。1860年7月7日,马勒出生于波希米亚的卡利希特一个犹太小商人家庭。在家庭排行第二的马勒目睹了母亲所生育的十四个孩子由于环境原因,没有在襁褓中早夭而活下来的只有七个(后来还有一个弟弟自杀)。这让马勒这样一个敏感的孩子一生中对此都无法释怀。当我们在那么一个时刻打开他的CD,听到里面人声的吟唱,那么明亮清澈的影子,像诗歌所传达的回想,寂静,充满了安详的渴望。如果再追究下去,述说马勒的命运,音乐或许就是部人生传记,它让我们看到的是有关人怎样成长为人的历程。

或许西格蒙德·弗洛伊德博士1910年8月对马勒的精神分析操作多少有点让马勒找回自身。马勒说过一段经常被引用的话,就是"在奥地利我是个波西米亚人,在德国人眼中我是个奥地利人,在这世界上我又不可避免地被看作是犹太人。不论哪个地方勉强收容了我,却有一个地方真正欢迎我,我是一个三重无国籍的人"。对待这样彷徨的内心,我们到底是该感动,还是该迷惘?当时,有一个叫沃恩·威廉斯的人说过一句刻薄的名言,马勒是"一个勉强过得去的冒牌作曲家"。相比我们从文献记载中看见的指挥家马勒,我们通过CD认识的马勒身份却完全定格在作曲家这一角色上。这对命运来说是不是一个尴尬的过程?相似的例子,我马上想到俄罗斯人拉赫玛尼诺夫。拉赫玛尼诺夫也是生前被忽略作品,死后又被人们遗忘了他作为钢琴家的演奏盛名。这是一个何等让人感到荒唐和凄惨的情境。

马勒音乐中痛苦的呻吟,并不是对人的觉悟,至少我不这么看。他向某些崇高的方面走近,也仅仅是在走近。有一种攀升的感觉让我把他与宗教音乐家相区别。我非常羡慕那些拥有马勒作品全集的人。也许将他的音乐CD按创作年限从头到尾播放一次,比任何理论上的文字分析都会更接近那个真正的马勒。你将会由此知道马勒为什么复杂。有一阵时间,我在马勒的D小调第九交响曲里发呆。房门敞开着,阳光很好,风沿着屋檐奔跑,春天也莫名其妙地夹在呼啸的声音里来到房前。我坐在马勒第九交响里没有说话,但我又感觉似有堵墙在阻碍着什么东西接近。后来闲暇时翻书,读到勋伯格的一篇访谈,他说:马勒在把马勒自己推出来,其实已不需要借助什么音乐结构、句式的演饰,他就是那么主观的一个人。我接触了马勒第九交响,当我反复聆听,忽然想到北岛翻译芬兰女诗人伊迪斯·索德格朗的那个诗句:爱,死亡,以及孤独的面孔。

1911年2月21日,马勒在美国指挥了一场纽约爱乐音乐会之后心脏病发作,当他被送到巴黎治疗没有什么结果时,感到去日将临,准备对自己漂泊的一生有个归结,于是他回到维也纳。在这个音乐之都,仅仅六天之后,也就是1911年5月18日那天夜晚,雷电交加,暴风雨肆虐,时钟刚刚走过23时,马勒再也无法醒来,把自己的一生固定在五十一岁的年纪。伯恩斯坦为此感叹说:我常常想,如果马勒并未在那么年轻的时候就死去的话,会发生什么呢?

任何彷徨不决的迟疑,都有它催人落泪的地方。马勒第九交响有种自爱自怨,我搞不清楚如果画一张像,马勒该有怎样的眼神。当然这也不是主要问题。马勒以一个生者的身份告别生命,其中的矛盾和由此引发的旧日记忆,就像一个在拐弯路口遇见往昔情人时的冲动,他会觉得所谓过眼云烟也不过是说说而已。这让我想起弘一大师。作为新文化运动的主将,李叔同是何等才华洋溢。他在世事纠缠之中无奈而遁入空门,取法名弘一。弘一大师功德圆满,他的一位旧日学生去拜望他时,两人一起登上高山。学生见他表情肃穆,轻声问:可有所思?弘一回答:有所思。学生再问:思何事?弘一再答:家事,天下事。这也难怪弘一临终绝笔竟会是"悲欣交集"四个字。

这样来听马勒,我觉得几乎深入了他的内心。1909至1910年,马勒创作的第九交响在他对传统交响乐四乐章的曲式习惯有了篡改之后,第一和第四乐章是迟缓的,有了许多无言的情绪。而第二和第三乐章非常迅速,分别是C大调和A小调,反衬起始和终结两乐章的D大调和降D大调,有着非常怪异的结构。马勒在自我诉说,自我安慰。他把死亡推到表面上来的时候,是否在有意说:所谓透彻就是在复杂中选择简单。或者说这只是我一厢情愿的理解,关于未来和过去,实在感觉不到马勒除了让我沉默,还能再说什么。

(程勇军,1969年生,笔名若芫,安徽肥东人,现居黄山。作品有诗歌、随笔、评论等。)

"会虫"三弟

温跃渊

三弟在深圳十多年的时候,我和大哥说,不知跃胜在那怎么样了?我俩去看看吧。

到深圳时,他一下把我俩拉到一个大饭店,我们心想,在这混得不错嘛,还上大饭店了。谁知一进去,饭店里闹哄哄的,好几十桌,好几百人。他把我和大哥一人塞到一张饭桌上,笑着对边上的熟人说,我大哥,我二哥,请关照。他自己则跑到另一张桌子上。我们人生地不熟的,也不好说什么。回到他的住处时,我们问他:你在这里究竟搞什么啊?

他说,当"会虫"啊。你们看到了,今天又是一家企业开招商会。我有记者证,这里每天有头十个会,我去拍照,拿红包,吃饭。像我这样的"会虫",深圳不说有一百,也有七八十。

我见他房间里摆了不少空镜框,便问他做什么用。他说,我有记者证,这里的大大小小会议我都能参加,开市"两会"时,有基层小头头和市领导握手,我咔嚓一下照下来,然后冲洗、放大、装框,送给一些社区领导,他把照片往桌上一放,也很"得",于是就给我一千、两千的劳务费,这点小钱对他们来说,小菜一碟。

看来,虽然他在这里没什么正式工作,日子也还能过得去,我们就放心了。

三弟一生,未享受到父爱。他三岁时,我们的父亲就因病去世。家里太穷了,母亲和大哥到城里做工,我就带着七八岁的三弟在家过日子。可那是什么样的日子啊!我俩很少吃过干饭。我每天烧一大锅稀饭,中午一人吃两三碗,留一点,傍晚放学时,一人再吃一两碗。也没有菜,就是臭炸面和萝卜缨子。

后来,母亲让我到城里当学徒,三弟先是跟祖母生活一阵子,后来也到合肥上学了。

一天,他忽然从很远的东门跑到南七里站我的工厂里找到我,说,二哥,我不想念书了,我想找工作。我想想,我也没念多少书,而今也混得人模狗样了,写作上还获得市文教系统先进工作者的称号,还出席了省里的文代会。于是我也就同意了。加上那年头正是三年困难时期,先要挣两个工钱吃饱肚子再说。按说应该"长兄为父",但由于我俩在乡下患难与共的经历,他还是依赖我。这样我们家里,大哥和我,三妹和三弟,都在十四五岁就工作了。好在20世纪五六十年代,做童工还不违法。

三弟在服务系统当学徒,先是在浴池当"跑堂",后来,在十字街的庐州饭店炸油条。

我那时已经调到一家报社。报社处理几部旧照相机,我花七十元(那是我当时两个月的工资)买了一架捷克120双镜头相机。一天早晨,三弟正在炸油条,我端着相机对着他咔嚓一下,后来就给了他一张照片。他很开心,从此拿着我的照相机爱上了照相,并刻苦学习摄影、冲洗、放大技术。照相馆也属于服务系统,于是他到了逍遥津照相馆。他在照相馆干了六年,捏皮球快门,专门拍人像,六年中大约拍了九万张标准头像。

1979年,他从照相馆调到了合肥市文化馆,搞舞台摄影,拍群众文化演出。他最早在合肥市举办摄影培训班,每期都有上百人参加,主讲的老师大多是省市摄影家协会的主席、副主席,他还请新华社安徽分社摄影部主任徐光春当他们高级班的老师。

1989年,三弟又调到省轻工业厅的《轻工导报》。轻工业厅要在全国打造轻工大省,报纸又是全国刊号,所以,三弟终于有了一个"国"字号的记者证了,但不想后来报纸停刊,竟把他的工资也莫名其妙地停掉了。三弟的性格有些随意,这样的大事,他也不去纠缠,竟屁股一拍就到了深圳。他两手空空,只带了他的五百幅摄影作品。深圳摄影界很快就认可了他。二十年中,也有几家新闻单位看中了他的摄影水平,他还当了《南方画刊》的总编辑、《中国美术报》的摄影部主任。这些头衔都是虚的,还得靠他自己创收,维持生计。

深圳有关方面答应为他办一次摄影展,还有五万元补贴和费用。他太需要这笔钱了!不料突发的情况使他这个愿望泡汤了。这几年,深圳再没有热闹的会议,"会虫"们的肚子都瘪瘪的了。三弟整整三十年没有工资,因此也就没有任何收入。欠人家的房租也无钱交纳。我说你回来吧。我给了他一笔钱,交了房租,坐飞机回来了。

三弟像是变了一个人。他年轻时是十分英俊和帅气的,如今则老态龙钟,步履蹒跚,相貌似乎也变得难看了。他不与任何人联系。他对我说,他现在有语言障碍了,说话也不行了。他七八岁时我管他的吃饭,现在七八十岁了他的吃饭问题还得我来管,也只有我管。老伴将他厨房用具和床上用品都准备齐全,还给他网购了一个能放点衣物的活动衣架。房租头一年是外甥刘长荣付,后来是我付。我另外给他每月600元生活费,请兄弟姐妹一人给一点。大哥另外给我一笔费用,我交给长荣。刘长荣17岁时,到他三舅所在的庐州饭店当学徒,现在开了一家饭店,时不时地给三舅送些饭菜。刘长荣办事精干,一天之内给三舅买了空调、洗衣机、电视机、小冰箱四大件。按说三弟可以安度晚年了,但他的身体却每况愈下。一次他电话告诉我,他在外面摔倒了,他打110,是警察把他送回家的。再后来他又一次摔倒,手机摔在身旁不远的地方,他却再也不能打110了!

温泉先前就对我说,爸,你得为三叔准备一块墓地。我说行。三弟去世后,我准备给他找坟地,这时老伴说,不要另找,就把他和父母葬在一个墓穴里,让他回到父母的怀抱,也让他陪伴父母。把他单放在一个墓穴,将来谁来给他上坟?和父母在一起,多少还能沾点香火气。家族里都赞成老伴这个提议。我嘱咐长荣,冬至时把我父母的墓碑刻上几个小字:三子温跃胜陪伴父母。温泉抱着三叔的骨灰,我们送跃胜回肥东家乡,回他的"新家"。当温泉把他三叔的骨灰放到父母的墓穴时,我从怀里掏出三弟的手机递给温泉,让它作为三弟唯一的陪葬品放到他的骨灰盒里,让他在九泉底下和他的亲朋们说说话吧!

生前,三弟对我说,他那个大包里,碟片和优盘中有几十年拍的十万张摄影作品,冲洗出来的,也有一万多张。难怪他没能打开,他已经没有力气打开了!太重太沉,足足有五十公斤!我看着那些图片,对家里人说:温跃胜在深圳二十年的"会虫"没有白当!他的摄影作品精彩纷呈,令我刮目相看!深圳那个地方码头大,国内外大咖、名家荟萃,这让三弟大显身手!比方他拍马云,他在马云下榻的五洲宾馆追踪了四五年,拍了他几百张照片,精选了二十幅面部特写的"马云脸谱";他拍黄永玉,张张面部表情都和蔼可亲;他拍知名主持人候场,拍得很朦胧,很唯美,下面有一行小字:距她一米远,如果用闪光灯,就错了。仿佛他还在合肥文化馆讲课。他拍郭台铭的特写,下面一行小字:议论他的人很多,见到他的人很少。他拍法国名模,一行小字说:她的鼻子很有特点,对吧?长期一个人,他是在自言自语吗?他有一个"千人千面"的大栏目。他花了几年时间泡在各类图书馆里,拍一个"悦读"的组照,拍了一百多幅各种姿态、各种表现、各种神情的读书人。那天正好是"4.23"世界读书日,这些好照片不论在哪家图书馆都是可以单独开一个摄影展的。那年深圳举行世界名模比赛,就他一个摄影师,他给六十多位世界美女拍了许多摄影作品。一个月的巡回表演,他和她们都混得很熟络。合影时,有位美女把手从他背后伸到他的胸前,他还捉着她的秀手。能和世界顶级美女"勾肩搭背",老三你也值了!

我立即决定:下半年,要给温跃胜同志办一个摄影展!

我请了三位朋友做策展人:周志友、刘浩、曲航。

周志友虽然不搞摄影,但他做过《艺术界》的主编,对艺术作品的审美要求很高,精准甚至苛刻。

刘浩是老文化馆长,两年前他替我在包河区文化馆举办过一次书画展。他和三弟曾是同事,也是朋友。他说展览场馆没有问题。

曲航是省摄影家协会的摄影家,与三弟是患难兄弟。两人曾结伴到农村去拍身份证照片,摸爬滚打在一起。摄影展览他办得多了去了,且可以放大制作。

这样便搞定了。

三弟的突然离世,对我打击很大。我不能接受。我的脑海里老是浮现我俩在乡下喝稀粥的日月,挥之不去。现在,我日日夜夜沉浸在对三弟摄影作品的整理中,我能为他做点事,这才稍稍释怀。

三弟在生活上有些懒散,但对爱好的摄影却非常执着而又勤奋。他的作品题材非常广泛而又独特。这个影展值得期待,一定会吸引很多观众,一定比我的书画展还要成功。

三弟你放心,你的事哥来办。你的遗愿哥来替你实现。你活得也太累了。你好好休息吧。

(温跃渊,中国作家协会会员,曾任安徽省报告文学会首任会长,有著作28部。是撰写"凤阳大包干""小岗红手印""沈浩好村官"的中国作家第一人。)